JULES
VERNE
BEST
COLLEC
TION

쥘 베른 베스트 컬렉션

*

신비의 섬 2

김석희 옮김

열림원

"선생님, 조난자를 위한 섬이 있다고 믿으십니까?"

"그게 무슨 소린가?"

"조난을 당해도 괜찮도록 특별히 생겨난 섬, 가엾은 조난자도 언제나 어려움을 헤쳐나갈 수 있는 섬 말입니다!"

"있을지도 모르지." 사이러스는 빙긋이 웃으면서 대답했다.

"분명히 있습니다. 링컨 섬이 바로 그런 섬인 것도 확실하고요."

|차례| 2권

제2부 버림받은 사람

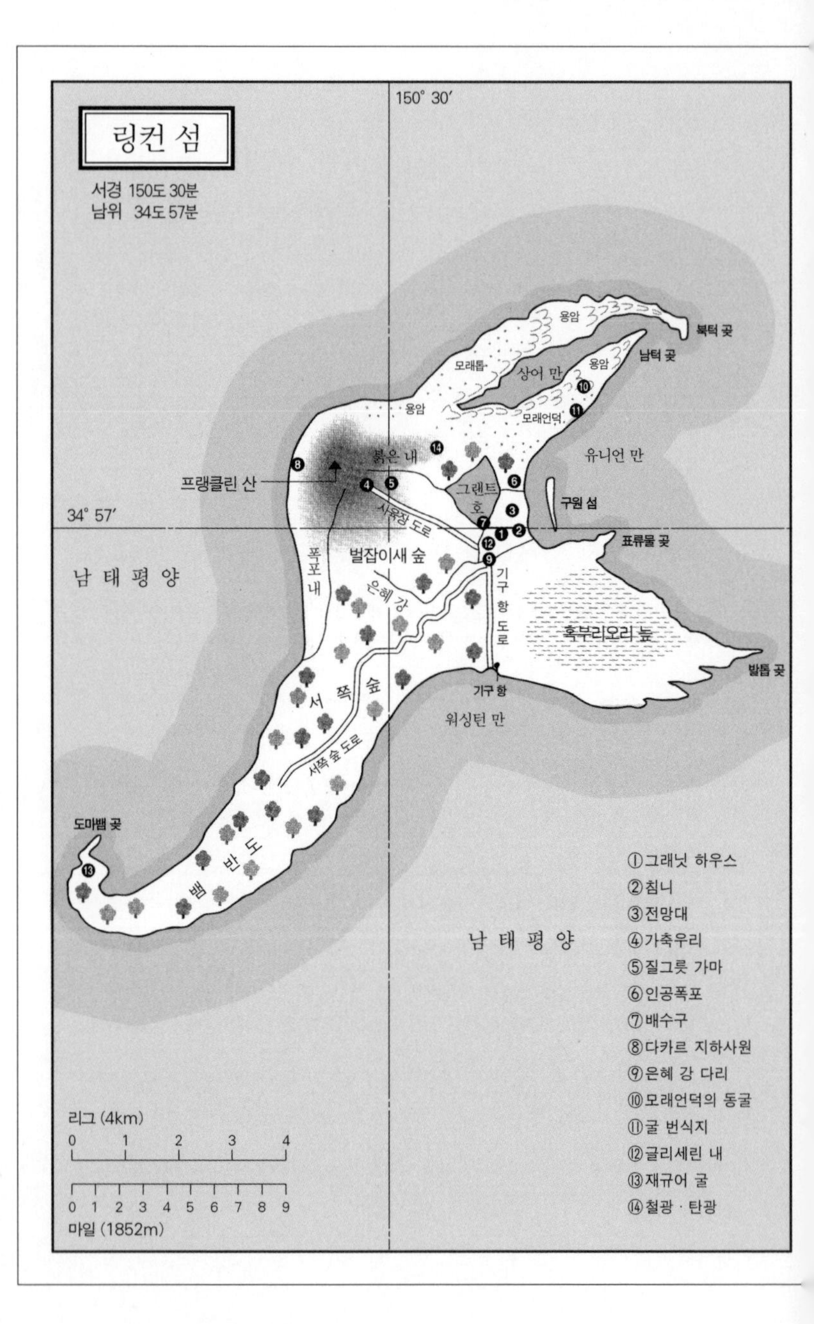

링컨 섬
서경 150도 30분
남위 34도 57분
150° 30′
34° 57′
북턱 곶
남턱 곶
용암
모래톱
상어 만
모래언덕
유니언 만
붉은 내
프랭클린 산
그랜트 호
구원 섬
표류물 곶
사육장 도로
폭포 내
벌잡이새 숲
남 태 평 양
은혜 강
기구 항 도로
혹부리오리 늪
발톱 곶
서 쪽 숲
기구 항
워싱턴 만
서쪽 숲 도로
도마뱀 곶
뱀 반 도
①그래닛 하우스
②침니
③전망대
④가축우리
⑤질그릇 가마
⑥인공폭포
⑦배수구
⑧다카르 지하사원
⑨은혜 강 다리
⑩모래언덕의 동굴
⑪굴 번식지
⑫글리세린 내
⑬재규어 굴
⑭철광 · 탄광
리그 (4km)
0 1 2 3 4
0 1 2 3 4 5 6 7 8 9
마일 (1852m)

제 2부
버림받은 사람

1

총알에 대하여—카누 만들기—사냥—카우리소나무 꼭대기에서—
사람 흔적이 전혀 없다—네브와 허버트의 사냥—뒤집힌 거북—
사라진 거북—사이러스의 설명

기구에 탄 사람들이 조난을 당해 링컨 섬에 상륙한 뒤 세월이 흘러 어느덧 일곱 달이 지났다. 그때부터 아무리 조사해도 인간은 전혀 모습을 나타내지 않았다. 섬의 어디를 보아도 사람이 살고 있음을 보여주는 연기는 피어오르지 않았다. 오래된 것이든 최근의 것이든, 사람이 섬에 들렀음을 말해주는 인공물도 전혀 보이지 않았다. 섬에는 지금도 사람이 사는 것 같지 않고, 전에 살았던 적이 있어 보이지도 않았다. 그런데 지금 사람을 습격하지도 않는 페커리의 몸에서 나온 한 발의 금속 총알을 보고, 이제까지 쌓아온 추론은 송두리째 무너져버렸다.

이 총알은 분명 총에서 발사된 것인데, 인간 말고 또 무엇이 총을 쏠 수 있단 말인가?

펜크로프가 납 총알을 탁자 위에 놓았을 때, 동료들은 깜짝 놀라서 총알을 바라보았다. 얼핏 하찮은 총알 하나에 불과하지만, 이 사건이 초래할 중대한 결과가 그들의 마음을 사로잡은 채 떠나지 않았다. 무언가 초자연적인 생물이 불쑥 출현했다 해도 그들이 이렇게 놀라거나 동요하지는 않았을 것이다.

사이러스 스미스는 우선 이 놀랍고 예기치 못한 사실에서 당연히 생각할 수 있는 가설을 세우려고 했다. 그는 총알을 손에 들고 이리저리 살펴본 뒤, 집게와 엄지손가락 사이에 끼웠다. 그리고 펜크로프에게 이렇게 물었다.

"이 총알에 다친 페커리가 태어난 지 기껏해야 석 달밖에 안 되었다고 단언할 수 있나?"

"기껏해야 석 달입니다, 선생님. 제가 덫에서 발견했을 때 아직 어미젖을 빨고 있었으니까요." 펜크로프가 대답했다.

"그럼 누군가가 링컨 섬에서 총을 쏜 뒤 기껏해야 석 달밖에 지나지 않았다는 얘기군."

"그리고 총알 하나가 치명상을 입히지는 않았지만, 페커리 새끼한테 맞았다는 얘기도 되고요." 기디언 스필렛이 말했다.

"그건 의심할 여지가 없네." 사이러스 스미스가 말을 이었다. "그래서 이번 사건에서 어떤 결론을 끌어내면 좋을지를 생각해 보면, 우리가 오기 전부터 이 섬에 사람이 살고 있었거나 아니면 누군가가 불과 석 달 전에 상륙했거나 둘 중 하나일세. 그 누군가가 자신의 의지로 왔는지, 그러니까 처음부터 이 섬에 상륙하려고 왔는지, 아니면 배가 난파하는 바람에 어쩔 수 없이 상륙했는지, 그건 아직 알 수 없네. 그 누군가가 유럽 사람인지 말레이 사람인지, 우리 편인지 적인지도 지금은 알 수 없고, 그 누군가가 아직 이 섬에 살고 있는지 아니면 벌써 섬을 떠났는지도 역시 알 수 없네. 하지만 이런 문제는 우리와 직접 관계가 있으니까, 계속 애매모호한 상태로 놔둘 수는 없네."

"아니, 절대로 아닙니다!" 펜크로프가 걸상에서 일어나면서 소리쳤다. "링컨 섬에 우리 말고 다른 사람이 있을 리가 없어요! 절대로! 이 섬은 크지 않아요. 이 섬에 누군가가 살고 있다면 벌써 찾아냈을 겁니다!"

"아직까지 찾아내지 못했다는 건 확실히 이상해요." 하버트가 말했다.

"하지만 내 생각에는……" 하고 신문기자가 의견을 말했다. "그 페커리가 총알을 몸속에 넣은 채 태어났다면 더 이상하지 않나?"

"펜크로프의 입에 처음부터 총알이 들어 있었다면……." 네브가 진지한 얼굴로 말했다.

"이봐, 네브." 펜크로프가 반박했다. "총알 하나쯤은 나도 모르게 대여섯 달 동안 입 안에 넣어둘 수 있을지 몰라. 하지만 실제로 총알이 숨을 곳이 어디 있나?" 선원은 입을 벌려 서른두 개의 훌륭한 치아를 보이면서 이렇게 덧붙였다. "잘 봐, 네브. 하나라도 빠진 이가 있으면, 내 이빨 반 다스를 뽑게 해주지!"

"아무리 봐도 네브의 가설은 받아들이기 어렵군." 사이러스는 중대한 문제를 생각하고 있으면서도 웃음을 참지 못하고 말했다. "기껏해야 석 달 전에 누군가가 이 섬에서 총을 쏜 건 확실해. 하지만 이 섬에 상륙한 그 누군가는 잠시만 머무르고 곧 떠나버린 모양이야. 우리가 프랭클린 산에 올라가 섬을 둘러보았을 때 누군가가 이 섬에 살고 있었다면 우리 눈에 띄었을 것이고, 상대도 우리를 보았을 테니까 말이야. 그러니까 아마 몇 주 전에 폭풍으로 조난당한 사람들이 어느 해안에 표착했을 거라고 생각할 수 있지. 어쨌든 그것을 확실히 알아둘 필요가 있어."

"잘 봐, 네브."

"신중하게 행동해야 할 것 같습니다." 기자가 말했다.

"물론이지. 섬에 상륙한 사람이 재수 없게도 말레이 해적일 가능성도 있으니까."

"탐험을 하러 나가기 전에 보트를 만드는 게 좋지 않을까요?" 선원이 물었다. "배가 있으면 강을 거슬러 올라갈 수도 있고, 필요하면 해안을 한 바퀴 돌 수도 있습니다. 적에게 기습당하는 건 질색이니까요."

"아주 좋은 생각일세, 펜크로프." 사이러스가 대답했다. "하지만 지금은 꾸물거릴 수가 없어. 보트를 만들려면 아무래도 한 달은 걸릴 테니까."

"제대로 된 보트라면 그렇지만……" 선원이 받았다. "지금은 항해에 나설 배를 만드는 게 아니잖아요. 닷새만 시간을 주면 '은혜 강'을 다닐 수 있는 카누를 만들겠습니다."

"닷새 만에 배를 만들겠다고요?" 네브가 외쳤다.

"그래, 네브. 인디언식 배지만."

"목선인가요?" 납득이 가지 않는 듯한 얼굴로 네브가 다시 물었다.

"그래, 목선이야. 나무껍질을 사용한다고 말하는 게 옳을지 모르지만 말이야. 선생님, 거듭 말하지만 닷새면 일이 끝납니다!"

"닷새라면 하세!" 사이러스가 대답했다.

"하지만 앞으로는 충분히 조심해야 돼요." 하버트가 말했다.

"지나쳐도 좋을 만큼 충분히 조심해야지." 사이러스가 말했다. "사냥도 그래닛 하우스 근처에서만 하도록."

저녁식사는 펜크로프가 기대한 만큼 흥겨워지지 않고 끝났다.

이리하여 링컨 섬에는 개척자들만이 아니라 다른 사람들도 살고 있거나 전에 살았다는 것이 분명해졌다. 총알 사건 이후 그것은 확고부동한 사실이 되었지만, 이 뜻밖의 사실은 개척자들에게 강한 불안감을 불러일으켰다.

사이러스 스미스와 기디언 스필렛은 밤에 잠을 자기 전에 오랫동안 이 사실을 화제로 이야기를 나누었다. 이번 사건은 어쩌면 사이러스가 구조되었을 때의 설명하기 어려운 상황이나 지금까지 몇 번이나 그들을 놀라게 한 야릇한 사건들과 관계가 있는 게 아닐까? 하지만 사이러스는 제기된 의문들에 찬성하거나 반대한 뒤, 마지막으로 이렇게 말했다.

"내 궁극적인 의견을 듣고 싶나, 스필렛?"

"예, 듣고 싶군요."

"사실은 섬을 구석구석 조사해봤자 아무것도 찾을 수 없을 거라는 기분이 드네."

이튿날 당장 펜크로프는 일에 착수했다. 늑재와 두꺼운 판자로 어엿한 배를 만드는 것이 아니라, 바닥이 평평하고 물에 뜨는 카누를 만들려는 것이다. '은혜 강'을 다니기에 적당하고, 특히 수심이 얕은 수원지 근처까지 갈 수 있는 카누를 만들면 된다. 나무껍질을 연결하면 가벼운 카누를 만들 수 있을 것이다. 이런 배라면 강에 장애물이 있어서 카누를 메고 운반해야 할 경우에도 무겁지 않고, 자리도 별로 차지하지 않는다. 펜크로프는 띠 모양의 나무껍질을 못으로 연결하고 단단히 밀착시켜서, 물이 전혀 새지 않는 배를 만들려 하고 있었다.

그러려면 이 일에 적당한 나무껍질, 유연하면서도 질긴 나무껍질을 고를 필요가 있었다. 그런데 마침 지난번 폭풍으로 많은 더글러스소나무가 쓰러져 있었다. 이 나무야말로 이런 종류의 배를 만드는 데에는 안성맞춤이었다. 그 소나무 몇 그루가 땅에 쓰러져 있었기 때문에 껍질만 벗기면 되었다. 하지만 개척자들이 갖고 있는 연장이 불충분해서 껍질을 벗기는 것도 아주 힘든 일이었다. 그래도 모두 힘을 합쳐 어떻게든 이 일을 해냈다.

펜크로프가 사이러스의 도움을 받아 잠시도 시간을 낭비하지 않고 일에 열중해 있는 동안, 기디언 스필렛과 하버트도 놀고 있었던 것은 아니다. 그들은 개척지의 식량 공급을 맡고 있었다. 스필렛은 하버트의 사냥 솜씨에 그저 감탄할 뿐이었다. 이 소년은 활과 창을 다룰 때 뛰어난 솜씨를 발휘하게 되었다. 하버트는 또한 용감한 태도를 보였고, '용감한 이성'이라고 부를 만한 냉정함도 갖추고 있었다. 이들 두 사냥꾼은 사이러스 스미스의 충고를 존중하여 그래닛 하우스 근처에서만 사냥을 하고, 반경 3킬로미터 밖으로는 나가지 않았다. 그래도 완만하게 비탈진 숲에서는 아구티와 카피바라 · 캥거루 · 페커리 같은 사냥감을 많이 잡을 수 있었다. 추위가 고비를 넘긴 뒤에는 덫이 별로 중요한 역할을 맡지 않게 되었지만, 여전히 구멍토끼 서식지에서는 링컨 섬 개척자들을 먹여 살릴 만한 식량이 확보되었다.

사냥을 하는 동안 하버트는 총알 사건이나 거기에 대한 사이러스의 결론에 대해 기디언 스필렛과 이야기를 나누었다. 어느 날(10월 26일) 소년은 이렇게 말했다.

"아저씨, 조난자들이 이 섬에 상륙했다면, 아직도 그래닛 하우스 주변에 모습을 나타내지 않는 게 이상하다고 생각하지 않으세요?"

"그들이 아직도 여기 있다면 그거야말로 아주 놀랄 만한 일이지." 기자가 대답했다. "하지만 이곳에 없다면 조금도 이상하지 않아!"

"그럼 그 사람들은 벌써 섬을 떠났을 거라고 생각하세요?"

"그럴 가능성이 커. 그 사람들이 이곳에 오래 머물렀다면, 특히 아직도 이 섬에 남아 있다면 무슨 사건이든 일어나서 그들이 섬에 있다는 것을 가르쳐주었을 테니까."

"하지만 섬을 떠날 수 있었다면, 배가 난파당하지 않았다는 뜻이잖아요?" 소년이 확인하듯이 물었다.

"그건 그래. 어쩌면 가짜 조난자라고 부르는 게 옳을지도 몰라. 강풍에 떠밀려 이 섬에 왔지만 배는 부서지지 않았고, 그래서 바람이 가라앉자 다시 항해를 떠났을 가능성도 있지."

"그런데 사이러스 씨는 이 섬에 사람이 있기를 바라기보다 오히려 두려워하고 있다는 느낌이 들어요."

"그래. 그 양반은 이 해역에 올 수 있는 게 말레이 해적뿐이라고 생각하지. 그놈들은 모두 악당이니까 피하는 게 좋아."

"언젠가는 해적이 상륙한 흔적을 찾아낼 수 있을까요? 그러면 확실한 사실을 알 수 있을 텐데요."

"야영한 흔적이라든가 불을 피운 흔적이 있으면 실마리가 되겠지. 다음에 탐험할 때는 그 실마리를 찾아보자."

두 사냥꾼이 이런 대화를 나눈 곳은 멋진 나무들이 늘어서 있는 '은혜 강' 부근의 삼림지대였다. 그곳에는 높이가 50미터 넘는 침엽수가 몇 그루 자라고 있었다. 뉴질랜드 원주민이 '카우리 소나무'라고 부르는 나무였다.

"아저씨, 제가 저 소나무 꼭대기에 올라가면 상당히 넓은 곳을 바라볼 수 있지 않을까요?"

"그거 좋은 생각이다. 하지만 저렇게 높은 나무 꼭대기까지 올라갈 수 있을까?"

"해볼게요."

민첩하고 몸이 가벼운 소년은 첫 번째 가지에 매달렸다. 카우리소나무는 기어오르기 쉽게 가지가 배열되어 있어서, 소년은 불과 몇 분 만에 나무 꼭대기에 이르렀다. 카우리소나무는 둥글고 드넓은 초록빛 평원 같은 숲 위로 우뚝 솟아 있었다.

그 높은 나무 위에서는 섬의 남부 일대와 남동쪽의 '발톱 곶'에서 남서쪽의 '도마뱀 곶'까지 한눈에 바라다보였다. 북서쪽에는 프랭클린 산이 수평선을 가리고 있었다.

하지만 하버트는 섬에서 아직 가보지 못한 지역을 이 높은 관측소에서 분명히 바라볼 수 있었다. 수상한 자들이 숨어 있다면 아마 그쪽에 있을 것이고, 지금도 거기에 숨어 있을지 모른다.

소년은 그쪽을 주의 깊게 살펴보았다. 바다 위에는 아무것도 보이지 않았다. 수평선에도, 섬의 연안 해역에도 돛 하나 보이지 않았다. 하지만 연안 자체는 숲에 가려져 있어서, 배—특히 돛대가 부러진 배—가 해안에 정박해 있었다면 하버트의 눈에는 당연히 보이지 않았을 것이다.

'서쪽 숲' 한복판에도 아무것도 보이지 않았다. 숲은 10평방킬로미터쯤 되는 지붕을 이루고 있어서, 뚫고 들어갈 수도 없고 빈 터나 작은 틈새도 없었다. '은혜 강' 물줄기를 거슬러 올라가 산속에서 발원지를 찾아낼 수도 없었다. 그밖에도 작은 시내가 있어서 서쪽으로 흐르고 있겠지만, 그것을 확인할 실마리는 아무것도 없었다.

야영한 흔적을 찾을 수는 없다 해도, 사람이 살고 있다는 것을 알려주는 연기라도 하늘로 올라가고 있지 않을까? 공기는 맑았다. 이렇게 맑은 하늘이라면 아무리 희미한 연기라도 또렷이 보일 터였다.

순간 하버트는 서쪽에 희미한 연기가 피어오르는 것을 본 듯한 기분이 들었다. 하지만 주의해서 자세히 보니 그것은 착각이었다. 소년은 시력도 좋았고, 또 주의에 주의를 거듭하여 열심히 보았지만, 역시 아무것도 보이지 않았다.

하버트는 카우리소나무에서 내려와 스필렛과 함께 그래닛 하우스로 돌아왔다. 사이러스 스미스는 소년의 이야기를 듣고 고개만 끄덕일 뿐 아무 말도 하지 않았다. 섬을 완전히 탐험하기 전에는 이 문제에 대해 의견을 말할 수 없는 게 당연했다.

이틀 뒤(10월 28일), 역시 설명할 수 없는 또 다른 사건이 일어났다.

그래닛 하우스에서 3킬로미터쯤 떨어진 해변을 걷고 있던 하버트와 네브는 커다란 바다거북을 잡고 뛸 듯이 기뻐했다. 그것은 등딱지가 초록빛으로 빛나는 푸른거북이었다.

이 거북이 바위 사이를 기어서 바다로 막 들어가려는 것을 발견한 사람은 하버트였다.

"네브, 빨리 와요!" 소년이 소리쳤다.

네브는 그쪽으로 재빨리 달려갔다.

"멋진 거북이군! 하지만 어떻게 잡지?"

"아주 간단해요. 뒤집으면 달아나지 못해요. 창을 잡고 나랑 똑같이 해봐요."

거북은 위험을 느끼고 등딱지와 배딱지 사이로 몸을 움츠려버렸다. 머리도 발도 보이지 않게 된 거북은 바위처럼 꼼짝도 하지 않았다.

하버트와 네브는 거북의 배 밑으로 창을 밀어넣은 다음, 힘을 합쳐 간신히 거북을 뒤집을 수 있었다. 이 거북은 몸길이가 1미터가 넘고, 몸무게는 적어도 200킬로그램은 되어 보였다.

"좋았어! 펜크로프 씨가 기뻐하겠군!" 네브가 말했다.

거머리말을 먹는 푸른거북은 고기가 아주 맛있다. 이때 거북은 작고 납작한 머리를 약간 내밀려 하고 있었다. 거북은 목을 늘였다 줄였다 할 수 있기 때문에 지금은 머리를 커다란 구멍 속으로 움츠려 단단한 딱지 속에 감추고 있었다.

"그런데 이걸 어떡하지? 이렇게 크고 무거운 녀석을 그래닛 하우스까지 끌고 갈 수는 없잖아!"

"원래대로 일어날 수는 없으니까, 이대로 여기 놔두죠. 나중에 짐수레를 가져와서 싣고 가면 돼요."

"알았어."

네브는 그럴 필요까지는 없다고 생각했지만, 하버트는 거북이 꼼짝하지 못하도록 몸뚱이 위에 커다란 돌을 올려놓았다. 그후 두 사람은 썰물로 넓어진 모래톱을 지나 그래닛 하우스로 돌아갔다. 하버트는 펜크로프에게 뜻밖의 선물을 주려고, 모래톱에 엎어놓고 온 '멋진 푸른거북'에 대해서는 아무 말도 하지 않았다. 그런데 두 시간쯤 지나서 네브와 하버트가 수레를 끌고 해변으로 돌아가 보니 '멋진 푸른거북'은 온데간데없이 사라지고 없었다.

네브와 하버트는 서로 얼굴을 마주보고, 이어서 주위를 둘러보았다. 아무리 보아도 거북을 놓고 온 곳은 여기였다. 거북이 움직이지 못하도록 눌러둔 돌멩이도 거기에 있었다. 따라서 장소를 착각하지 않은 것은 확실했다.

"펜크로프 씨가 기뻐하겠군!"

"놀랍군!" 네브가 말했다. "그렇다면 그 거북은 몸을 뒤집을 수 있나?"

"그런가 봐요." 하버트가 받았다. 소년은 사태를 이해하지 못한 채, 모래 위에 뒹굴고 있는 돌을 바라보고 있었다.

"이렇게 되면 펜크로프 씨가 무척 안타까워하겠는걸."

'사이러스 아저씨도 거북이 어떻게 사라졌는지 설명하기가 곤란하실 거야.' 하고 하버트는 생각했다.

"좋아. 거북에 대해서는 아무 말도 말자." 네브는 이 불운한 사건을 감추어두기로 마음먹고 말했다.

"안 돼요. 말해야 돼요." 하버트가 대답했다.

두 사람은 텅 빈 수레를 밀고 다시 그래닛 하우스로 돌아갔다.

하버트는 사이러스 스미스와 펜크로프가 함께 카누를 만들고 있는 작업장으로 가서, 해변에서 일어난 일을 이야기했다.

"터무니없는 실수를 저질렀군!" 선원이 소리쳤다. "그 맛있는 거북탕을 놓쳐버리다니. 아무리 못해도 50인분은 될 텐데."

"하지만 거북이 달아난 건 우리 탓이 아니에요. 우리는 녀석을 뒤집어놓았으니까요." 네브가 대꾸했다.

"그럼 제대로 뒤집어놓지 않은 거야." 고집스러운 선원이 유쾌한 트집을 잡았다.

"제대로 뒤집어놓지 않았다고요?" 하버트가 응수했다.

하버트는 거북이 꼼짝 못하게 돌로 눌러놓기까지 했다고 말했다.

"그럼 기적이라고 말할 수밖에 없겠군!" 펜크로프가 받았다.

"아저씨." 하버트가 사이러스에게 말했다. "거북은 한 번 뒤집히면 두 번 다시 일어날 수 없는 줄 알았는데요. 특히 몸뚱이가 커다란 거북인 경우에는……."

"그건 그렇다." 사이러스가 대답했다.

"그럼 어떻게 그런 일이 일어났을까요?"

"바다에서 얼마나 떨어진 곳에 놓아두었지?" 사이러스가 물었다. 그는 일을 잠시 멈추고 이 사건을 곰곰 생각하고 있었다.

"기껏해야 5미터쯤 될까요?" 하버트가 대답했다.

"그때는 썰물이었지?"

"예."

"거북이 모래 위에서는 몸을 도로 뒤집을 수 없었지만, 물속에서는 뒤집을 수 있었는지도 몰라. 밀물이 들어오자 거북은 일어나서 유유히 바다로 헤엄쳐 갔겠지."

"정말 터무니없는 실수를 저질렀군요!" 네브가 큰 소리로 외쳤다.

"그래서 내가 아까 그렇게 말했잖아." 펜크로프가 대꾸했다.

사이러스가 그렇게 설명했으니까 아마 그럴 것이다. 하지만 사이러스는 자신의 설명이 맞다고 확신하고 있을까? 그것은 무어라고도 말할 수 없었다.

2

카누에 시승하다—해안에 밀려온 표류물—표류물을 끌어당기다—
'표류물 곶'—상자 속에 든 것들—펜크로프에게 부족한 것—복음서

10월 29일, 나무껍질로 만든 작은 배가 완성되었다. 펜크로프는 약속대로 카누 같은 조각배를 닷새 만에 만들어낸 것이다. 선체 재료로는 낭창낭창한 크레짐바 나뭇가지가 사용되었다. 고물에 걸상 하나, 중앙부에도 두 번째 걸상이 설치되고, 간격을 유지하기 위해 이물에도 세 번째 걸상이 설치되었다. 또한 두 개의 노걸이를 떠받치기 위한 덕판, 배의 방향을 조종하는 키도 갖추어져 있었다. 이렇게 완전한 형태를 갖추었는데도 길이는 4미터도 안 되고, 무게도 100킬로그램이 채 안 되었다.

배를 물에 띄우는 절차도 아주 간단했다. 가벼운 카누가 그래닛 하우스 앞의 물가로 운반되자, 곧 밀물이 들어 배가 떠올랐다. 펜크로프는 당장 배에 뛰어올랐다. 그러고는 키를 조종하여 배가 잘 달릴 수 있는지 확인했다.

"만세!" 선원은 자신의 성공을 소리 높여 자축했다. "이 배라면 일주도 할 수 있겠어."

"세계 일주 말인가?" 기디언 스필렛이 놀렸다.

"섬 일주요. 하지만 밸러스트*로 돌을 몇 개 싣고, 앞에 돛대를 세우고, 사이러스 선생님이 돛을 몇 개 달아주면 훨씬 멀리까지도 갈 수 있습니다! 자, 사이러스 선생님, 스필렛 씨, 하버트, 네브. 모두 이 배에 타세요. 다섯 명이 다 탈 수 있는지 시험해봅시다."

확실히 그것은 꼭 시험해보아야 할 일이었다. 펜크로프는 키를 움직여 암초 사이에 남아 있는 좁은 수로를 통해 배를 모래톱 가까이까지 몰고 왔다. 그날 당장 섬의 연안을 따라 남쪽으로 내려가서 바위산이 끝나는 첫 번째 곳까지 카누를 타보기로 결정되었다.

배에 올라탈 때 네브가 외쳤다.

"배에 물이 들어오고 있어요, 펜크로프!"

"아무것도 아니야." 선원이 대답했다. "나무가 물에 불어서 이음매를 완전히 틀어막게 해야 돼. 이틀만 지나면 우리 배에는 가장 지독한 술고래의 뱃속에 들어 있는 정도의 물밖에는 남지 않을 거야! 어서 배에 타게!"

모두 배에 올라타자 펜크로프는 물가를 떠났다. 날씨는 더없이 좋았고, 바다도 호수처럼 잔잔했다. 카누는 '은혜 강'의 조용한 흐름을 거슬러 올라가고 있는 것처럼 안정된 상태로 바다 위를 나아갈 수 있었다.

두 개의 노 가운데 하나는 네브가, 또 하나는 하버트가 잡았고,

* 밸러스트_ 선체의 균형을 유지하기 위해 배의 밑바닥에 싣는 짐. 물이나 돌 따위를 싣는다.

펜크로프는 고물 쪽에서 키를 잡았다.

펜크로프는 우선 수로를 가로질러 작은 섬의 남쪽 끝을 스치듯 지나갔다. 남쪽에서 산들바람이 불어왔다. 수로에도 난바다에도 파도다운 파도는 일지 않고 있었다. 큰 너울이 수면을 부풀리고 있었지만, 카누에는 사람이 많이 타고 있었기 때문에 그 물결도 별로 느껴지지 않았다. 그들은 프랭클린 산을 바라보려고 해안에서 난바다 쪽으로 1킬로미터쯤 나갔다.

그후 펜크로프는 뱃머리를 돌려 다시 강어귀 쪽으로 돌아왔다. 카누는 해안을 따라 나아갔다. 이 연안은 끝에 있는 곶까지 커브를 그리며 배후에 '혹부리오리 늪'을 감추고 있었다.

해안이 굽이져 있기 때문에 거리가 멀어졌지만, '은혜 강' 어귀에서 곶까지는 5킬로미터 정도였다. 개척자들은 우선 곶 끝까지 간 다음 '발톱 곶' 쪽으로 뻗어 있는 해안을 바라볼 수 있는 곳까지 나아가기로 결정했다.

카누는 해안에서 500미터 정도의 거리를 유지하며 나아갔다. 밀물이 들어 해안 근처에 산재해 있는 암초가 모습을 감추기 시작했기 때문에, 암초에 부딪히는 것을 피하기 위해서였다. 해안 절벽은 강어귀에서 곶까지 차츰 낮아지고 있었다. '전망대'를 이루고 있는 고원도 화강암 바위가 겹쳐 쌓인 절벽이지만, 기괴한 모양의 화강암은 보통 암벽과는 달리 몹시 거친 양상을 띠고 있었다. 마치 거대한 짐수레에 실려 온 화강암이 이곳에 모두 부려진 듯한 광경이었다. 숲에서 앞쪽으로 3킬로미터 지점에 뻗어 있는 뾰족한 곶에는 식물이 전혀 자라고 있지 않았다. 그래서 이 곶은 초록빛 소매에서 튀어나온 거인의 팔처럼 보였다.

카누는 노 두 개의 힘으로 쑥쑥 나아갔다. 기디언 스필렛은 한 손에는 연필, 또 한 손에는 수첩을 들고 해안 풍경을 스케치하고 있었다. 네브와 펜크로프와 하버트는 처음 보는 이 지역을 유심히 관찰하면서 이야기를 나누고 있었다. 카누가 남쪽으로 내려갈수록 두 개의 '턱 곶'은 차츰 이동하여 '유니언 만'을 좁혀가는 듯이 보였다.

사이러스 스미스는 아무 말도 않은 채 앞만 바라보고 있었다. 그 눈빛에는 경계심이 나타나 있었다. 어느 미지의 나라라도 관찰하고 있는 듯한 느낌이었다.

한 시간쯤 항해한 뒤에 카누는 곶 끝에 이르렀다. 펜크로프가 곶을 막 돌려는 순간 하버트가 벌떡 일어나더니 앞쪽의 검은 점 같은 것을 가리키면서 외쳤다.

"저 모래톱에 있는 게 뭐죠?"

모두 그 검은 점으로 눈길을 돌렸다.

"확실히 무언가가 있어." 신문기자가 말했다. "모래에 반쯤 묻힌 표류물 같은데?"

"아아! 알았다!" 펜크로프가 외쳤다.

"도대체 뭐죠?" 네브가 물었다.

"통이야, 통! 안에 뭔가 잔뜩 들어 있을지도 몰라!" 펜크로프가 대답했다.

"배를 대게, 펜크로프!" 사이러스가 말했다.

그들은 노를 저어 작은 후미 안쪽 해안에 카누를 대고, 모두 모래톱으로 뛰어내렸다.

펜크로프의 눈은 정확했다. 통 두 개가 모래에 반쯤 묻혀 있었다. 하지만 통에는 다시 커다란 상자가 단단히 묶여 있었다. 상자는 통 두 개에 떠받쳐진 채 바다를 떠돌다가 이렇게 해안으로 밀려 올라온 것이다.

"섬 근처에서 난파한 배가 또 있었나 보죠?" 하버트가 물었다.

"물론 그렇겠지." 스필렛이 대답했다.

"대체 이 상자 안에 뭐가 들어 있을까?" 펜크로프가 내용물을 어서 빨리 보고 싶은 마음을 억누르지 못하고 외쳤다. "내용물이 뭘까? 상자는 단단히 닫혀 있고, 뚜껑을 부수려 해도 연장이 없어! 돌로 때려 부술까?"

선원은 무거워 보이는 돌멩이를 들어올려 상자를 내리치려고 했다. 그때 사이러스가 말렸다.

"펜크로프, 궁금증을 한 시간만 참아줄 수 없겠나?"

"하지만 생각해보세요! 우리한테 부족한 게 이 상자 안에 들어 있을지도 몰라요!"

"이제 곧 알게 돼. 하지만 상자를 부수면 안 돼. 쓸모가 있을 테니까. 그래닛 하우스까지 가져가기로 하세. 그러면 상자를 부수지 않고도 간단히 열 수 있을 거야. 이 상자는 여행용으로 튼튼하게 만들어져 있고, 바다를 떠돌다가 여기까지 왔으니까, 강어귀까지 물에 띄워서 운반할 수 있을 거야."

"맞습니다. 제가 잘못 생각했어요." 선원이 말했다. "그래도 참기는 어렵군요."

사이러스의 의견은 현명했다. 상자 안에 들어 있는 물건을 카누에 실어 나르는 것은 무리였다. 상자는 두 개의 빈 통을 이용하여 '물 위에 띄우지 않으면 안 되었을' 정도니까 상당히 무거운 게 분명하다. 따라서 그래닛 하우스 근처 해안까지 물 위에 띄워서 끌고 가는 게 좋을 것이다.

그런데 이 표류물은 어디에서 떠내려왔을까? 그것은 중대한

"이 상자 안에 뭐가 들어 있을까?"

문제였다. 사이러스와 동료들은 주의 깊게 주위를 둘러보고 해안을 수백 미터나 돌아다녔다. 하지만 그밖에는 어떤 파편도 보이지 않았다. 바다 위도 유심히 관찰했다. 하버트와 네브는 높은 바위에 올라가 보았지만 수평선은 텅 비어 있었다. 항해할 수 없게 된 난파선은 물론이고, 돛단배도 보이지 않았다.

하지만 조난 사고가 일어난 것은 의심할 여지가 없었다. 혹시 그 사고는 총알 사건과 관련이 있는 게 아닐까? 조난자들은 섬의 다른 곳에 상륙하여, 아직 그곳에 머물러 있는 게 아닐까? 하지만 개척자들이 당연한 듯이 내린 결론은 그 미지의 사내들이 말레이 해적은 아니라는 것이었다. 그 상자는 분명히 미국이나 유럽에서 만들어진 것이었기 때문이다.

그들은 모두 상자가 있는 곳으로 돌아갔다. 상자의 크기는 세로 1.5미터, 가로 1미터 정도였다. 졸참나무로 튼튼하게 만들고, 그것을 다시 두꺼운 나무껍질로 덮고 구리 못으로 고정시켰다. 커다란 통 두 개는 마개가 꽉 닫혀 있었지만, 두드려보니 속이 비어 있는 것을 알 수 있었다. 그 통들은 상자 양옆에 굵은 밧줄로 묶여 있었는데, 펜크로프는 그 매듭이 '선원 매듭'이라는 것을 금방 알아차렸다.

상자는 완전한 상태로 보존되어 있는 듯했다. 그것은 상자가 암초에 좌초해 있지 않고 모래톱에 밀려 올라와 있었다는 사실로도 판단할 수 있었다. 잘 조사해보니 상자가 바닷물에 잠겨 있었던 기간은 그렇게 길지 않다는 것, 이 해안에 밀려 올라온 것은 최근이라는 것도 알 수 있었다. 상자 안으로 물이 스며들지도 않은 모양이니까, 상자 안에 들어 있는 물건도 손상되지 않았을 게 분명하다.

이 상자가 섬 쪽으로 표류하고 있던 배에서 내던져진 것은 분명했다. 난파선의 생존자들은 상자가 섬 해안에 닿아주었으면 좋겠다는 기대를 담아서 상자를 바다에 내던졌을 것이다. 그리고 나중에 상자를 찾아낼 작정으로 그들은 부낭 대신 빈 통을 매달아 상자가 바다 위에 떠 있게 했을 것이다.

"그래닛 하우스까지 이 표류물을 끌고 가세." 사이러스가 말했다. "그리고 물품 목록을 만드세. 조난자들이 섬 어딘가에서 발견되면 물건을 돌려주겠지만, 아무도 발견되지 않으면……."

"우리가 가집시다!" 펜크로프가 외쳤다. "하지만 뭐가 들어 있을까요?"

벌써 밀물이 표류물에 닿기 시작했다. 상자는 물론 바다로 떠내려갈 게 분명하다. 통에 묶인 밧줄 하나를 풀어서 통과 카누를 연결하는 견인 밧줄로 사용했다. 펜크로프와 네브는 상자가 물에 뜨기 쉽도록 노로 모래를 팠다. 카누는 곧 상자를 끌고 곶을 빙 돌았다(그 곶에는 '표류물 곶'이라는 이름이 붙여졌다). 상자는 무거워서, 두 개의 통 덕분에 겨우 수면에 떠 있었다. 그래서 펜크로프는 상자가 통에서 떨어져나가 바다 밑바닥으로 가라앉지 않을까 하고 줄곧 걱정했다. 하지만 다행히 그것은 쓸데없는 걱정으로 끝나고, 출발한 지 한 시간 반 뒤(5킬로미터 정도의 거리를 항해하는 데 그만한 시간이 걸렸다) 카누는 그래닛 하우스 앞 해안에 도착했다.

그들은 밧줄을 잡아당겨 카누와 표류물을 모래톱 위로 끌어올렸다. 썰물이 지기 시작했기 때문에 주위에서는 곧 바닷물이 사라졌다. 네브는 되도록 상자를 망가뜨리지 않고 열기 위해 도구를 가지러 갔다. 드디어 내용물을 조사할 때가 되었다. 펜크로프는 흥분을 감추지 못했다. 아니, 굳이 감추려 하지도 않았다.

선원은 우선 두 개의 통에 묶인 밧줄부터 풀기 시작했다. 통은 전혀 파손되지 않았기 때문에 그대로 사용할 수 있었다. 펜치로 상자의 자물쇠를 열고 뚜껑도 곧 열렸다.

상자 안쪽에 아연으로 만든 덮개가 또 하나 씌워져 있었다. 상자 안의 물건이 어떤 경우에도 물에 젖지 않도록 이런 조치를 취한 것이다.

"야아! 안에 들어 있는 건 통조림인가!" 네브가 외쳤다.

"그런 게 아니었으면 좋겠군." 스필렛이 받았다.

"하다못해……." 선원이 작은 소리로 중얼거렸다.

"뭐라고요?" 네브가 되물었다.

"아무것도 아니야!"

그들은 아연 덮개를 전부 찢어서 상자 옆에 던졌다. 여러 종류의 다양한 물건을 차례로 꺼내서 모래 위에 늘어놓았다. 새로운 물건이 나타날 때마다 펜크로프는 만세를 외쳤고, 하버트는 손뼉을 쳤고, 네브는 덩실덩실 춤을 추었다. 상자에 들어 있는 책들은 하버트를 기쁘게 했고, 네브는 주방용품에 입을 맞추기까지 했다.

개척자들이 모두 만족한 것도 당연했다. 상자에는 온갖 도구와 무기, 계기, 의류, 도서 따위가 골고루 들어 있었기 때문이다. 다음은 기디언 스필렛이 수첩에 기록한 정확한 물품 목록이다.

도구류: 날이 여럿 달린 칼 3자루, 벌목용 도끼 2자루, 목수용 도끼 2자루, 손도끼 2자루, 대패 3개, 끌 1개, 정 6개, 줄 2개, 망치 3개, 드릴 3개, 송곳 2개, 못과 나사못 10자루,

새로운 물건이 나타날 때마다……

다양한 크기의 톱 3개, 바늘상자 2개

무기류: 부싯돌 점화식 총 2자루, 뇌관 총 2자루, 중앙 발화식 카빈총 2자루, 단검 5자루, 기병도 4자루, 12kg들이 화약통 2개, 기폭 뇌관 12상자

계기류: 육분의 1개, 쌍안경 1개, 망원경 1개, 나침의 1개, 포켓용 나침반 1개, 화씨온도계 1개, 아네로이드 기압계 1개, 카메라 · 렌즈 · 건판 · 화학약품 등이 들어 있는 상자 1개

의류: 모직과 비슷하지만 분명 식물성 섬유인 특수한 천으로 만든 셔츠 2다스, 같은 천으로 만든 양말 3다스

주방용품: 철제 주전자 1개, 주석 도금한 구리 냄비 6개, 철제 접시 3개, 알루미늄 나이프와 포크 10개, 주전자 2개, 휴대용 풍로 1개, 식탁용 나이프 6개

도서: 성서 1권, 지도 1권, 폴리네시아 지역 언어 사전 1권, 박물학 사전 1질(6권), 백지 1묶음(500장), 백지 장부 2권

기자는 목록을 다 적은 뒤에 이렇게 말했다.

"솔직히 말해서 이 상자 주인은 아주 현실적인 사람이었어! 도구, 무기, 계기, 의류, 주방용품, 책. 빠진 게 없어! 조난당할 것을 예상하고 미리 준비한 것 같지 않나?"

"정말 그렇군. 빠진 게 아무것도 없어." 사이러스도 생각에 잠긴 얼굴로 중얼거렸다.

"정말 그래요." 하버트도 말했다. "배에 이런 상자를 실은 사람이라면 말레이 해적일 리가 없어요!"

"상자 주인이 해적한테 잡혔다면 별문제지만……." 펜크로프

가 말했다.

"그렇게는 생각할 수 없네." 기자가 말했다. "그보다는 이 근처에 미국이나 유럽 선박이 잘못 들어왔을 가능성이 더 높아. 그래서 선원들이 하다못해 필요한 물건만이라도 건지려고 이 상자를 꾸려서 바다에 던졌겠지."

"아저씨도 그렇게 생각하세요?" 하버트가 사이러스에게 질문했다.

"그래. 그런 일이 일어났을 거야. 조난을 예상하고 한 일인지는 모르지만, 가장 중요한 물건을 이 상자들에 넣어서 바다에 던지고 나중에 해안 어딘가에서 찾으려고 했겠지……."

"상자에 카메라까지 들어 있다니!" 펜크로프가 믿을 수 없다는 표정으로 말했다.

"그 카메라는 무엇에 쓰려고 했는지 잘 모르겠네." 사이러스가 대답했다. "우리도 그렇고 다른 조난자들한테도 그렇겠지만, 의류가 좀더 갖추어져 있거나 탄약이 많은 편이 더 좋았을 텐데 말이야."

"그런데 그 계기나 도구나 책들이 어디서 만들어졌는지 알 수 있는 상표나 주소가 적혀 있지 않을까?" 스필렛이 물었다.

그 말이 옳았다. 그들은 책과 계기와 무기를 일일이 조사했다. 그런데 무기에도 계기에도 제조원의 상표는 붙어 있지 않았다. 그런 물건들은 완전한 상태였고, 한 번도 사용하지 않은 것 같았다. 도구류와 주방용품도 마찬가지였다. 모두 새것이었다. 그런 물건들을 닥치는 대로 상자에 넣은 것이 아니라 충분히 생각한 뒤에 선택하고 분류하여 상자에 넣었음을 말해주고 있었다. 또한 물건이 물에 젖지 않도록 아연 덮개를 씌운 것도 그것을 말해준다. 급박한 상황이라면 그런 식으로 두 번째 덮개를 만들고 있을 수는 없었을 것이다.

박물학 사전과 폴리네시아 지역 언어 사전은 둘 다 영어로 씌어졌지만, 출판사 이름도 발행일자도 적혀 있지 않았다.

성서도 역시 영어로 인쇄되었고 판형은 사절판이었지만, 이것은 자주 읽은 흔적이 있었다.

지도는 세계지도와 메르카토르 도법으로 만든 평면 지구도가 들어 있는 호화본이었다. 지도 용어는 프랑스어였지만, 여기에도 발행일자나 출판사 이름은 적혀 있지 않았다.

이 다양한 물건에는 출처를 알려주는 어떤 실마리도 없었다. 따라서 최근에 이 근처를 지나간 배의 국적을 짐작케 해주는 것은 아무것도 없었다. 하지만 그 상자가 어디에서 왔든지 간에 링컨 섬 개척자들을 풍족하게 해준 것은 분명했다. 지금까지 그들은 자연의 산물을 고쳐 만들고, 자력으로 모든 것을 만들어냈다. 자신들의 지혜를 짜내어 난관을 헤쳐나갔다. 어쩌면 신이 그들에게 상을 주려고 이렇게 다양한 선물을 보내주신 게 아닐까? 그들은 모두 하늘에 계신 신에게 감사 기도를 드렸다.

그래도 완전히 만족하지 않은 사람이 하나 있었다. 그것은 펜크로프였다. 그가 꼭 갖고 싶었던 것이 상자에 들어 있지 않았던 모양이다. 상자에서 물건이 꺼내질 때마다 선원의 만세 소리는 점점 약해졌다. 물품 목록이 완성되자 선원이 중얼거리는 소리가 들렸다.

"모두 괜찮은 물건이지만, 이 상자에 내가 원하는 물건은 없는 모양이야!"

이 말을 들은 네브가 물었다.

"뭘 기대했는데요?"

"담배가 반 근만이라도 들어 있었다면, 그랬다면 내 행복감은 완벽했을 텐데!"

선원의 이 말에 모두 웃지 않을 수 없었다.

그런데 이 표류물을 발견한 것 때문에 이제 이 섬을 전보다 훨씬 진지하게 탐험하지 않으면 안 되었다. 그래서 그들은 이튿날 날이 밝자마자 '은혜 강'을 거슬러 올라가 서해안까지 가보기로 했다. 조난자들이 서해안 어딘가에 상륙했다면 그들은 아무것도 먹지 못했을 가능성이 있다. 당장이라도 구원의 손길을 뻗어야 한다.

그날로 상자에 든 다양한 물건은 그래닛 하우스로 운반되어 대청에 가지런히 정돈되었다.

그날(10월 29일)은 마침 일요일이었다. 하버트는 잠자리에 들기 전에 사이러스 스미스에게 복음서 한 구절을 읽어달라고 부탁했다.

"기꺼이 읽어주마." 사이러스가 대답했다.

사이러스가 성서를 들고 페이지를 넘기려는데 펜크로프가 말했다.

"선생님, 저는 미신을 믿습니다. 아무렇게나 책을 펼쳐서 눈에 들어오는 구절을 읽어주세요. 지금 상황에 딱 들어맞는 말을 만날지도 몰라요."

사이러스는 선원의 생각에 미소를 지으며 그 부탁을 들어주기로 했다. 그는 마침 서표끈이 끼워져 있는 복음서 페이지를 펼쳤다.

갑자기 그의 눈이 붉은 십자표지에 못박혔다. 〈마태복음〉 제7장

"선생님, 저는 미신을 믿습니다."

제8절 앞에 붉은 색연필로 십자표지가 그려져 있었다.
사이러스는 다음과 같이 시작되는 제8절을 읽었다.

'구하는 이마다 얻을 것이요, 찾는 이마다 찾을 것이요, 두드리는 이에게 열릴 것이다.'

3

출발—밀물—느릅나무와 팽나무—다양한 식물—벌잡이새—
숲의 상태—거대한 유칼리나무—'열병나무'라고 불리는 이유—
원숭이 무리—폭포—야영

이튿날(10월 30일), 조금 전에 일어난 몇 가지 사건 때문에 긴급해진 탐험 준비는 모두 갖추어져 있었다. 사태가 이런 식으로 전개되어왔기 때문에, 링컨 섬의 개척자들은 이제 자신들이 구조를 바라는 쪽이 아니라 구조를 베풀어야 하는 쪽이라고 생각하고 있었다.

그들은 강을 따라 나아갈 수 있는 곳까지 '은혜 강'을 거슬러 올라가기로 결정했다. 이렇게 하면 지치지 않고 나아갈 수 있고, 섬의 서부지역 해안까지 식량과 무기를 운반할 수도 있을 터였다.

사실 가져갈 물건만이 아니라 그래닛 하우스로 가져올 수 있는 물건도 생각해두어야 했다. 해안에서 배가 난파했다면 표류물이 있을 것이고, 그중에는 쓸모있는 물건도 있을 것이다. 그렇게 예상하면, 무거운 물건을 싣기 어려운 카누보다는 물건을 나르기에 적합한 수레가 나을 것이다. 하지만 무겁고 투박한 수레를 끌고 가는 것은 고생스럽다. 그래서 펜크로프는 상자에 '담배 반 근'이 들어 있지 않은 것도 유감이지만 뉴저지산 힘센 말이 두 마리쯤 들어 있지 않은 것도 유감이라고 말했다. 말이 있다면 개척지에 얼마나 큰 도움이 되었을까!

식량은 네브가 벌써 배에 실어두었다. 보존해둔 고기와 맥주 20리터, 발효시킨 음료 따위를 사흘치만큼 준비했다. 사이러스 스미스가 기껏해야 사흘이면 탐험이 끝날 거라고 판단했기 때문이다. 필요하면 도중에 식량을 구해도 된다. 네브는 휴대용 풍로를 잊지 않고 배에 실었다.

도구로는 벌목용 도끼 두 자루를 실었다. 이것은 울창한 밀림에서 길을 뚫을 때 쓸 연장이었다. 계기로는 망원경과 포켓용 나침반을 가져가기로 했다.

무기로는 부싯돌 총 두 자루를 골랐다. 섬에서는 뇌관 장치가 달린 총보다 부싯돌로 점화하는 총이 더 쓸모가 있다. 부싯돌 총은 간단히 교체할 수 있는 부싯돌만 쓰는 반면, 뇌관 총은 기폭용 뇌관이 반드시 필요한데, 너무 많이 사용하면 뇌관이 금방 없어져버리기 때문이다. 그래도 카빈총 한 자루와 총탄을 몇 발 가져가기로 했다. 통에 25킬로그램쯤 들어 있는 화약도 조금 가져가야 한다(화약을 절약하기 위해 사이러스는 폭발물 대용품을 만들 생각이었다). 그밖에 가죽 칼집에 들어 있는 단검 다섯 자루가 추가되었다. 이만큼 무기를 갖추면 개척자들은 드넓은 숲 속에서도 어떻게든 위험한 상황을 헤쳐나갈 수 있을 터였다.

펜크로프와 하버트와 네브는 이런 무기가 손에 들어온 데 더없이 만족했다. 사이러스는 그들에게서 꼭 필요할 때 말고는 총을 쏘지 않겠다는 약속을 받아냈다.

아침 여섯 시에 카누는 바다로 밀려나갔다. 토비를 포함하여 전원이 배를 타고 '은혜 강' 어귀로 향했다.

밀물이 들기 시작한 것은 겨우 30분 전이었다. 아직도 몇 시간 동안은 밀물이 계속될 테니까, 이 밀물을 이용하는 게 좋다. 나중에 썰물이 지기 시작하면 강을 거슬러 올라가기가 어려워질 것은 뻔하다. 밀물의 기세가 벌써 세차지고 있었다. 사흘 뒤가 보름이기 때문이다. 강물의 흐름 속에서 키만 잡고 있어도 카누는 양쪽의 높은 둔치 사이를 빠르게 나아갔다. 노를 저어 속도를 올릴 필요도 없었다.

몇 분 만에 탐험가들은 '은혜 강' 물굽이에 이르렀다. 일곱 달 전에 펜크로프가 최초의 뗏목을 만든 지점이다.

이 급커브 지점을 지나면 강은 곡선을 그리면서 남서쪽으로 비스듬히 흘러 커다란 침엽수 아래를 지나갔다.

'은혜 강' 양쪽 기슭의 풍경은 아름다웠다. 사이러스와 동료들은 강물과 나무가 어우러져 만들어내는 아름다운 자연을 싫증도 내지 않고 황홀하게 바라볼 뿐이었다. 강을 거슬러 올라가자 나무의 종류가 달라졌다. 오른쪽 기슭에는 멋진 느릅나무들이 늘어서 있었다. 건축재로도 자주 쓰이고 물속에서도 오래 견디는 특성을 가진 귀중한 느릅나무였다. 같은 느릅나뭇과에 딸린 나무가 많이 보였지만, 그중에서도 특히 열매에서 귀중한 기름을 얻을 수 있는 팽나무가 눈에 띄었다. 강을 더 거슬러 올라가면서 하버트는 으름덩굴 몇 그루를 보았다. 으름나무의 가늘고 낭창낭창한 가지를 물에 담그면 고급 밧줄 재료가 된다. 소년은 감나무가 두세 그루 있는 것도 알아차렸다. 이 나무는 검은 바탕에 야릇한 줄무늬가 들어간 줄기를 갖고 있었다.

카누는 이따금 접안하기 쉬운 곳이 있으면 거기에 정박했다. 그러면 스필렛과 하버트와 펜크로프가 총을 들고 토비를 앞세워 강변을 돌아다녔다. 사냥감을 찾지 못해도 무언가 유용한 식물을 발견할 수 있기 때문에, 이런 기회를 허투루 보내면 안 된다. 이리하여 소년 식물학자는 소원대로 몇 가지 식물을 손에 넣었다. 예를 들면 명아주라든가 양배추의 일종인 다양한 평지 등이다. 평지는 옮겨 심어서 재배할 수도 있을 것이다. 그밖에도 유채 · 고추냉이 · 순무가 있었고, 마지막으로 키가 1미터쯤 되고 줄기가 여러 갈래로 갈라지고 폭신한 털에 덮인 식물이 발견되었다. 이 식물에는 갈색을 띤 씨가 열려 있었다.

"이 식물이 뭔지 아세요?" 하버트가 선원에게 물었다.

"담배!" 펜크로프가 외쳤다. 물론 그는 그토록 사랑하는 담배를 파이프 대통 이외의 곳에서는 본 적이 없었다.

"아니요. 이건 담배가 아니라 갓이에요."

"갓이라도 좋아! 하지만 여기 어딘가에 담배가 자라고 있으면 절대 놓치지 말아줘. 부탁한다, 하버트!"

"언젠가는 담배를 찾아낼 걸세!" 스필렛이 말했다.

"물론이죠!" 펜크로프는 외치듯이 말했다. "그날이 오면, 그야말로 이 섬에서 부족한 건 아무것도 없어요!"

이런 다양한 식물은 뿌리째 뽑혀서 카누에 실렸다. 사이러스는 배를 떠나지 않은 채 여전히 깊은 생각에 잠겨 있었다.

신문기자와 하버트와 펜크로프는 몇 번이나 '은혜 강'의 양쪽 기슭에 올라갔다. 왼쪽은 그렇게 가파르지 않았지만, 오른쪽은 왼쪽보다 나무가 훨씬 울창하게 우거져 있었다. 사이러스는 포켓용 나침반을 보고 첫 번째 물굽이부터는 강물이 남서쪽에서

"이 식물이 뭔지 아세요?"

북동쪽으로 흐르고 있음을 확인했다. 그동안은 약 5킬로미터에 걸쳐 거의 직선으로 흐르고 있었다. 하지만 좀더 가면 물줄기도 방향이 바뀔 것이다. '은혜 강'은 발원지인 프랭클린 산이 있는 북서쪽으로 거슬러 올라갈 것이기 때문이다.

몇 번째로 강변에 올라갔을 때, 기디언 스필렛은 꿩과에 딸린 새 한 쌍을 사로잡을 수 있었다. 그 새는 길고 가는 부리와 긴 목과 짧은 날개를 갖고 있었지만, 꼬리는 없는 것처럼 보였다. 하버트는 이 새가 '티나무'*라고 말했다. 그의 판단은 옳았다. 이 한 쌍의 새는 앞으로 생길 가금(家禽) 사육장의 첫 손님으로 결정되었다.

이제까지는 총소리가 한 번도 나지 않았지만, 몸이 물총새와 비슷하게 생긴 아름다운 새가 나타났기 때문에 '서쪽 숲'에 최초의 총성이 울려 퍼지게 되었다.

"저 새는 나도 알아!" 펜크로프가 외치면서 저도 모르게 방아쇠를 당긴 것이다.

"뭘 안다고?" 스필렛이 물었다.

"첫 탐험 때 달아난 새예요. 그래서 우리가 이 일대 숲에 저 새의 이름을 붙였잖아요."

"벌잡이새다!" 하버트가 외쳤다.

그것은 분명 벌잡이새였다. 깃털 색깔은 수수하지만 금속광택이 나는 아름다운 새였다. 새는 총알 몇 발을 맞고 떨어졌다. 토비는 이 새와 함께 진홍잉꼬도 여남은 마리 카누로 가져왔다. 크

* 티나무_ 골격은 주금류(走禽類: 날개가 퇴화하여 나는 힘이 없는 대신 지상에서 생활하기에 알맞은 튼튼한 다리를 가진 새의 총칭. 타조 · 레아 · 에뮤 따위)에 가까우나 겉보기는 메추라기 비슷하다.

기가 비둘기만 한 진홍잉꼬는 깃털이 선명한 초록색이고, 날개 일부에 진홍색이 들어가 있고, 하얀 테두리를 두른 볏이 빳빳하게 서 있다. 이렇게 멋진 사격 솜씨를 보여준 것은 하버트였다. 그는 사격 솜씨를 무척 자랑스럽게 생각하는 것 같았다. 사냥감으로는 고기가 좀 질긴 벌잡이새보다는 진홍잉꼬가 고급이었다. 하지만 펜크로프는 자기가 제일 맛있는 새를 쏘아 잡은 게 아니라는 사실을 좀처럼 납득하지 못했다.

오전 열 시에 카누는 강어귀에서 8킬로미터쯤 떨어진 두 번째 물굽이에 이르렀다. 그들은 여기서 쉬면서 점심을 먹기로 했다. 이 휴식은 멋진 아름드리나무 그늘에서 30분 동안 계속되었다.

너비는 아직도 20미터 정도였고, 수심도 2미터에서 3미터 정도였다. 사이러스는 많은 지류가 흘러들고 있어서 물이 불어나고 있다고 판단했다. 하지만 지류는 배로 거슬러 올라갈 수 없는 작은 시내에 불과할 것이다. '벌잡이새 숲'과 '서쪽 숲'은 시야 끝까지 펼쳐져 있었다. 높은 거목 밑에도, '은혜 강' 기슭에 자라는 나무 밑에도 인간의 흔적을 알려주는 것은 보이지 않았다.

탐험가들은 수상한 발자국을 하나도 발견하지 못했다. 이런 나무에 도끼가 박힌 적이 한 번도 없는 것은 분명했다. 울창한 덤불과 높이 자란 풀숲 속에서 나무줄기 사이로 뻗어나간 덩굴을 누군가의 칼이 잘라낸 적도 없는 게 분명했다. 난파선의 조난자들이 섬에 상륙했다 해도 아직 해안지대에 머물러 있는 게 분명했다. 난파선의 생존자들을 찾아야 할 곳은 이 깊은 숲 속이 아니었다.

그래서 사이러스는 섬의 서해안으로 서둘러 가기로 했다. 서해안까지의 거리는 그의 계산에 따르면 적어도 8킬로미터는 되

그들은 여기서 쉬면서 점심을 먹기로 했다

었다. 그들은 다시 카누를 타고 탐험을 시작했다. 강의 방향으로 보면 '은혜 강'은 해안 쪽이 아니라 프랭클린 산 쪽으로 올라가고 있는 것 같았지만, 그들은 강물에 떠 있을 수 없을 만큼 수심이 얕아질 때까지 카누를 타고 강을 거슬러 올라가기로 했다. 그래야 힘도 훨씬 덜 들고 시간도 절약된다. 나무가 빽빽이 우거진 숲 속을 뚫고 나아가려면 도끼로 길을 열어야 한다.

그런데 이윽고 밀물이 완전히 멈추었다. 썰물이 시작되었거나(실제로 썰물로 바뀔 시각이었다) '은혜 강' 어귀에서 멀리 떨어진 여기까지는 밀물이 미치지 않거나 둘 중 하나였다. 드디어 노를 사용해야 할 때가 되었다. 네브와 하버트는 노를 잡고 펜크로프는 키를 잡아, 계속 강을 거슬러 올라갔다.

그러자 '서쪽 숲' 쪽이 밝아지는 것 같았다. 나무가 점점 드물어지고, 혼자 외따로 서 있는 나무도 종종 눈에 띄었다. 하지만 간격이 벌어졌기 때문에 나무들은 주위를 흐르는 맑은 공기를 듬뿍 들이마시고 쑥쑥 자라고 있었다.

이 위도에서 볼 수 있는 식물군의 훌륭한 표본이 늘어서 있었다! 식물학자가 이 나무들을 보았다면 링컨 섬의 위도가 몇 도인지 알아맞힐 수 있었을 것이다.

"유칼리나무다!" 하버트가 외쳤다.

그것은 정말로 거목이었다. 열대를 벗어난 지역에서는 가장 큰 나무이고, 링컨 섬과 비슷한 위도에 있는 오스트레일리아나 뉴질랜드의 유칼리나무와 같은 종류의 것이었다. 개중에는 키가 50미터나 되는 나무도 보였다. 그 줄기의 밑동은 둘레가 6미터나 되었다. 나무껍질에는 향기를 내는 수지가 그물무늬를 그리고 있었는데, 그 나무껍질의 두께도 10센티미터가 넘었다. 이 도금양과의 거목만큼 이상하고 색다른 나무는 없었다. 유칼리나무의 잎은 옆에서 햇빛을 받고 있었지만, 그 햇빛은 나뭇잎을 통과하여 땅까지 내려오고 있었다.

유칼리나무 밑에는 싱싱한 풀이 땅을 뒤덮고 있었다. 그 풀숲에서 작은 새들이 날아올라, 나뭇잎 사이로 비치는 햇빛 속에서 석류석처럼 반짝거리고 있었다.

"굉장한 나무가 몇 그루나 있군요. 이건 뭔가에 쓸모가 있나요?" 네브가 소리를 질렀다.

"무슨 소리를 하는 거야? 엄청나게 큰 인간이 있듯이 엄청나게 큰 나무도 있어. 이런 건 축제 때 구경거리로 내놓는 것 말고는 쓸모가 없어!" 펜크로프가 대답했다.

"아무래도 그 말은 틀린 것 같은데…… 유칼리나무는 우선 고급 가구의 재료로 쓰인다는 이점이 있네." 스필렛이 말했다.

"그것만이 아니에요." 하버트가 덧붙였다. "유칼리나무는 유익한 나무가 많은 도금양과에 딸려 있어요. 예를 들면 열매로 잼을 만드는 구아바, 향신료가 되는 정향, 맛있는 열매가 달리는 석류나무가 모두 같은 도금양과예요. '에우게니아 카울리플로라'는 꽤 맛있는 술의 재료가 되는 모양이고, '우그니 은매화'에서는 아주 맛있는 음료를 얻을 수 있어요. '카료필루스' 껍질은 계피와 마찬가지로 귀중하게 여겨지고, '에우게니아 피멘타'에서는 자메이카 후추를 얻을 수 있어요. 보통 은매화 열매는 훌륭한 후추 대용품이 되고, '유칼립투스 로부스타'는 아주 맛있는 수액을 내고, '유칼립투스 군나이' 수액을 발효시키면 맥주가 돼요. 요컨대 '생명의 나무'나 '철의 나무'라는 이름으로 알려진 나무는 모두 이 도금양과에 딸려 있어요. 그 수는 적어도 46속에

1300종이 넘어요!"

그들은 소년 박물학자의 열띤 식물학 강의에 열심히 귀를 기울였다. 사이러스 스미스는 빙긋 웃으며 듣고 있었고, 펜크로프는 무어라 형언할 수 없는 자랑스러움을 느끼고 있었다.

"좋아, 하버트." 펜크로프가 끼어들었다. "하지만 방금 이야기한 쓸모있는 나무들은 모두 이 유칼리나무처럼 엄청나게 크지는 않겠지?"

"그래요, 아저씨."

"그럼 아까 내가 한 말이 맞잖아. 엄청나게 큰 나무는 아무 짝에도 쓸모가 없어!"

"그 말은 틀렸네, 펜크로프." 이번에는 사이러스가 말했다. "이렇게 시원한 나무 그늘을 만들어주고 있는 이 유칼리나무도 쓸모가 있다네."

"무슨 쓸모요?"

"유칼리나무가 자라는 지방을 깨끗하게 정화해주지. 오스트레일리아나 뉴질랜드에서 이 나무를 뭐라고 부르는지 아나?"

"모르겠는데요."

"'열병나무'라고 부른다네."

"열병을 일으키기 때문인가요?"

"아니, 거꾸로 열병을 막아준다네."

"호오, 그건 적어두어야겠군." 기자가 말했다.

"적어두게, 스필렛. 유칼리나무가 말라리아 열병의 병독을 약화시켜주는 것은 증명된 모양일세. 유럽 남부와 아프리카 북부의 어느 지방에서는 이 천연 예방약인 유칼리나무를 심었다네. 아무리 보아도 건강에 좋지 않은 지방이었기 때문에 시험 삼아 유칼리나무를 심었더니 주민들의 건강 상태가 차츰 좋아졌다는 군. 도금양과의 이 나무로 뒤덮인 지방에서는 말라리아를 찾아볼 수 없어. 이 사실은 이제 의심할 여지가 없다네. 링컨 섬에 사는 우리한테는 정말 다행한 일이지."

"아아, 정말 좋은 섬이야! 축복받은 섬!" 펜크로프가 외쳤다. "부족한 것은 아무것도 없어…… 그것만 빼고……."

"그것도 이제 곧 찾을 수 있을 거야." 사이러스가 대답했다. "자, 또다시 강을 거슬러 올라가세. 강물이 이 카누를 데려다주는 곳까지 나아가기로 하세."

이리하여 이 일대의 어떤 나무보다 키가 큰 유칼리나무로 뒤덮인 숲 속에서 적어도 3킬로미터에 걸쳐 탐험이 계속되었다. 유칼리나무가 자라는 지역은 '은혜 강' 양쪽에 끝없이 펼쳐져 있었다. 강은 구불거리며 높은 초록빛 강둑 사이를 굽이쳐 흐르고 있었다. 이따금 높이 자란 물풀이나 돌출한 바위가 물의 흐름을 가로막아 배가 다니기 어려워졌다. 노를 젓는 것도 순조롭지 않아서 펜크로프는 삿대를 써서 배를 전진시켜야 했다. 수심도 점점 얕아지는 것을 알 수 있었다. 이제 곧 수심이 너무 얕아져서 배를 세워야 할 것이다. 태양은 벌써 지평선으로 기울고 나무 그림자가 땅 위에 길게 뻗어 있었다. 사이러스 스미스는 그날 안으로 서해안에 도착할 수는 없다는 것을 알고, 수심 때문에 배가 도저히 나아갈 수 없게 되면 그 자리에서 야영을 하기로 결정했다. 서해안까지는 아직 10킬로미터쯤 남아 있을 텐데, 야간에 미지의 숲을 돌파하기에는 너무 먼 거리였다.

카누는 쉬지 않고 숲 속을 나아갔다. 숲에는 또 조금씩 나무가 늘어나고 동물도 많아지는 것 같았다. 펜크로프가 잘못 본 게 아니라면, 덤불 아래를 원숭이 무리가 뛰어다니고 있었다. 때로는 원숭이 두세 마리가 카누에서 그리 멀지 않은 곳에 멈춰 서서 무서워하는 기색도 없이 개척자들을 바라보기도 했다. 사람을 처음 보았기 때문에 아직 무서워할 줄 모르는 것 같았다. 그 원숭이들을 총으로 쏘아 죽이는 것은 간단할 것이다. 과격한 펜크로프는 총을 쏘고 싶어 몸이 근질거리는 것 같았지만, 사이러스는 그런 무의미한 살육에 반대했다. 그리고 그것이 더 신중한 행동이다. 원숭이는 힘이 세고 아주 민첩한 동물이니까 무서운 적이 될지도 모른다. 쓸데없는 공격으로 원숭이를 괜히 자극하지 않는 게 현명하다.

솔직히 말해서 펜크로프는 원숭이를 순전히 식량으로만 생각하고 있었다. 실제로 원숭이는 식물성 음식만 먹기 때문에 고기가 꽤 맛있다. 하지만 지금은 식량이 충분하기 때문에 총알을 헛되이 쓸 필요는 없었다.

네 시쯤에는 '은혜 강'을 거슬러 올라가기가 무척 어려워졌다. 물풀이나 바위가 흐름을 막고 있기 때문이다. 양쪽 강둑은 점점 가팔라지고, 강물은 벌써 프랭클린 산의 첫 번째 지맥 사이를 흐르고 있었다. 멀지 않은 곳에 강의 발원지가 있을 게 분명하다. 산의 남쪽 비탈을 흘러내리는 계곡물이 모두 모인 곳이 발원지일 테니까.

"15분도 채 지나기 전에 배가 멈춰 설 겁니다." 펜크로프가 말했다.

"그럼 거기서 멈추기로 하세. 그리고 오늘 밤은 거기서 야영을 하세." 사이러스가 말했다.

"그래닛 하우스에서 얼마나 왔죠?" 하버트가 물었다.

덤불 아래를 원숭이 무리가 뛰어다니고 있었다

“10킬로미터쯤 오지 않았을까?” 사이러스가 대답했다. “하지만 이 강은 북서쪽으로 멀리까지 우회했어.”

“이대로 계속 갈 건가요?” 스필렛이 물었다.

“나아갈 수 있는 데까지.” 사이러스가 대답했다. “내일은 날이 밝자마자 카누를 강둑에 놔두고 서해안으로 가세. 세 시간이면 도착할 수 있을 거야. 그런 다음 온종일 해안지역을 탐험하세.”

“전진!” 펜크로프가 복창하듯 외쳤다.

하지만 곧 카누는 강바닥을 스치기 시작했다. 강의 너비도 이제는 6미터 정도밖에 되지 않았다. 수면 위에는 양쪽에서 뻗어나온 나뭇가지가 아치를 그리며 덮여 있어서 주위가 어두컴컴했다. 폭포가 떨어지는 소리도 꽤 또렷이 들려왔다. 조금만 더 상류로 올라가면 자연 봇둑이 있는 게 분명하다.

실제로 물굽이를 또 한 번 돌아넘자 나무들 사이로 폭포가 나타났다. 카누가 강바닥에 부딪혔기 때문에 오른쪽 기슭의 나무줄기에 배를 잡아맸다.

오후 다섯 시 무렵이었다. 석양이 울창한 나뭇잎 사이로 비쳐들어 작은 폭포를 비스듬히 비추고 있었다. 폭포에서 피어오른 물보라가 프리즘처럼 반짝거리고 있었다. ‘은혜 강’ 물줄기는 폭포 너머에서 덤불 속으로 사라졌다. 저곳 어딘가에 숨어 있는 샘에서 물이 흘러나오고 있을 것이다. 도중에 몇 개의 시내가 모여서 하류에서는 훌륭한 강이 되지만, 여기서는 아직 맑고 얕은 개울에 지나지 않았다.

그들은 매력적인 이곳에서 야영을 하기로 했다. 개척자들은 강둑에 올라가 가지를 펼친 팽나무 밑에 불을 피웠다. 만약의 경우에는 팽나무 가지에 올라가 밤을 보낼 수도 있었다.

곧 저녁식사가 차려졌다. 모두 식욕이 왕성했다. 배가 고팠고, 이제 남은 일은 잠자는 것뿐이었기 때문이다. 하지만 해가 지기 전에 숲에서 으르렁거리는 소리가 들려왔기 때문에 밤새 불을 피워놓기로 했다. 그러면 활활 타오르는 불길이 잠자고 있는 사람들을 지켜줄 터였다. 네브와 펜크로프가 번갈아 불침번을 서면서 모닥불에 먹이를 주었다. 어떤 짐승인지는 모르지만 야영지 주위의 숲이나 덤불 사이를 어슬렁거리는 그림자를 보았을 때 두 사람은 자기네 판단이 틀리지 않았다고 생각했다. 하지만 그날 밤은 무사히 지나갔고, 이튿날인 10월 31일 새벽 다섯 시에 모두 잠자리에서 일어나 출발 준비를 시작했다.

4

서해안을 향해—원숭이들—처음 보는 시내—왜 만조가 되지 않을까—해안의 숲—'도마뱀 곶'—하버트, 스필렛을 부러워하다—대나무 폭발음

오전 여섯 시에 아침식사를 끝낸 뒤 개척자들은 다시 길을 떠났다. 지름길로 서해안에 도착할 작정이었다. 시간은 얼마나 걸릴까? 사이러스 스미스는 두 시간 정도로 잡고 있었지만, 그것은 물론 앞길에 어떤 장애물이 놓여 있느냐에 따라 달라진다. '서쪽 숲' 에서 이 언저리는 되도록 많은 종류의 나무를 모아놓은 드넓은 숲으로 여겨질 만큼 나무가 빽빽이 우거져 있는 것 같았다. 그래서 풀숲이나 덤불이나 덩굴 사이로 길을 내려면 아무래도 도끼를 들고 걸어야 할 것이다. 또한 밤중에 들은 짐승의 울음소리를 생각하면 총도 가져가야 할 것이다.

야영지의 정확한 위치는 프랭클린 산의 위치에서 측정할 수 있었다. 화산은 북쪽으로 5킬로미터도 채 떨어지지 않은 곳에 우뚝 솟아 있으니까, 남서쪽으로 곧장 나아가기만 하면 서해안에 이를 수 있다.

일행은 카누가 단단히 묶여 있는지를 꼼꼼히 확인한 뒤에 출

발했다. 펜크로프와 네브가 적어도 이틀 동안 먹을 수 있는 식량을 운반했다. 앞으로는 사냥을 하면 안 된다. 긴급한 경우가 아니면 불필요하게 총을 쏘지 말라고, 사이러스는 동료들에게 단단히 일러두었다. 일행이 서해안 쪽으로 다가가고 있다는 것을 아무한테도 알리지 않기 위해서였다.

폭포에서 조금 상류로 올라간 유향수 숲에서 그들은 처음으로 도끼를 휘둘렀다. 사이러스는 나침반을 손에 들고 일행들에게 길을 안내했다.

주위의 나무들은 그랜트 호나 '전망대' 부근에 자라는 것과 거의 같은 종류였다. 히말라야삼나무 · 더글러스소나무 · 카수아리나 · 고무나무 · 유칼리나무 · 용혈수 · 하이비스커스 · 오스트레일리아삼나무, 그밖에 다양한 나무가 있었지만, 대부분은 키가 별로 크지 않았다. 나무가 너무 많아서 잘 자라지 못하고 있었다. 개척자들은 길을 내면서 가야 했기 때문에 느린 속도로 나아갈 수밖에 없었다. 사이러스는 장차 이 루트를 '붉은 내' 루트와 연결해야겠다고 생각했다.

개척자들은 야영지를 출발한 뒤, 섬의 산악지대를 이루고 있는 산비탈을 내려가고 있었다. 땅은 바싹 말라 있었지만, 식물이 싱싱하게 자라고 있는 것을 보면 지하에 수맥이 있거나 가까운 곳에 개울이라도 흐르고 있는 모양이었다. 사이러스는 분화구에 올라가서 섬 전체를 둘러보았을 때를 생각해보았지만, '붉은 내'와 '은혜 강' 말고는 다른 물줄기를 본 기억이 없었다.

걷기 시작한 뒤 얼마 동안 그들은 몇 번이나 원숭이 무리와 마주쳤다. 원숭이는 사람을 처음 보고 몹시 놀란 듯했다. 스필렛은 "이 민첩하고 튼튼한 원숭이들은 우리를 퇴화한 형제로 보고 있지 않을까?" 하고 농담을 하여 동료들을 웃겼다. 솔직히 걸을 때마다 덤불에 시달리고 덩굴에 발이 걸리고 앞을 가로막는 나뭇가지의 방해를 받고 있는 인간 보행자는 가지에서 가지로 휙휙 날아다닐 수 있는 원숭이, 무엇에도 방해받지 않는 유연한 원숭이에 비하면 아무리 봐도 시원찮은 존재였다. 원숭이는 수가 많았지만, 다행히 인간에게 적개심을 보이지는 않았다.

동물로는 그밖에도 멧돼지 몇 마리, 아구티, 캥거루, 토끼, 설치류, 나무늘보 두세 마리가 보였다. 펜크로프는 이 나무늘보에게 총을 쏘고 싶었지만, 그저 이렇게 말했을 뿐이다.

"아직은 사냥 금지가 해제되지 않았어. 그러니까 마음대로 뛰어다녀라. 느긋하게 돌아다녀. 돌아가는 길에 인사해줄 테니까."

오전 아홉 시 반, 남서쪽으로 곧장 나아가고 있던 그들은 갑자기 처음 보는 시내에 가로막혔다. 너비는 10미터에서 13미터 정도였다. 거센 물살이 가파른 비탈을 달려 내려오면서 많은 바위에 부딪혀 요란한 소리를 내고 있었다. 개울은 깊고 맑았지만, 카누를 타고 가기는 어려울 터였다.

"길이 막혔군!" 네브가 외쳤다.

"아니에요." 하버트가 대답했다. "그냥 개울이니까 헤엄쳐서 건널 수 있어요."

"헤엄칠 필요는 없어." 사이러스가 말했다. "이 개울은 바다로 이어져 있는 게 확실해. 이대로 왼쪽 기슭을 따라 나아가기로 하자. 그러면 더 빨리 해안에 도착할 수 있을 거야. 안 그러면 오히려 이상하지. 자, 출발!"

"잠깐만." 스필렛이 말했다. "이 개울은 이름을 뭐라고 할까요? 모든 지형지물에 이름을 붙여야죠."

"맞아요." 펜크로프가 말했다.

"하버트, 네가 이름을 지어보렴." 사이러스가 소년에게 말을 걸었다.

"어귀까지 살펴본 다음에 이름을 짓는 게 좋지 않을까요?" 하버트가 말했다.

"그래, 좋다." 사이러스가 대답했다. "그럼 쉬지 말고 개울을 따라 나아가자."

"조금만 더 기다려주세요." 펜크로프가 말했다.

"왜?" 스필렛이 물었다.

"사냥은 금지되어 있지만, 낚시는 괜찮겠죠?" 선원이 말했다.

"시간을 낭비하면 안 돼." 사이러스가 말했다.

"5분이면 돼요." 펜크로프가 고집스럽게 말했다. "맛있는 점심을 위해 5분만 달라고 요구하는 겁니다."

펜크로프는 물가에 배를 깔고 엎드려 기세 좋게 흐르는 물속에 팔을 쑥 집어넣더니, 바위 그늘에 떼지어 있던 가재를 금세 수십 마리나 공중으로 던져 올렸다.

"이거 굉장한데요!" 네브가 선원을 도우러 가면서 소리쳤다.

"이 섬에는 담배 말고는 뭐든지 다 있다고 말했잖아!" 펜크로프가 한숨을 섞어가며 중얼거렸다.

이 놀랄 만한 낚시를 하는 데에는 5분도 채 걸리지 않았다. 개울에는 가재가 우글거리고 있었기 때문이다. 주황색 껍질과 작은 발톱이 달린 집게발을 가진 이 갑각류를 자루에 가득 채워넣고 일행은 다시 행진을 계속했다.

이 처음 보는 시내를 따라 내려가게 된 뒤에 개척자들의 걸음은 훨씬 빠르고 편해졌다. 물론 양쪽 기슭은 인간이 발을 들여놓은 적이 없었다. 이따금 대형 동물이 남긴 발자국이 보였다. 그 동물은 언제나 이 개울로 물을 마시러 올 것이다. 하지만 그밖에는 아무것도 보이지 않았다. 페커리가 펜크로프의 어금니에 씹힌 총알을 맞은 것은 '서쪽 숲'의 이 언저리는 아닌 모양이다.

그런데 바다로 흘러가고 있는 이 급류를 보고 사이러스는 자신들이 생각한 것보다 서해안에서 훨씬 멀리 떨어져 있는 게 아닐까 하고 생각하게 되었다. 실제로 이 시각에는 밀물이 들어와 있으니까, 어귀까지의 거리가 몇 킬로미터밖에 안 된다면 밀물이 냇물을 되밀어 올리고 있을 터였다. 그런데 그런 현상은 일어나지 않았다. 냇물은 여전히 비탈진 냇바닥을 빠른 속도로 흘러내리고 있다. 사이러스는 속으로 무척 놀라고 있었을 것이다. 그는 몇 번이나 나침반을 들여다보고, 시내가 갑자기 방향을 돌려 '서쪽 숲' 속으로 들어가고 있지 않은 것을 확인했다.

그래도 개울의 너비는 조금씩 넓어지고, 물소리도 점점 약해졌다. 개울 오른쪽에도 왼쪽에도 수목이 울창하게 우거져 있어서 그 너머까지는 보이지 않았다. 하지만 이 풍요로운 숲 속에 인간이 숨어 있지는 않을 것이다. 토비가 전혀 짖지 않았기 때문이다. 이 영리한 개는 개울 근처에 수상한 존재가 있으면 반드시 알려줄 터였다.

열 시 반, 사이러스 스미스는 깜짝 놀랐다. 조금 앞에서 걷고 있던 하버트가 갑자기 멈춰 서서 이렇게 외쳤기 때문이다.

"바다다!"

개척자들은 곧 숲에서 나와 눈앞에 펼쳐져 있는 해안을 바라보았다.

이 서해안은 그들이 맨 처음 상륙한 동해안과 완전한 대조를

“바다다!”

이루고 있었다. 이곳에는 절벽도 없고 난바다의 암초도 없고 모래벌판도 없었다. 해안까지 숲이 바싹 다가와 있어서, 숲 가장자리에 있는 나무들은 파도의 물보라를 받으며 바다 위로 몸을 내밀고 있었다. 이곳은 자연이 만드는 보통 해안, 즉 넓은 모래벌판이 펼쳐져 있거나 바위가 널려 있는 해안이 아니라 멋진 수목에 둘러싸인 아름다운 해안이었다. 해안 절벽이 대평원 같은 바다를 내려다보듯 우뚝 솟아 있었다. 그리고 화강암 토대에 떠받쳐진 땅에는 온갖 종류의 식물이 무성하게 우거져, 섬 내륙부의 수목과 마찬가지로 단단히 뿌리를 내리고 있는 듯이 보였다.

개척자들은 칼로 도려낸 것처럼 되어 있는 작은 후미에 이르렀다. 후미라 해도 낚싯배 두세 척도 묶어놓을 수 없을 만큼 작아서, 새로 발견한 작은 시내의 출구가 되어 있을 뿐이었다. 하지만 재미있게도 냇물은 천천히 내려와 어귀에서 바다로 흘러드는 것이 아니라 10미터가 넘는 높이에서 바다로 떨어지고 있었다. 만조 때가 되어도 개울 상류까지 밀물이 올라오지 않은 것은 이 때문이었다. 그래서 그들은 만장일치로 이 개울에 '폭포 내'라는 이름을 붙이기로 했다.

개울 건너편인 북쪽 방향에는 숲이 3킬로미터나 이어져 있었다. 그러다가 수목이 점점 줄어들고, 그 너머에는 그림처럼 아름다운 벼랑이 남북으로 곧게 뻗어 있었다. 반대로 '폭포 내'에서 '도마뱀 곶'에 이르는 해안은 울창한 숲이 이어져서 훌륭한 나무가 하늘을 향해 똑바로 자라거나 비스듬히 기울어져 있었다. 좁은 해안에 밀려오는 파도가 나무들의 뿌리를 씻어주고 있었다. 탐색을 계속해야 하는 것은 '뱀 반도' 쪽이었다. 건너편인 북쪽은 너무 황량해서 개척자들에게 어떤 피난처도 제공해주지 않을

게 분명했지만, '뱀 반도' 연안에는 피난처가 있을 것 같았기 때문이다.

하늘은 밝고 맑았다. 네브와 펜크로프는 절벽 위에서 식사를 준비했다. 그곳에서는 멀리까지 내다볼 수가 있었다. 수평선은 또렷이 보이지만 난바다에는 단 하나의 돛도 떠 있지 않았다. 연안에도 배나 표류물은 전혀 보이지 않았다. 하지만 사이러스는 '뱀 반도' 끝까지 해안을 탐색해보기 전에는 난파선에 대해 어떤 판단도 내릴 수 없다고 생각했다.

식사를 얼른 끝내고 열한 시 반에 사이러스는 출발 신호를 보냈다. 개척자들은 절벽 위나 모래사장을 편하게 걷는 것이 아니라 해안을 따라 울창한 숲을 뚫고 나아가야 했다.

'폭포 내' 어귀에서 '도마뱀 곶'까지의 거리는 20킬로미터가 채 안 된다. 보통 모래톱이라면 그렇게 서두르지 않아도 네댓 시간이면 그 거리를 걸을 수 있을 것이다. 하지만 목적지까지는 그 두 배의 시간이 필요했다. 큰 나무를 피하고 덤불을 베어내고 덩굴을 자르느라 계속 길을 돌아서 가거나 걸음을 멈추어야 했기 때문이다. 이렇게 자주 길을 돌아가면 걷는 거리가 길어진다.

어쨌든 이 해안에도 최근에 배가 난파한 흔적은 없었다. 스필렛이 지적했듯이 파도가 모든 것을 난바다로 실어가버렸는지도 모른다. 아무 흔적도 보이지 않는다고 해서 이 부근에 난파선이 밀려오지 않았다고 결론내서는 안 될 것이다.

기자의 의견은 당연했다. 그 총알 사건은 지난 석 달 사이에 이 섬 어딘가에서 총이 발사되었음을 여실히 보여주고 있었다.

벌써 다섯 시가 되어 있었다. '뱀 반도' 끝은 지금 개척자들이 있는 곳에서 3킬로미터쯤 떨어져 있었다. '도마뱀 곶'까지 가면,

날이 저물기 전에 '은혜 강' 발원지 근처에 있는 야영지로 돌아갈 수 없을 것은 분명했다. 따라서 '도마뱀 곶' 에서 밤을 보낼 수밖에 없다. 하지만 식량은 충분히 있었다. 숲 가장자리인 이 해안지대에는 사냥감이 없으니까, 식량을 충분히 가져온 것은 다행이었다. 짐승이 없는 대신에 새는 풍부했다. 벌잡이새 · 비단새 · 트로곤 · 호로호로새 · 뇌조 · 진홍잉꼬 · 앵무새 · 노랑관앵무새 · 꿩 · 비둘기를 비롯하여 종류가 수백 종이나 된다. 새 둥지가 없는 나무는 한 그루도 없었고, 날개 치는 소리가 들리지 않는 둥지도 하나 없었다.

저녁 일곱 시쯤에 개척자들은 지친 상태로 '도마뱀 곶' 에 이르렀다. 이 곶은 소용돌이치는 듯한 기묘한 형태로 바다 쪽으로 돌출해 있었다. 반도의 숲은 여기서 끝나고, 해안 남쪽은 다시 둥글둥글한 바위와 암초와 모래톱이 있는 평범한 풍경을 보여주고 있었다. 따라서 이 근처 해안에 난파선이 좌초해 있을 가능성은 있었지만, 어둠이 찾아왔기 때문에 탐색은 이튿날로 미룰 수밖에 없었다.

펜크로프와 하버트는 당장 야영하기에 적당한 곳을 찾으러 갔다. '서쪽 숲' 은 여기서 끝났지만, 하버트는 숲 속에서 울창한 대나무 숲을 발견했다.

"이건 귀중한 발견이에요!" 소년이 말했다.

"귀중하다고?" 펜크로프가 물었다.

"분명 귀중한 발견이 될 거예요. 하지만 내가 말하고 싶은 건, 대나무를 쪼개면 바구니나 소쿠리를 만들 수 있다는 게 아니에요. 중국에서는 대나무 껍질을 물에 불려 풀처럼 만들어서 종이를 만든다거나, 대나무 줄기는 그 굵기에 따라 지팡이나 곰방대나 수도관으로 쓰인다는 말을 하고 싶은 것도 아니에요. 대나무는 가볍고 튼튼하고 벌레도 먹지 않으니까 좋은 건축 재료로 쓰이고 있지만, 그런 말을 하고 싶은 것도 아니에요. 대나무 마디를 톱으로 잘라서 그 마디를 밑으로 사용하면 튼튼하고 편리한 그릇이 되지만, 그런 말을 하고 싶은 것도 아니에요. 그런 말을 들어도 아저씨는 만족하지 않을 테니까요. 하지만……."

"하지만?"

"하지만, 모르면 가르쳐드리죠. 인도에서는 대나무를 아스파라거스 대신 먹고 있어요."

"10미터나 되는 아스파라거스라고? 그런데 그게 맛있나?"

"아주 맛있어요. 하지만 먹는 건 10미터나 되는 대나무가 아니라 죽순이에요."

"좋아, 하버트. 아주 좋아."

"그리고 어린 죽순을 식초에 담가두면 아주 맛있는 향신료가 돼요."

"좋아, 하버트."

"끝으로 하나만 더 가르쳐드리죠. 이 대나무는 마디 사이에서 달콤한 즙이 나오는데, 그게 꽤 맛있는 음료수가 돼요."

"그것뿐이야?"

"그것뿐이에요!"

"혹시 담배처럼 피울 수는 없나?"

"안됐지만 담배가 되지는 않아요."

하버트와 펜크로프는 밤을 보내기에 적당한 곳을 오랫동안 찾아다닐 필요가 없었다. 해안에 바위밭이 있고 동굴이 몇 개나 발견되었기 때문이다. 이런 동굴이라면 비바람이 몰아쳐도 편안히 잘 수 있을 것이다. 그런데 두 사람이 어느 동굴에 들어가려고 했을 때 무시무시하게 으르렁거리는 소리가 났다. 두 사람은 우뚝 멈춰 섰다.

"뒤로 물러나!" 펜크로프가 외쳤다. "우리 총에는 산탄밖에 안 들어 있어. 저렇게 무서운 소리를 내는 놈이라면 산탄 따위는 소금 알갱이 정도로밖에 느끼지 않을 거야!"

선원은 하버트의 팔을 잡고 바위 뒤로 몸을 숨겼다. 그때 당당한 체격의 짐승이 동굴 입구에 모습을 드러냈다.

그것은 재규어였다. 몸길이는 아시아 표범과 거의 같아서, 머리부터 엉덩이까지의 길이가 1.5미터를 넘는다. 그 황갈색 털에는 고리 모양의 검은 반점이 몇 줄로 늘어서서, 뱃구레의 하얀 털과 대조를 이루고 있었다. 하버트의 눈앞에 있는 것은 호랑이의 무서운 경쟁자라고 해야 할 맹수였다. 늑대의 경쟁자에 불과한 퓨마 따위는 비교도 되지 않을 만큼 무서운 녀석이다!

재규어는 앞으로 나와서 주위를 둘러보았다. 털이 곤두서고 눈은 반짝반짝 빛나고 있었다. 사람 냄새를 맡은 게 이번이 처음은 아닌 듯했다.

이때 신문기자가 높은 바위산을 돌아서 모습을 드러냈다. 하버트는 기자가 재규어를 아직 보지 못한 줄 알고 그에게 달려가려 했다. 하지만 스필렛은 하버트를 손짓으로 막고는 계속 앞으로 걸어왔다. 그가 맹수와 맞선 것은 처음이 아니었다. 신문기자는 재규어한테서 열 걸음 떨어진 곳까지 오자 우뚝 멈춰 서서 카빈총을 겨누었다. 온몸의 근육이 꼼짝도 하지 않았다.

재규어가 몸을 둥글게 움츠리고 사냥꾼에게 막 덤벼들려는 순간, 총알 한 발이 맹수의 양미간에 박혔다. 재규어는 즉사했다.

총알 한 발이 맹수의 양미간에 박혔다

하버트와 펜크로프가 재규어에게 달려가고, 네브와 사이러스도 달려왔다. 모두 땅바닥에 너부러진 재규어를 잠시 내려다보았다. 이 멋진 모피를 가지고 돌아가면 그래닛 하우스 대청의 훌륭한 장식품이 될 것이다.

"아저씨! 정말 굉장한 솜씨예요! 아저씨가 부러워요!" 하버트가 감격한 나머지 큰 소리로 외쳤다.

"아니야, 하버트." 스필렛이 받았다. "너도 이제 곧 그렇게 할 수 있어."

"제가요? 그렇게 침착하게!"

"재규어를 토끼로 생각하면 돼. 그러면 침착하게 총을 쏠 수 있지."

"아, 그런가?" 펜크로프가 말했다. "그거 좋은 방법이군요!"

"이 녀석이 집을 내주었으니까, 오늘 밤에는 이곳을 빌려 써도 괜찮겠지?" 스필렛이 말했다.

"하지만 다른 놈이 돌아올지 몰라요." 펜크로프가 말했다.

"동굴 입구에 불을 피우면 괜찮을 거야." 기자가 대답했다. "설마 불 속을 지나서 동굴로 들어오려는 놈은 없겠지."

"그럼 재규어 집으로 갑시다!" 선원은 맹수의 시체를 질질 끌고 가면서 말했다.

개척자들은 빈 집이 된 동굴로 향했다. 네브가 재규어의 가죽을 벗기는 동안, 일행은 숲에 잔뜩 있는 마른 나뭇가지를 동굴 입구에 산더미처럼 쌓아올렸다.

사이러스는 대숲이 있는 것을 보고, 대나무를 꽤 많이 잘라서 산더미처럼 쌓인 마른 나뭇가지에 섞었다.

일이 끝나자 그들은 동굴 속에 자리를 잡았다. 모랫바닥 위에는 동물 뼈가 흩어져 있었다. 맹수한테 기습당할 경우에 대비하여 총에는 총알을 재어두었다. 저녁식사가 끝나고 휴식시간이 되었기 때문에 동굴 입구에 쌓인 나뭇가지에 불을 지폈다.

곧 공중에 폭발음이 연달아 울려 퍼졌다. 대나무에 불이 붙자 화약처럼 폭발한 것이다! 아무리 대담무쌍한 맹수라도 이 무시무시한 폭발음에는 겁을 먹을 터였다.

요란한 폭발음을 내는 이 방법을 창안한 것은 사이러스 스미스가 아니었다. 마르코 폴로*에 따르면 몽골계 타타르인은 중앙아시아의 무서운 맹수가 야영지에 가까이 오지 못하게 하기 위해 수세기 전부터 이 방법을 사용하고 있다고 한다.

* 마르코 폴로 1254~1324_ 이탈리아의 여행가. 중국(원나라)에 가서 생활한 경험을 기록한 《동방견문록》을 남겼다.

5

남해안을 따라서 돌아가지는 제안—해안의 생김새—
난파선을 찾아서—공중의 표착물—천연항을 발견하다—
한밤중에 '은혜 강' 기슭에서—떠내려온 카누

사이러스 스미스와 동료들은 재규어가 마련해둔 동굴에서 편안하게 잠들었다.

날이 밝자마자 그들은 '도마뱀 곶' 끝의 해안으로 나갔다. 일행의 눈길은 다시 해안선으로 돌려졌다. 반원을 그리는 수평선의 3분의 2가 한눈에 바라보였다. 결국 사이러스는 해상에 단 하나의 돛도 없고 난파선 잔해도 없다는 것을 인정할 수밖에 없었다. 망원경을 들여다보아도 이상한 것은 아무것도 발견하지 못했다.

해안에도 이상한 것은 전혀 없었다. 적어도 5킬로미터에 걸쳐 직선으로 뻗어 있는 곶의 남해안에는 아무것도 없었다. 그 너머의 해안은 곡선을 그리고 있기 때문에 여기서는 보이지 않는다. 또한 '뱀 반도' 끝에서 '발톱 곶'을 바라볼 수도 없었다. 높은 바위산에 가려져버렸기 때문이다.

그래서 탐색해야 할 곳은 섬의 남해안이었다. 하지만 이 탐색을 당장 실행에 옮겨 11월 1일이라는 날을 보내야 할 것인가?

이 탐색은 애초의 계획에는 들어 있지 않았다. 실제로 '은혜 강' 발원지에 카누를 버리고 왔을 때는 서해안을 다 조사하고 나면 다시 카누로 돌아가서 '은혜 강'을 따라 그래닛 하우스로 귀환할 작정이었다. 사이러스도 서해안에 가면 난파된 선박이나 항해하는 정기여객선을 볼 수 있을지 모른다고 생각했다. 그런데 이 해안에 배가 접근한 흔적이 없다면, 서해안에서 발견하지 못한 것을 남해안에서 찾아야 할 것이다.

탐색을 계속하자고 제안한 것은 기디언 스필렛이었다. 배가 난파한 게 아닐까 하는 의문을 완전히 해결하고 싶었기 때문이다. 그는 '뱀 반도' 끝에서 '발톱 곶'까지 거리가 얼마나 되느냐고 물었다.

"50킬로미터가 조금 안 될 걸세." 사이러스가 대답했다. "해안선이 구부러져 있는 것까지 고려해서."

"50킬로미터라고요?" 스필렛이 받았다. "그럼 꼬박 하루를 걷게 되겠군요. 하지만 역시 남해안을 지나서 그래닛 하우스로 돌아가야 할 것 같습니다."

"하지만 '발톱 곶'에서 그래닛 하우스까지의 거리도 15킬로미터가 넘을 거예요." 하버트가 말했다.

"합해서 65킬로미터쯤 걸으면 되겠군." 신문기자가 받았다. "망설이지 말고 걷기로 합시다. 어쨌든 그 미지의 남해안을 조사해야 돼요. 이런 탐색을 또 한 번 되풀이할 필요는 없어요."

"맞습니다." 펜크로프도 맞장구쳤다. "하지만 카누는 어떡하죠?"

"카누는 '은혜 강' 발원지에 하루 방치해두었을 뿐이야." 스필렛이 대답했다. "이틀 동안 내버려두어도 괜찮아. 지금까지 이 섬에 도둑이 들어와 분탕질하고 다닌 흔적도 없는 것 같고."

"하지만……" 하고 선원이 말을 이었다. "사라진 거북을 생각하면 아무래도 안심이 안 돼요."

"거북이라고? 그건 파도가 거북의 몸뚱이를 뒤집은 게 아닐까?"

"그렇겠지." 사이러스가 중얼거렸다.

"하지만……" 하고 네브가 끼어들었다. 무언가 하고 싶은 말이 있는 게 분명했다. 그는 입을 열려다가 그만두어버렸다.

"무슨 말을 하고 싶은 거냐?" 사이러스가 물었다.

"'발톱 곶'까지 해안을 따라 돌아가면 그 곶을 돈 뒤에 앞길이 가로막힐 것 같아서……." 네브가 대답했다.

"그래요. '은혜 강'이 앞을 가로막겠군요." 하버트가 말했다. "다리도 없고 배도 없으니까 우리는 강을 건널 수 없어요."

"나무를 몇 개 띄우면 그 강을 건너는 것쯤은 아무것도 아니야." 펜크로프가 말했다.

"그거야 어쨌든……" 스필렛이 의견을 말했다. "'서쪽 숲'에 좀더 쉽게 접근하려면 다리를 놓는 게 편리해."

"다리라고요?" 펜크로프가 외쳤다. "그러고 보니 선생님은 직업이 토목기사잖아요! 모두 다리를 원한다면 그 정도는 만들어 줄 수 있을 거예요. 오늘 밤에 '은혜 강'을 건너가는 문제는 나한테 맡겨주세요. 바지에 물 한 방울 묻히지 않게 해줄 테니까 걱정 말아요. 식량은 아직 하루치가 남아 있고, 그것만 있으면 충분해요. 그리고 어제와 마찬가지로 오늘도 사냥을 할 수 있을 테니까. 출발!"

신문기자의 제안은 선원의 강력한 지지를 받고 모든 사람의 동의를 얻었다. 모두 의문을 풀고 싶었고, '발톱 곶' 을 지나 돌아가면 해안을 완전히 탐색할 수 있다. 하지만 한 시간도 낭비해서는 안 된다. 65킬로미터는 먼 거리니까 밤까지 그래닛 하우스에 도착할 수 있으리라고 생각지 않는 게 나았다.

새벽 여섯 시에 일행은 출발했다. 악당이나 야수를 만날 위험에 대비하여 총에 총알을 재어두었다. 토비가 앞장서서 숲 가장자리에서 사냥감을 몰아내는 역할을 맡았다.

반도의 꼬리 부분을 이루고 있는 '도마뱀 곶' 끝에서 해안은 8킬로미터에 걸쳐 곡선을 그리고 있었다. 일행은 그 해안을 곧 통과했다. 아무리 주의 깊게 살펴보아도 누군가가 해안에 상륙한 흔적은 오래된 것이든 새로운 것이든 전혀 보이지 않았다. 표류물도 없고 야영한 흔적도 없고 불을 피운 흔적도 없고 누군가의 발자국도 없었다.

개척자들은 해안선이 구부러진 모퉁이에 이르렀다. 여기서 굽이는 끝나고, 여기서부터 해안선은 북동쪽으로 구부러져 '워싱턴 만' 을 이루고 있었다. 여기서부터는 남해안 전체를 한눈에 바라볼 수 있었다. 이 해안은 40킬로미터 앞에 있는 '발톱 곶' 에서 끝난다. 지금 그 '발톱 곶' 은 아침 안개에 싸여 어렴풋이 보였다. 신기루 탓인지, 육지와 바다 사이에 떠올라 공중에 매달려 있는 것처럼 보인다. 지금 개척자들이 있는 곳에서 거대한 만이 가장 안쪽으로 들어간 곳까지는 해안선을 따라 숲이 이어져 있고, 그 앞에는 아주 평탄하고 넓은 모래벌판이 펼쳐져 있었다. 그 너머에 있는 해안은 변화가 심해서, 뾰족하고 작은 곶이 몇 개나 바다로 튀어나와 있었다. 그리고 마지막에는 거무스름한 바위산이 울퉁불퉁하고 색다른 모양으로 몇 개나 겹쳐진 채 '발톱 곶' 까지 이어져 있었다.

이것이 여기서 '발톱 곶' 까지 이르는 남해안의 풍경이었다. 남해안을 처음 보는 탐험대는 한동안 걸음을 멈추고 주위를 둘러보았다.

"만조 때 이 만에 들어오는 배는 좌초를 피할 수 없겠군요." 펜크로프가 말했다. "모래가 깔린 여울이 난바다까지 이어져 있고, 그 너머에는 암초도 잔뜩 있어요! 아주 위험한 해역이에요!"

"하지만 배가 난파했다면 무언가가 남아 있지 않을까?" 스필렛이 말했다.

"암초에는 나무토막 정도는 남아 있을지도 모르지만, 모래 위에는 아무것도 남지 않을 겁니다." 선원이 대답했다.

"왜?"

"이 여울의 모래는 바위보다 훨씬 위험해서, 자기 위에 올라앉은 것은 뭐든지 삼켜버려요. 수백 톤짜리 배도 며칠만 지나면 완전히 사라져버리죠."

그러자 사이러스가 물었다.

"그럼 배가 이 여울에서 좌초하여 꼼짝할 수 없게 되었다면, 지금 그 흔적이 전혀 보이지 않는다 해도 놀랄 필요는 없나?"

"예, 선생님. 시간이 지나거나 폭풍이 불면 흔적이 남지 않아요. 하지만 그런 경우에도 돛대 파편이나 선체의 널빤지가 해안으로 밀려 올라오지 않는 것은 놀라운 일이죠. 파도에 밀려 해안으로 올라올 텐데."

"그럼 수색을 계속하세." 사이러스가 말했다.

오후 한 시, 개척자들은 '워싱턴 만' 이 섬 안쪽으로 가장 깊숙이 들어와 있는 지점에 이르렀다. 30킬로미터가 넘는 거리를 걸어온 셈이다.

모두 쉬면서 점심을 먹었다.

여기서부터 불규칙한 해안선이 시작된다. 해안선은 톱니처럼 깔쭉깔쭉하고, 모래 여울 너머에는 암초가 길게 줄지어 늘어서 있었다. 지금은 밀물이 들어와 있지만, 곧 썰물이 져서 암초가 모습을 드러낼 게 분명하다. 부드럽게 넘실거리는 파도가 암초에 부딪혀 부서지자 물거품이 긴 띠를 이루며 퍼져나가고 있었다. 이 지점부터 '발톱 곶' 까지의 해변은 암초와 숲 사이에 끼어 폭이 아주 좁아져 있었다.

앞으로는 걷기가 어려워질 게 분명했다. 무너져 내린 수많은 바윗돌이 해안을 가득 메우고 있었기 때문이다. 또한 해안 절벽도 점점 높아지는 것 같았고, 절벽 뒤에서 얼굴을 내밀고 있는 나무들도 초록빛 우듬지밖에 보이지 않았다. 바람이 전혀 없어서 우듬지도 전혀 움직이지 않았다.

30분쯤 휴식을 취한 뒤에 개척자들은 다시 걷기 시작했다. 그들은 암초나 해변에 있는 거라면 무엇 하나 놓치지 않았다. 펜크로프와 네브는 수상한 것이 눈에 들어올 때마다 일부러 암초 사이로 들어갔다. 하지만 그것은 표류물이 아니라 괴상하게 생긴 바위일 뿐이었다. 그래도 이 근처 해안에 식용 조개가 많이 살고 있는 것은 확인할 수 있었다. 하지만 '은혜 강' 양쪽을 잇는 다리가 완성되어 조개를 운반할 수단이 생기지 않으면, 이 해안의 조개를 캐봤자 아무 소용도 없다.

난파선과 관계가 있을 만한 것은 이 해안에서는 전혀 찾지 못했다. 선체 같은 큰 물체는 당연히 눈에 띄었을 것이고, 배의 파편이라 해도 여기서 30킬로미터쯤 떨어진 곳에서 발견된 그 상자처럼 해안으로 떠밀려왔을 것이다. 하지만 아무것도 없었다.

세 시쯤 사이러스와 동료들은 아주 좁은 후미에 이르렀다. 여기에서는 어떤 하천도 바다로 흘러들지 않는다. 이곳은 자연이 만들어준 작은 천연항이었다. 난바다에서는 보이지 않지만, 좁은 수로를 통해 난바다로 나갈 수 있고 암초도 별로 없었다.

이 후미의 맨 안쪽은 무슨 격렬한 지각변동이라도 있었는지 자갈밭 가장자리가 좌우로 넓게 갈라져서 통로가 나 있었다. 이 통로가 완만한 비탈이 되어 위쪽의 언덕과 이어져 있었다. 이 언덕에서 '발톱 곶' 까지는 15킬로미터밖에 안 될 것이고, '전망대' 까지는 직선거리로 7킬로미터도 안 될 것이다.

기디언 스필렛은 이곳에서 휴식을 취하자고 제안했다. 누구도 반대하지 않았다. 다들 걸어오느라 배가 고팠기 때문이다. 식사 시간은 되지 않았지만, 고기를 먹고 기력을 되찾는 데 반대하는 사람은 없었다. 여기서 가볍게 식사를 끝내두면 그래닛 하우스에 돌아갈 때까지 밤참을 먹지 않고도 견딜 수 있을 터였다.

몇 분 뒤에 개척자들은 멋진 해송 밑에 앉아서, 네브가 배낭에서 꺼내준 음식을 맛있게 먹고 있었다.

그곳은 해수면에서 20미터 가까이나 높은 곳이었다. 그래서 시야가 상당히 넓게 트여서 '표류물 곶' 의 마지막 바위산을 넘어 '유니언 만' 까지 볼 수 있었다. 하지만 작은 섬과 '전망대' 는 보이지 않았다. 북쪽에는 융기한 고원과 아름드리나무들이 장막처럼 시야를 가리고 있었다.

탐험대원들은 드넓은 바다를 한눈에 바라볼 수 있었다. 사이러스는 망원경으로 하늘과 바다가 어우러진 수평선을 샅샅이 살펴보았지만 배는 한 척도 보이지 않았다.

앞으로 탐색하게 될 해변부터 암초까지도 역시 망원경으로 주의 깊게 살펴보았지만, 망원경 렌즈의 시야에는 어떤 표류물도 포착되지 않았다.

"이 상태를 인정하고 체념할 수밖에 없겠군." 스필렛이 말했다. "이 링컨 섬의 소유권을 노리고 싸우러 올 놈은 없는 모양이라고 생각하고 우리 자신을 위로하기로 할까!"

"하지만 그 총알은 어떻게 되죠?" 하버트가 물었다. "그건 가공의 것이 아니에요."

"절대로 아니지!" 펜크로프가 하마터면 상할 뻔한 어금니를 생각하면서 큰 소리로 말했다.

"그러면 결론은 어떻게 되나?" 기자가 물었다.

"이런 건가?" 사이러스가 대답했다. "지난 석 달 사이에, 의도했는지 아닌지는 모르지만 배 한 척이 이 섬에 도착했다……."

"뭐라고요? 그러면 배가 아무 흔적도 남기지 않고 모래에 먹혀버렸다고 생각하는 겁니까?" 기자가 큰 소리로 물었다.

"아닐세, 스필렛. 하지만 누군가가 이 섬에 발을 들여놓은 것이 확실하다면, 그 사람이 지금은 여기를 떠난 것도 확실한 것 같아."

"그렇다면 배가 떠나버렸다는 건가요?" 하버트가 물었다.

"그래."

"그러면 우리가 집으로 돌아갈 기회는 영영 사라져버렸나요?" 네브가 물었다.

"그럴지도 모르지."

"좋아요. 집으로 돌아갈 기회는 놓쳤으니까, 이제는 우리 힘으로 살아갑시다." 벌써 그래닛 하우스가 그리워진 펜크로프가 말했다.

그런데 선원이 일어서자마자 토비가 맹렬히 짖어대기 시작했다. 이윽고 토비가 진흙으로 더러워진 천조각을 입에 물고 숲에서 뛰쳐나왔다.

네브가 토비의 입에서 천조각을 잡아떼었다. 그것은 아주 질긴 천이었다.

토비는 또다시 짖기 시작했고, 숲으로 따라오라고 주인을 재촉하듯 오락가락했다.

"그 총알을 설명해주는 무언가가 있어!" 펜크로프가 외쳤다.

"난파선에 탔던 사람이 있어요!" 하버트가 받았다.

"다쳤는지도 몰라요." 네브가 말했다.

"아니면 죽었는지도." 기자가 받았다.

모두 숲 가장자리에 늘어서 있는 거대한 소나무 사이로 들어가, 서둘러 토비를 따라갔다. 사이러스와 동료들은 만약의 경우에 대비하여 총을 가져갔다.

일행은 숲 속으로 꽤 깊숙이 들어가야 했다. 하지만 사람 발자국이 전혀 보이지 않았기 때문에 그들은 몹시 실망했다. 덤불도 덩굴도 사람에게 밟혀서 흐트러진 흔적이 없었다. 전에 밀림 속에서 그랬던 것처럼 일일이 도끼를 휘둘러 길을 내야 했다. 따라서 사람이 그곳을 지나간 적이 있다고는 생각할 수 없었지만, 토비는 여전히 오락가락하고 있었다. 아무리 봐도 그것은 닥치는 대로 무언가를 찾고 있는 것이 아니라 확고한 의지를 가지고 어떤 생각에 따라 행동하는 모습이었다.

7~8분쯤 걷자 토비는 우뚝 걸음을 멈추었다. 개척자들은 큰

그것은 아주 질긴 천이었다

나무에 둘러싸인 숲 속의 빈터 같은 곳에 이르러 있었다. 모두 주위를 둘러보았지만, 덤불 아래나 거목 사이에는 아무것도 보이지 않았다.

"토비, 도대체 왜 그래?" 사이러스가 물었다.

토비는 더욱 맹렬히 짖어대면서 거대한 소나무 밑동을 빙글빙글 돌고 있었다.

갑자기 펜크로프가 외쳤다.

"아아, 그런가! 이거 좋군!"

"무슨 소리야?" 스필렛이 물었다.

"우리는 지금까지 바다나 육지에서 표류물을 찾았어요!"

"그래서?"

"표류물은 공중에 있어요!"

선원은 소나무 우듬지에 걸려 있는 희끄무레한 헝겊을 가리켰다. 토비는 땅에 떨어진 헝겊의 일부를 물고 온 것이다.

"하지만 저건 표류물이 아니야!" 스필렛이 외쳤다.

"그건 잘못 본 겁니다." 펜크로프가 대꾸했다.

"뭐라고? 저건……."

"저건 우리가 타고 온 기구의 잔해예요. 그 기구가 저기 저 나무 꼭대기에 불시착한 겁니다!"

펜크로프의 말이 옳았다. 그는 큰 소리로 만세를 외친 뒤에 이렇게 덧붙였다.

"좋은 옷감이 손에 들어왔어요! 몇 년 동안 입을 수 있는 속옷이 생겼어요! 손수건도 셔츠도 생겼어요. 어떻습니까, 스필렛 씨. 나뭇가지에 셔츠가 열리는 섬은?"

이것은 링컨 섬 개척자들에게 정말로 고마운 발견이었다. 그때 기구는 공중으로 다시 한 번 날아올랐다가 섬의 이곳에 떨어졌고, 그것을 재수 좋게도 지금 발견한 것이다. 또다시 하늘로 탈출을 시도하려면 공기주머니를 그대로 내버려두면 되고, 200미터나 펼쳐지는 그 고급 무명천은 표면의 니스를 벗겨내면 여러 가지로 유용하게 쓸 수 있을 것이다. 그래서 당연히 다른 사람들도 펜크로프와 마찬가지로 기뻐했다.

하지만 나뭇가지에 걸려 있는 공기주머니를 떼어내어 안전한 곳으로 옮겨야 한다. 그것은 결코 간단한 일이 아니었다. 네브와 하버트와 펜크로프는 나무 꼭대기로 올라가 공기가 빠진 거대한 기구를 나무에서 떼어내기 위해 놀라운 묘기를 부려야 했다.

작업은 두 시간 가까이 계속되었다. 밸브와 스프링과 구리 비품이 달린 공기주머니만이 아니라 그물(가는 밧줄과 굵은 밧줄)이며 바구니를 고정하는 고리, 닻 따위도 땅으로 내려 보냈다. 공기주머니는 찢어진 부분을 제하고는 멀쩡했지만, 아래쪽에 달린 호스가 파손되어 있었다.

이것은 하늘에서 내려온 행운이었다.

"언젠가 이 섬을 떠나기로 결정한다 해도 기구를 타고 갈 수는 없겠지요?" 펜크로프가 말했다. "기구는 우리가 가고 싶은 곳으로 가지 않는다는 것도 이미 경험했습니다. 저를 믿어주신다면 20톤짜리 배를 만들어보겠습니다. 이 천을 잘라서 앞돛과 삼각돛을 만들게 해주세요. 남은 천은 옷을 만드는 데 쓰겠습니다."

"그건 나중에 결정하세, 펜크로프. 나중에 생각해." 사이러스가 대답했다.

확실히 이런 천과 밧줄 따위의 짐을 그래닛 하우스로 당장 나르는 것은 생각할 수 없다. 무게가 너무 무겁기 때문이다. 그래서

작업은 두 시간 가까이 계속되었다

이런 것을 운반하기에 어울리는 짐수레가 만들어질 때까지 이 재산을 비바람으로부터 지키는 것이 중요했다. 개척자들은 힘을 모아 간신히 해안까지 끌고 갔다. 그리고 상당히 넓은 동굴을 발견했다. 동굴은 비도 바람도 파도도 들어올 수 없는 좋은 쪽을 향하고 있었다.

"천을 넣어둘 장롱이 필요했는데, 마침 좋은 곳을 찾아냈군." 펜크로프가 말했다. "하지만 이곳에는 자물쇠가 달려 있지 않으니까, 만약을 위해 입구를 감추어두는 게 좋겠어요. 두 발 달린 도둑을 말하고 있는 게 아니라 네 발 달린 짐승에 대비해서."

저녁 여섯 시에 모든 것이 동굴 속으로 운반되었다. 그들은 굽이를 이루고 있는 이 작은 후미에 '기구 항' 이라는 딱 알맞은 이름을 붙여준 뒤, 다시 '발톱 곶' 으로 향했다. 펜크로프와 사이러스는 시급히 실행해야 할 여러 가지 계획에 대해 이야기를 나누었다. 우선 섬의 남부로 쉽게 갈 수 있도록 '은혜 강' 에 다리를 놓아야 한다. 다음에는 수레를 끌고 기구를 가지러 온다. 카누로 운반하기는 어려울 것이기 때문이다. 그리고 갑판이 있는 대형 보트를 만들고, 펜크로프가 돛을 단다. 그러면 항해를 시도할 수 있을 것이다. 우선 섬을 일주하고, 그 다음에는…….

어느새 밤이 찾아와 하늘이 어두워져 있었다. 개척자들은 '표류물 곶' 에 도착했다. 그 귀중한 상자를 발견한 곳이다. 하지만 이곳에도 다른 곳과 마찬가지로 배가 난파한 것을 보여주는 흔적은 남아 있지 않았다. 이래서는 아무래도 아까 사이러스가 말한 결론으로 돌아갈 수밖에 없다.

'표류물 곶' 에서 그래닛 하우스까지는 아직 6킬로미터가 넘게 남아 있었다. 그들은 여행의 이 마지막 단계를 되도록 빨리 끝냈다. 하지만 해안을 따라 '은혜 강' 어귀까지 가서 첫 번째 물굽이에 이르렀을 때는 벌써 한밤중이 되어 있었다.

그곳의 강폭은 25미터쯤 된다. 강을 건너는 것은 쉽지 않았지만, 펜크로프가 이 어려움을 타개할 책임을 떠맡았기 때문에 당장 그 책임을 완수할 각오를 굳혔다.

물론 개척자들은 지쳐서 기진맥진해 있었다. 길은 멀었고, 기구를 나무에서 끌어내려 해안 동굴까지 나르느라 팔다리가 몹시 피곤했다. 그래서 모두 서둘러 그래닛 하우스로 돌아가 식사를 하고 잠자리에 들고 싶었다. 다리가 있다면 15분 만에 집에 돌아갈 수 있을 텐데…….

캄캄해져 있었다. 하지만 펜크로프는 약속을 지키려고 '은혜 강'을 건널 뗏목을 만드는 일에 착수했다. 네브와 선원은 강가에서 뗏목 재료가 될 나무를 두 그루 골라서 밑동을 도끼로 내리치기 시작했다.

사이러스와 스필렛은 강둑에 앉아 동료를 도울 때가 오기를 기다리고 있었다. 한편 하버트는 그렇게 멀리까지는 가지 않고 주위를 돌아다니고 있었다.

강을 조금 거슬러 올라가고 있던 소년이 갑자기 헐레벌떡 돌아오더니 상류 쪽을 가리키며 외쳤다.

"저기서 떠내려오는 게 뭐죠?"

펜크로프는 일손을 멈추고, 어둠 속을 떠내려오고 있는 형체를 바라보았다.

"배다!" 그가 소리쳤다.

모두들 다가와서 떠내려오는 배를 깜짝 놀란 눈으로 바라보았다.

"이봐! 배에 타고 있는 사람!" 뱃사람 버릇이 남아 있는 펜크로프는 침묵을 지키는 게 좋을지도 모른다고는 생각지 않고 큰 소리로 불렀다.

대답은 없었다. 배가 그대로 떠내려와서 열 걸음 떨어진 곳까지 다가왔을 때, 선원은 또다시 외쳤다.

"우리 카누잖아! 로프가 끊어져서 떠내려왔어. 마침 좋은 때 와주었군!"

"우리 카누라고?" 사이러스가 중얼거렸다.

펜크로프의 말이 옳았다. 그것은 바로 그 카누였다. 아마 배를 매놓은 밧줄이 끊어졌기 때문에 '은혜 강' 발원지에서 멋대로 떠내려왔을 것이다. 빠른 물살을 타고 바다로 나가버리기 전에 카누를 잡아야 한다. 네브와 펜크로프는 긴 막대기를 사용하여 카누를 끌어당겼다.

카누는 강가에 옆으로 대어졌다. 사이러스가 맨 먼저 카누에 올라타고, 배를 묶어두었던 밧줄을 살펴보았다. 그리고 그 밧줄이 실제로 바위에 쓸려서 끊어져버린 것을 손으로 더듬어서 확인했다.

스필렛이 작은 소리로 사이러스에게 말했다.

"이게 바로 우연의 장난이라는 걸까요?"

"생각지도 않은 기묘한 우연일세!" 사이러스가 대답했다.

기묘하든 어쨌든, 그것은 분명 행운이었다. 하버트, 스필렛, 네브, 펜크로프도 차례로 카누에 올라탔다. 밧줄이 끊어진 것은 아무도 의심하지 않았지만, 일행이 마침 거기에 이르렀을 때 기다렸다는 듯이 카누가 때맞춰 떠내려온 데에는 모두 깜짝 놀랐다. 15분만 늦었다면 카누는 바다로 떠내려가 버렸을 것이다.

요정의 시대였다면 이 섬에 초자연적인 수호신이 살고 있다고 생각했을 것이다. 그 수호신이 그들을 도와주고 있다고 생각했을 것이다.

노를 조금 젓자 카누는 곧 '은혜 강' 어귀에 도착했다. 모두 '침니' 근처의 모래톱에 카누를 끌어올리고, 그래닛 하우스의 줄사다리 쪽으로 갔다.

그런데 바로 그때 토비가 성난 듯이 짖기 시작했다. 줄사다리의 맨 아래 가로대를 찾고 있던 네브도 소리를 질렀다.

줄사다리가 사라져버린 것이다.

6

펜크로프의 외침 소리—침니에서 보낸 밤—하버트의 화살—
사이러스의 계획—뜻밖의 해결—그래닛 하우스에서 일어난 일—
새 하인을 고용하다

사이러스 스미스는 말없이 서 있었다. 동료들은 어둠 속에서 사다리를 찾았다. 바람 때문에 위치가 바뀌었나 하고 암벽을 이리저리 찾아보거나, 사다리가 땅으로 떨어졌나 하고 땅바닥도 여기저기 둘러보았다. 하지만 사다리는 어디에도 보이지 않았다. 돌풍 때문에 사다리가 중간에 튀어나온 바위까지 올라간 게 아닐까 하고 확인해보려 해도, 이 캄캄한 어둠 속에서는 확인할 방법이 없었다.

"장난이라면 너무 심하군!" 펜크로프가 소리쳤다. "집에 돌아와서 방으로 막 올라가려는데 층계가 없어져버리다니, 기진맥진한 사람한테는 결코 웃을 일이 아니야!"

"하지만 오늘은 바람이 불지 않았어요!" 하버트가 말했다.

"링컨 섬에서는 온갖 이상한 일이 일어나는 것 같아!" 펜크로프가 말했다.

"이상한 일이라고?" 기디언 스필렛이 말했다. "아닐세, 펜크로프. 이보다 더 당연한 일은 없어. 우리가 없는 동안 누군가가 와서 우리 집을 차지하고 사다리를 끌어올린 거야."

"누군가가? 도대체 그게 누구죠?" 선원이 소리를 질렀다.

"총알을 쏜 놈이지." 기자가 대답했다. "이 재난을 설명하려면 그렇게 생각할 수밖에 없잖나?"

"좋아요. 누군가가 위에 있다면…… 내가 불러보죠. 어떻게든 대답하게 만들겠습니다." 초조해진 선원이 내뱉듯이 말했다. 그러고는 우레 같은 목소리로 "어이!" 하고 길게 외쳤다. 그러자 그 목소리가 크게 메아리쳤다.

개척자들은 귀를 기울였다. 위쪽의 그래닛 하우스에서 비웃는 듯한 소리가 들려온 것 같기도 하지만, 무슨 소리인지는 알 수 없었다. 어쨌든 펜크로프의 부름에 응답하는 소리는 아니었다. 선원은 다시 큰 소리로 불렀지만 그것도 헛수고로 끝났다.

이것은 매사에 무관심한 사람조차 깜짝 놀라게 할 만한 사건이었지만, 개척자들은 매사에 관심을 보이지 않을 수 없는 사람들이었다. 그들이 놓여 있는 상황에서는 어떤 사건도 중대했지만, 섬에 온 지 7개월 동안 이렇게 겁나는 사태에 직면한 적은 없었다.

어쨌든 모두 피곤도 잊고 이 묘한 사건에 마음을 빼앗긴 채 그래닛 하우스의 절벽 밑에 서 있었다. 무엇을 생각하면 좋을지, 무엇을 해야 할지도 몰라서, 대답할 수도 없는 질문만 서로 던지고 있었다. 이런저런 추측도 해보았지만, 모두 인정하기 어려운 것뿐이었다. 네브는 부엌에 들어갈 수 없는 데 실망하고 분하게 생각했다. 탐험하는 동안 식량도 다 떨어졌고 지금은 음식을 손에 넣을 방법이 보이지 않기 때문에 더욱 화가 났다.

사이러스가 말했다.

"할 일은 하나밖에 없네. 날이 밝기를 기다렸다가 상황에 따라 행동하는 거야. 날이 밝기를 기다리려면 침니로 가는 게 좋겠어. 그곳이라면 비바람을 피할 수 있고, 음식은 없지만 적어도 잠을 잘 수는 있으니까."

"이런 짓을 한 건방진 놈은 도대체 어떤 놈이야?" 펜크로프가 또 으르렁댔다. 이 사태를 그는 도저히 받아들일 수 없었다.

'건방진 놈'이 누구든 간에, 그들이 할 일은 사이러스 말대로 침니에 가서 날이 밝기를 기다리는 것뿐이었다. 하지만 토비에게는 그래닛 하우스 창문 밑에 남아서 감시하라는 명령이 떨어졌다. 명령이 내려지자 토비는 충실하게 명령을 수행했다. 이 충직한 개는 주인과 그 동료들이 침니에 피난해 있는 동안 암벽 밑에서 밤새 경계를 섰다.

개척자들은 녹초가 되어 있었지만, 침니의 모래바닥에서 잘 잤다고 말하면 진실을 왜곡하게 될 것이다. 이 새로운 사태는 우연의 결과에 불과해서 아침이 되면 자연히 원인을 알 수 있을 테지만, 그래도 그들은 이 사태의 의미를 파악하려고 애쓰느라 좀처럼 잠을 이루지 못했다. 어쨌든 그들의 집은 누군가에 의해 점거되어 있고, 그들은 집에 들어갈 수 없는 처지였다.

그래닛 하우스는 그들에게 집일 뿐만 아니라 창고이기도 했다. 그곳에는 개척지의 온갖 자재—무기 · 계기 · 도구 · 탄약 · 식량—가 보관되어 있었다. 그것을 모조리 약탈당했다면 개척자들은 또다시 설비를 갖추고 무기와 도구를 새로 만들어야 한다. 이것은 엄청난 일이다. 그래서 그들은 끊임없이 누군가가 밖에 나가서 토비가 제대로 경계를 서고 있는지 확인하곤 했다.

토비에게는 감시하라는 명령이 떨어졌다

사이러스 스미스만은 여느 때처럼 차분하게 날이 밝기를 기다리고 있었다. 실은 그의 강인한 이성도 설명할 수 없는 사태에 직면하여 초조감을 느끼지 않을 수 없었다. 그는 주위에서 뭐라고 형언할 수 없는 영향력이 작용하고 있다는 생각에 분노를 느꼈다. 이 점에서는 기디언 스필렛도 같은 생각이었기 때문에, 두 사람은 몇 번이나 이 불가사의한 상황에 대해 작은 소리로 이야기를 나누었다. 그들의 통찰력과 경험으로도 이 상황은 해명하기 어려웠다. 분명히 이 섬에는 수수께끼가 존재한다. 어떻게 하면 그 수수께끼를 간파할 수 있을까? 하버트는 어떻게 생각해야 좋을지 몰라서 사이러스에게 물어보는 게 낫겠다고 생각했다. 네브는 이 일은 자기와 관계가 없고 결국 주인의 문제라고 생각했다. 이 선량한 흑인이 동료들을 짜증나게 만드는 것을 아무렇지도 않게 생각했다면, 그는 침니의 모랫바닥에서도 그래닛 하우스의 침상에 누워 있는 것처럼 푹 잘 수 있었을 것이다.

펜크로프는 누구보다도 화가 나 있었다. 정말 미친 듯이 화가 나 있었다.

"이런 못된 장난을 치다니!" 선원이 내뱉듯이 말했다. "누군가가 못된 장난을 쳤어! 이런 장난은 마음에 안 들어! 그놈을 잡으면 가만두지 않을 거야. 두고 봐!"

새벽의 첫 햇살로 동녘 하늘이 밝아지기 시작했다. 그러자 개척자들은 무기를 들고 암초가 늘어서 있는 해안으로 갔다. 그래닛 하우스는 아침 햇살을 정면으로 받고 있었다. 새벽 다섯 시도 되기 전에 벌써 나뭇잎 사이로 덧문 닫힌 창을 볼 수 있었다.

창문 언저리는 별로 달라진 게 없었지만, 출입문이 활짝 열려 있는 것을 보았을 때 그들은 일제히 소리를 질렀다. 출발할 때 출입문을 단단히 닫아둔 것을 분명히 기억하고 있었기 때문이다.

누군가가 그래닛 하우스에 들어간 게 분명했다. 이제 의심할 여지가 없었다.

평소에 도중의 층계참에서 출입구까지 걸쳐져 있는 위쪽 사다리는 제자리에 그대로 있었다. 그런데 아래쪽 사다리는 문간까지 끌어올려져 있었다. 침입자들이 불의의 습격을 막으려고 사다리를 끌어올린 게 분명했다.

어떤 놈들인지, 몇 명인지는 아직 모른다. 아직 한 놈도 모습을 보이지 않았기 때문이다.

펜크로프가 다시 소리를 질렀다.

하지만 응답이 없었다.

"나쁜 놈! 제 집인 양 안심하고 자는군. 어이! 해적놈아! 도둑놈아! 산적놈아! 존 불*의 아들놈아!"

펜크로프가 미국인으로서 누군가를 '존 불의 아들놈'으로 취급하면 그것은 가장 지독한 모욕이다.

이제는 완전히 밝아져서 그래닛 하우스 정면은 햇빛을 받아 빛나고 있었다. 하지만 그 안쪽도 바깥쪽도 쥐죽은 듯 조용하고 아무 소리도 나지 않았다.

개척자들은 그래닛 하우스에 누가 있을까 하고 의문을 품기 시작했다. 사다리의 위치는 그래닛 하우스 안에 누군가가 있다는 것을 분명히 말해주고 있었고, 침입자가 누구든 그놈들이 달아나지 않은 것도 확실했다! 하지만 어떻게 하면 놈들에게 다가갈 수 있을까?

* 존 불_ 18세기 우화의 주인공 이름에서 유래한 전형적인 영국인.

하버트가 그때 좋은 생각을 해냈다. 끈을 묶은 화살로 문간에 매달려 있는 줄사다리의 가로대를 쏘자는 것이다. 잘 맞으면 그 끈을 잡아당겨 사다리를 내릴 수 있고, 그러면 지상과 그래닛 하우스를 다시 왕래할 수 있게 될 것이다.

분명히 그 방법밖에 없었다. 활을 잘 쏘면 틀림없이 성공할 것이다. 다행히 활과 화살은 침니 복도에 놓여 있었고, 하이비스커스 섬유질로 만든 길고 가벼운 끈도 있었다. 펜크로프가 그 끈을 펴서 깃털 달린 화살에 묶었다. 그러자 하버트가 시위에 화살을 메기고, 문간에 늘어져 있는 줄사다리의 맨 아래 가로대를 주의 깊게 겨냥했다.

사이러스 스미스, 기디언 스필렛, 펜크로프와 네브는 그래닛 하우스 창문에서 무슨 일이 일어나는지 보려고 뒤로 물러났다. 스필렛은 카빈총을 들어올려 출입구를 겨누었다.

이윽고 화살이 날아갔다. 화살은 끈을 매단 채 사다리의 맨 아래 가로대에 명중했다.

작전 성공!

곧 하버트는 끈을 잡았다. 하지만 끈을 흔들어 사다리를 아래로 떨어뜨리려는 순간, 팔 하나가 암벽과 문간 사이에서 재빨리 튀어나와 사다리를 움켜잡고 그래닛 하우스 안으로 끌어들였다.

"저 나쁜 놈!" 선원이 외쳤다. "이제 곧 한 발 쏘아서 행복하게 잠들게 해주마!"

"저게 도대체 누구지?" 네브가 물었다.

"누구라니, 못 봤나?"

"못 봤어요."

"원숭이잖아. 짧은꼬리원숭이, 흰목꼬리감기원숭이, 긴꼬리원숭이, 오랑우탄, 개코원숭이, 고릴라, 마모셋! 원숭이들이 우리 집을 점령했어. 우리가 집을 비운 사이에 놈들이 사다리를 타고 올라갔어!"

이때 선원의 말이 옳다는 듯 원숭이 서너 마리가 덧문을 열고 창가에 나타나, 그래닛 하우스의 진짜 주인들에게 온갖 야릇한 몸짓과 찡그린 표정으로 인사를 보냈다.

"그냥 못된 장난인 줄은 알고 있었어!" 펜크로프가 외쳤다. "하지만 못된 장난을 치는 놈은 이제 값비싼 대가를 치르게 될 거야!"

선원은 총을 들어올리더니 원숭이 한 마리를 재빨리 겨냥하여 방아쇠를 당겼다. 원숭이들은 당장 모습을 감추었지만, 한 마리는 치명상을 입고 모래땅에 떨어졌다.

몸집이 큰 이 원숭이가 제일급 영장류에 속하는 것은 틀림없다. 침팬지도 오랑우탄도 고릴라도 긴팔원숭이도 모두 유인원에 속한다. 인간과 비슷하기 때문에 그렇게 불린다. 하버트도 그 원숭이가 오랑우탄이라고 단언했다. 우리도 알고 있다시피 소년은 동물에 대해 풍부한 지식을 갖고 있었다.

"멋진 원숭이군!" 네브가 소리쳤다.

"실컷 칭찬해줘." 펜크로프가 받았다. "하지만 어떻게 하면 집으로 돌아갈 수 있을지 아직도 모르겠네."

"하버트의 활 솜씨는 정말 대단해." 기자가 말했다. "활이 여기 있으니까 또 해봐!"

"하지만 원숭이들은 교활해." 펜크로프가 소리쳤다. "놈들이 창가에 나타나지 않으면 해치울 수가 없어. 방이나 창고에 어떤 해를 입히고 있을지 생각하면……."

한 마리는 치명상을 입고 모래땅에 떨어졌다

"참게나." 사이러스가 말했다. "저 녀석들도 우리 행동을 그렇게 오랫동안 방해하지는 못할 거야."

"놈들이 지상에 있다면 그렇겠죠. 하지만 놈들은 몇 마리나 될까요? 저 위에 수십 마리나 들어가서 분탕질하고 있는 게 아닐까요?"

펜크로프의 질문에 대답하기는 어려웠다. 소년이 다시 한 번 화살을 쏘는 것도 쉬운 일이 아니었다. 원숭이들이 줄사다리 아래쪽 부분까지 문 안으로 끌어올렸기 때문이다. 다시 한 번 끈을 잡아당겨 보니, 끈은 끊어지고 사다리는 내려오지 않았다.

정말로 곤란한 상황이 되어 있었다. 펜크로프는 화가 나서 펄펄 뛰었다. 이 상황에는 뭔가 우스꽝스러운 면이 있었지만, 펜크로프에게는 그게 재미있게 여겨지지 않았다. 당연히 개척자들은 침입자를 쫓아내고 결국에는 거처를 되찾게 될 것이다. 하지만 그게 언제 어떻게 이루어질지는 아무도 알 수 없었다.

두 시간이 지났다. 그동안 원숭이들은 모습을 나타내지 않았다. 하지만 안에 있는 것은 확실했다. 출입문이나 창문으로 서너 번 주둥이나 팔다리가 보였기 때문이다. 그때마다 원숭이들은 총격을 받았다.

"우리도 잠시 숨어 있을까?" 사이러스가 말했다. "그러면 원숭이들도 우리가 떠난 줄 알고 모습을 나타낼 거야. 스필렛과 하버트는 바위 뒤에 숨어 있다가, 원숭이가 모습을 나타내거든 해치워."

만물박사의 명령은 곧바로 실행에 옮겨졌다. 사격의 명수인 스필렛과 하버트가 원숭이들 눈에 띄지 않도록 사정거리 안에 있는 바위 뒤에 몸을 숨기자, 네브와 펜크로프와 사이러스는 고원으로 올라가 숲으로 사냥감을 찾으러 갔다. 식사시간이 되었는데도 먹을 것이 전혀 없었기 때문이다.

30분 뒤에 사냥꾼들은 숲비둘기를 몇 마리 잡아서 구웠다. 원숭이는 한 마리도 나타나지 않았다.

스필렛과 하버트도 식사를 하러 왔다. 그동안 토비가 창문 아래를 감시하고 있었다. 두 사람은 식사를 끝내고 다시 은신처로 돌아갔다.

두 시간이 지나도 상황은 마찬가지였다. 원숭이들은 기색을 전혀 보이지 않는다. 어딘가로 가버린 것 같았다. 하지만 원숭이들은 동족 하나가 죽은 데 겁을 먹고 총성에 놀라 그래닛 하우스의 구석이나 창고에 숨어 있을 가능성이 컸다. 사이러스가 아무리 참으라고 타일러도, 그 창고에 보관되어 있는 재산을 생각하면 모두 초조해졌다. 사실 그것은 무리도 아니었다.

"아무리 생각해도 어처구니가 없군." 신문기자가 말했다. "이래서는 언제 상황이 끝날지 알 수가 없어."

"그 못된 놈들을 쫓아내야 합니다." 펜크로프가 외쳤다. "놈들이 스무 마리가 있어도 해치울 수 있어요. 하지만 그러기 위해서는 놈들과 맞붙어 싸워야 합니다. 아아. 놈들이 있는 곳까지 갈 방법이 없을까요?"

"있지." 사이러스가 대답했다. 어떤 생각이 문득 떠오른 것이다.

"있다고요?" 펜크로프가 외쳤다. "그렇다면 그 방법을 쓰는 게 좋겠어요. 다른 방법이 없으니까요. 그런데 어떤 방법입니까?"

"전에 호숫가에 뚫려 있던 배수로를 통해 그래닛 하우스로 내려가는 거야."

"세상에! 그 생각을 못하다니!"

과연 그것이 그래닛 하우스로 들어가 원숭이 일당과 싸워서 놈들을 쫓아낼 수 있는 유일한 방법이었다. 배수로 입구는 돌을 쌓아 시멘트로 굳혀서 막아버렸으니까 그 돌을 부수어야 하지만, 나중에 다시 만들면 되는 일이다. 다행히 사이러스는 그 입구를 호수의 물로 감추어버릴 계획을 아직 실행에 옮기지 않았다. 입구를 호수의 물로 막아버렸다면, 이번 작전에는 상당한 시간이 걸렸을 것이다.

벌써 정오가 지났지만, 개척자들은 무기와 곡괭이를 들고 침니를 떠났다. 그리고 토비에게는 그래닛 하우스 창문 아래에서 감시를 계속하도록 명령하고, '전망대' 언덕으로 나가기 위해 '은혜 강' 왼쪽 기슭을 따라 올라가기 시작했다.

하지만 50미터도 채 가기 전에 토비가 맹렬하게 짖어대는 소리가 들려왔다. 필사적으로 호소하는 듯한 목소리였다.

모두 걸음을 멈추었다.

"빨리 가봅시다!" 펜크로프가 말했다.

그들은 전속력으로 강기슭을 달려갔다.

암벽 모퉁이까지 왔을 때 그들은 상황이 완전히 달라진 것을 알았다.

무엇 때문인지는 모르지만 원숭이들이 갑작스러운 공포에 사로잡힌 것처럼 필사적으로 달아나려 하고 있었기 때문이다. 원숭이 두세 마리는 이리저리 뛰어다니고, 이 창문에서 저 창문으로 곡예사처럼 재빠르게 옮겨 다니고 있었다. 사다리를 다시 내리면 쉽게 내려올 수 있을 텐데, 그렇게 하려고도 하지 않았다. 공포에 질린 나머지 간단히 달아날 수 있는 그 수단을 잊어버렸을 것이다. 이윽고 원숭이 대여섯 마리가 자기를 쏘아달라는 듯 모습을 드러냈기 때문에 개척자들은 쉽게 조준하여 총을 쏘았다. 어떤 녀석은 치명상을 입고 비명을 지르며 그래닛 하우스 안으로 굴러떨어졌다. 또 어떤 녀석은 밖으로 뛰쳐나와 거꾸로 떨어져 즉사했다. 얼마 후 그래닛 하우스에는 살아 있는 원숭이가 없는 것 같았다.

"만세! 됐다! 만세!" 펜크로프가 소리쳤다

"만세를 부를 필요는 없어." 스필렛이 말했다.

"왜요? 놈들이 다 죽었잖아요?" 선원이 대꾸했다.

"그건 그렇지만, 집에 돌아갈 수 있는 방법을 찾은 건 아니야."

"배수로로 가면 돼요." 펜크로프가 받았다.

"아마 그렇겠지. 하지만 그러지 않아도 된다면……." 사이러스가 말했다.

이때 사이러스의 말에 화답이라도 하듯 문간에서 사다리가 미끄러져 내려오는 것이 보였다. 사다리는 순식간에 지상으로 내려왔다.

"아니, 이게 어떻게 된 거죠! 굉장하군요!" 펜크로프가 사이러스를 쳐다보면서 외쳤다.

"정말 굉장한 일이야." 사이러스도 중얼거리고는 맨 먼저 사다리에 덤벼들었다.

"조심하세요, 선생님." 펜크로프가 소리쳤다. "놈들이 아직 몇 마리 남아 있을지도 몰라요."

"가보면 알겠지."

동료들도 모두 사이러스 뒤를 따랐다. 몇 분 뒤에는 모두 출입문에 이르렀다.

그래닛 하우스를 구석구석 조사해보았지만, 방에도 창고에도 원숭이는 없었다. 원숭이 일당은 창고를 분탕질하지도 않았다.

"그러면 사다리는? 도대체 누가 사다리를 던져주었을까요?" 펜크로프가 외쳤다.

이때 외침 소리가 들리더니, 복도에 숨어 있던 커다란 원숭이가 네브에게 쫓겨 대청으로 뛰어들었다.

"이 나쁜 놈!" 펜크로프가 외치면서 도끼를 들고 원숭이의 머리를 내리치려고 했다. 사이러스가 선원을 말렸다.

"용서해주게, 펜크로프."

"이런 놈을 용서해주라고요?"

"그래! 사다리를 던져주었잖은가."

만물박사가 이상한 목소리로 그렇게 말했기 때문에, 그 말이 진담인지 농담인지 구별이 가지 않았다.

그래도 모두 원숭이에게 덤벼들었다. 원숭이는 맹렬하게 저항했지만 결국 쓰러져서 팔다리가 꽁꽁 묶였다.

"어휴!" 펜크로프가 크게 한숨을 내쉬었다. "그런데 이놈을 어떡하지?"

"하인으로 부리죠, 뭐." 하버트가 대답했다.

소년의 이 말은 결코 농담이 아니었다. 하버트는 이 영리한 원숭이를 어떻게 이용하면 좋은지 알고 있었기 때문이다.

개척자들은 원숭이 곁으로 다가가서 찬찬히 살펴보았다. 분명히 유인원이다. 그 안면 골격은 호텐토트족*을 연상시켰다. 이 원숭이는 오랑우탄이었다. 오랑우탄은 개코원숭이처럼 사납지

* 호텐토트족_ 아프리카 남부 내륙지방의 원주민.

원숭이는 결국 쓰러져서 팔다리가 꽁꽁 묶였다

도 않고, 짧은꼬리원숭이처럼 경솔하지도 않고, 비단원숭이처럼 불결하지도 않고, 바르바리원숭이처럼 성급하지도 않다. 이 유인원은 인간과 거의 다름없는 지능을 보여주는 것으로 알려져 있다. 집에서 키우면 식사 준비와 방청소, 옷손질, 구두 닦는 일도 할 수 있고, 나이프와 숟가락과 포크도 능숙하게 사용할 수 있고, 포도주도 마실 수 있다. 털 없는 인간 하인과 거의 마찬가지다. 뷔퐁*은 그런 원숭이를 한 마리 키운 것으로 알려져 있는데, 그 원숭이는 충직하고 열성적인 하인으로 오랫동안 뷔퐁을 섬겼다.

그래닛 하우스 대청에서 꽁꽁 묶인 오랑우탄은 몸길이가 2미터나 되는 훌륭한 원숭이였다. 늠름한 체격에 가슴이 넓고 머리는 보통 크기였다. 안면각**은 65도에 이르고, 두개골은 둥글고, 코는 튀어나왔고, 피부는 매끄럽고, 윤기 나는 부드러운 털로 덮여 있었다. 요컨대 유인원 중에서도 흠잡을 데 없는 본보기였다. 눈은 사람보다 작지만 영리하게 반짝거리고, 콧수염 밑에서 하얀 이빨이 빛나고 있었다. 턱에는 옅은 갈색의 곱슬곱슬한 턱수염이 짧게 나 있었다.

"훌륭해!" 펜크로프가 말했다. "이 녀석의 말을 알기만 한다면 말을 걸어볼 수도 있을 텐데."

"나리! 정말로 이 원숭이를 하인으로 삼을 작정이세요?" 네브가 사이러스를 돌아보며 물었다.

"그래." 사이러스가 빙긋이 웃으면서 대답했다. "하지만 질투

* 조르주 루이 뷔퐁1707~1788_ 프랑스의 박물학자.

** 안면각顔面角_ 이마와 앞니를 잇는 수직면과, 귓구멍과 비강을 잇는 수평면이 교차하면서 만들어내는 각도로, 입 주변이 앞쪽으로 튀어나온 정도를 말한다.

하면 안 돼."

"훌륭한 하인이 될 거예요." 하버트도 덧붙여 말했다. "아직 어린 모양이니까, 조련하기도 쉬울 거예요. 조련할 경우에는 대개 우리 힘을 보여주거나 송곳니를 빼버리는 모양이지만, 그렇게까지 할 필요는 없어요. 친절하게 대해주면 자연스럽게 우리를 따를 거예요."

"그래, 친절하게 대해주자." 펜크로프가 받았다. 그는 벌써 '못된 장난꾸러기'에 대한 원한을 까맣게 잊고 있었다.

그는 오랑우탄에게 다가가서 이렇게 물었다.

"그래, 기분이 어떠냐?"

오랑우탄은 작게 으르렁거리는 소리로 대답했지만, 기분은 별로 나쁘지 않은 것 같았다.

"이 개척지의 일원이 되지 않겠니?" 선원이 다시 말을 이었다. "사이러스 스미스 선생을 섬겨보지 않겠니?"

오랑우탄은 또다시 으르렁거리며 동의하는 듯한 소리를 냈다.

"봉급은 숙식만 제공하는 것으로 참아줄래?"

우랑우탄은 세 번째로 으르렁거리는 소리를 냈다.

"원숭이 회화는 좀 단조롭군." 스필렛이 말했다.

"좋잖아요." 펜크로프가 대답했다. "말수가 적은 하인이 가장 좋은 하인이에요. 게다가 봉급도 없으니까…… 아니, 들었나? 처음에는 봉급을 주지 않지만 네가 마음에 들면 나중에 두 배로 올려줄게!"

이리하여 개척지에는 새로운 식구가 생겼다. 오랑우탄을 뭐라고 부를지에 대해서는 펜크로프가 제안한 '주피'가 채택되었는데, 이것은 그가 전에 키우던 원숭이인 주피터*를 줄여서 부른

"그래, 기분이 어떠냐?"

이름이었다.

이리하여 주피는 그래닛 하우스에서 개척자들과 함께 살게 되었다.

* 주피터_ 로마 신화에 등장하는 최고신 유피테르(그리스 신화의 제우스)의 영어 이름.

7

실행해야 할 계획—'은혜 강'에 다리를 놓다—도개교—
'전망대'를 섬으로 바꾸다—밀 수확—개울—작은 다리—
가금 사육장—비둘기 집—얼룩말 한 쌍—'기구 항'으로 가는 길

링컨 섬의 개척자들은 이리하여 과거의 배수로를 통과하지 않고도 거처를 되찾을 수 있었다. 돌벽을 부수는 작업은 할 필요가 없었다. 모두 그 작업에 착수하려고 했을 때 원숭이 일당이 공포에 사로잡힌 것은 그야말로 행운이었다. 원숭이들이 갑자기 설명할 수 없는 공포에 사로잡혀 그래닛 하우스에서 뛰쳐나왔기 때문이다. 그러면 유인원들은 다른 루트로 중대한 공격이 닥쳐오리라는 것을 예감했던 것일까? 녀석들의 갑작스러운 후퇴는 그렇게밖에는 달리 설명할 수 없었다.

그날 저녁, 원숭이들의 시체가 숲으로 옮겨져 매장되었다. 그 후 개척자들은 침입자들이 엉망으로 어질러놓은 흔적을 치우느라 바빴다. 거처는 어질러지기만 했을 뿐 실질적인 피해는 없었다. 원숭이들은 가구를 뒤엎어놓기는 했지만 부수지는 않았다. 네브는 다시 화덕에 불을 지피고 부엌의 보존식품 중에서 영양이 풍부한 식사를 내놓았기 때문에 모두 입맛을 다셨다.

주피의 존재도 잊혀지지 않았다. 주피는 우산소나무 열매와 뿌리줄기를 듬뿍 받아서 우적우적 먹었다. 펜크로프는 주피의 팔을 묶은 밧줄은 풀어주었지만, 다리를 풀어주는 것은 주피가 개척자들을 완전히 따르게 될 때까지 기다리는 게 좋겠다고 생각했다.

그후 잠자리에 들 때까지 사이러스와 동료들은 식탁에 둘러앉아 긴급히 실행해야 할 계획에 대해 토론을 가졌다.

가장 중요하고 시급한 일은 '은혜 강'에 다리를 놓아 섬의 남부와 그래닛 하우스를 연결하는 것이었고, 다음은 산양을 비롯하여 털을 가진 동물을 사로잡아 키우기 위한 우리를 만드는 것이었다.

이 두 가지 계획은 이제 가장 중요해진 의류 문제를 해결하기 위한 것이었다. 강에 다리를 놓으면 속옷 재료가 될 공기주머니를 운반하기 쉬워지고, 가축우리가 생기면 양털을 모아서 겨울옷도 만들 수 있을 것이다.

사이러스 스미스는 가축우리를 '붉은 내' 발원지 근처에 지을 작정이었다. 그곳은 목초지를 만들기에 적당하고, 신선한 목초가 계속 돋아날 것이기 때문이었다. '전망대'와 '붉은 내' 발원지까지는 이미 부분적으로 길이 뚫려 있지만, 지금 갖고 있는 수레보다 훨씬 좋은 수레를 만들면—그리고 그 수레를 끌 동물을 사로잡을 수 있다면—짐을 운반하기가 훨씬 편해질 것이다.

그런데 가축우리는 그래닛 하우스에서 떨어져 있어도 별로 불편하지 않지만, 가금 사육장은 그렇지 않았다. 네브가 가금 사육장 이야기를 꺼냈다. 식량이 되는 새는 주방장의 손이 닿는 곳에 있어야 한다. 그래서 가금 사육장을 만들 곳으로는 과거의 배수로에 접해 있는 호숫가가 가장 적당하지 않을까 하는 의견이었다. 거기라면 물새도 함께 번식시킬 수 있다. 지난번 원정에서 사로잡은 '티나무' 한 쌍이 사육하여 길들일 첫 번째 새로 결정되었다.

이튿날(11월 3일), 다리를 놓기 위한 공사가 시작되었다. 이 일을 해내려면 모두 힘을 합칠 필요가 있었다. 개척자들은 톱과 도끼, 끌과 망치를 어깨에 메고 모두 목수로 변신하여 모래톱으로 내려갔다.

모래톱에서 펜크로프가 말했다.

"우리가 없는 동안 주피가 이상한 마음을 먹고 사다리를 도로 끌어올리면 어떡하죠?"

"사다리 밑동을 단단히 고정해두세." 사이러스가 대답했다.

말뚝 두 개를 모래땅에 단단히 박고 사다리를 고정시켰다. 그 후 개척자들은 '은혜 강' 왼쪽 기슭을 거슬러 올라가, 이윽고 강이 굽이진 지점에 이르렀다.

이 지점부터 어제 남쪽 해안에서 발견한 '기구 항' 까지의 거리는 사실 6킬로미터도 채 안 되었다. 다리에서 '기구 항' 까지 수레가 다닐 수 있는 길을 뚫는 것은 간단하고, 그렇게 하면 그래닛 하우스와 남쪽 지역을 왕래하기가 훨씬 편해질 터였다.

이때 사이러스는 간단히 실행할 수 있고 아주 유익한 계획을 동료들에게 알렸다. 그가 얼마 전부터 생각하고 있었던 그 계획은 '전망대' 를 완전히 고립시켜, 맹수나 대형 원숭이들의 공격으로부터 고원을 지키자는 것이었다. 그렇게 하면 그래닛 하우스와 침니, 가금 사육장, 고원에 일굴 예정인 농장을 맹수의 습격으로부터 지킬 수 있을 터였다.

이 계획을 실행에 옮기는 것은 아주 간단했다. 사이러스는 그 방법을 다음과 같이 설명했다.

'전망대'의 삼면은 인공적인 것이든 자연적인 것이든 물로 둘러싸여 있다.

우선 북서쪽은 과거의 배수로 입구가 된 그랜트 호 남쪽 끝에서 호수의 물을 떨어뜨리기 위해 호수의 동쪽 연안에 뚫은 수로까지 그랜트 호가 뻗어 있다.

북쪽은 그 지점에서 바다까지 새로운 수로가 뻗어 있다. 이 인공 폭포가 상류와 하류에서 고원과 모래톱을 도려내듯 흐르고 있기 때문에, 이 수로가 해자 역할을 맡아서 맹수가 건너다닐 수 없다.

동쪽은 인공 폭포에서 '은혜 강' 어귀까지 전체를 바다가 지켜주고 있다.

남쪽은 '은혜 강' 어귀에서 다리를 놓을 물굽이까지는 안전해진다.

그러면 남은 것은 '전망대'의 서남쪽, 호수의 남쪽 끝부터 '은혜 강'의 물굽이 지점까지다. 거리로는 1.5킬로미터쯤 되는 이 부분이 무방비 상태다. 하지만 여기에 넓고 깊은 수로를 파는 것은 어려운 일이 아니다. 호수의 물을 흘려보내면 되고, 넘쳐나온 물은 제2의 폭포가 되어 '은혜 강'으로 흘러내릴 것이다. 이 새로운 인공 수로 때문에 호수의 수위는 조금 내려가겠지만, '붉은 내'의 수량이 풍부하니까 계획은 실행할 수 있을 거라고 사이러스는 보고 있었다.

"그러면 '전망대'는 사방이 물로 둘러싸이게 되니까 안전한 섬이 돼. 우리 영지에 들어가려면 '은혜 강'에 놓을 다리와 인공 폭포 상류와 하류에 이미 놓여 있는 두 개의 작은 다리를 건널 수 밖에 없어. 하지만 작은 다리를 두 개 더 놓기로 하세. 하나는 지금 제안한 인공 수로에 놓고, 또 하나는 그 수로의 출구인 '은혜 강' 왼쪽 기슭에 놓기로 하세. 그리고 이런 다리들은 도개교로 만들어 마음대로 올리거나 내릴 수 있게 해두면, 어떤 습격에서도 '전망대'를 지킬 수 있을 거야."

사이러스는 동료들이 잘 이해할 수 있도록 지도를 만들어두었다. 그의 계획은 곧 완전히 이해되었다. 그래서 모두 만장일치로 계획에 찬성했다. 펜크로프는 목수로 완전히 변신하여 도끼를 치켜 올리며 소리쳤다.

"자, 다리부터 만들기 시작합시다!"

이것이 가장 시급한 일이었다. 적당한 나무를 골라서 베어내고 나뭇가지를 쳐냈다. 나무를 톱으로 켜서 도리와 들보와 널빤지를 만들었다. 이 다리는 '은혜 강' 오른쪽 기슭에 닿는 부분을 고정시키고, 왼쪽 기슭에 닿는 부분은 수문 다리처럼 추를 이용하여 올리거나 내릴 수 있게 했다.

이것은 아주 큰 사업이었다. 일이 순조롭게 진행된다 해도 상당히 오랜 시간이 걸릴 터였다. '은혜 강'의 폭이 25미터나 되기 때문이다. 그래서 다리 상판을 단단히 떠받치기 위해 강물 속에 말뚝을 몇 개나 박아넣어야 했다. 또한 말뚝을 박아넣을 항타기도 갖추어야 한다. 이렇게 해서 두 줄의 아치가 만들어지고, 무거운 짐도 지탱할 수 있는 튼튼한 다리가 생겨나는 것이다.

다행히 목재를 자를 연장도 있고, 목재를 튼튼하게 연결할 쇠붙이도 있고, 이런 작업에 정통한 유능한 토목기사도 있고, 지난 7개월 동안 온갖 솜씨를 익힌 동료들의 열의도 부족함이 없었다.

이것은 아주 큰 사업이었다

기디언 스필렛도 이제는 '일개 신문기자에게 별로 기대를 걸지 않았던' 선원과 솜씨를 겨룰 수 있게 되었다.

'은혜 강'에 다리를 놓는 공사는 모두 서둘렀는데도 꼬박 3주일이 걸렸다. 모두 공사 현장에서 식사를 하고, 좋은 날씨가 계속되었기 때문에 저녁식사 시간이 되어서야 그래닛 하우스로 돌아왔다.

이 기간에 주피는 새로운 환경에 익숙해졌고 새 주인들과도 친해졌다. 주피는 언제나 신기한 듯 주인들을 말똥말똥 쳐다보았다. 그래도 펜크로프는 만약을 위해 주피가 완전히 자유롭게 행동하도록 허락해주지는 않았다. 선원은 계획 중인 공사가 끝나서 고원 주변을 뛰어넘을 수 없게 될 때까지 기다리고 싶었다. 토비와 주피는 무척 사이가 좋아져서 자주 함께 놀았지만, 주피는 어떤 일을 할 때에도 항상 지나치게 진지했다.

11월 20일에 다리가 완성되었다. 다리의 한쪽 끝은 추를 이용하여 간단히 올리거나 내릴 수 있었기 때문에, 다리를 들어올리는 데에는 많은 힘이 필요하지 않았다. 다리를 올려버리면 6미터가 넘는 간격이 생기기 때문에 어떤 동물도 이 강을 뛰어넘을 수는 없다.

다음에는 기구의 공기주머니를 가지러 가야 했다. 개척자들은 서둘러 그것을 안전한 장소에 옮겨두고 싶었다. 하지만 공기주머니를 운반하려면 '기구 항'까지 수레를 끌고 갈 필요가 있었다. 따라서 '서쪽 숲'의 울창한 나무들 사이로 길을 내야 한다. 거기에는 상당한 시간이 걸린다. 그래서 네브와 펜크로프가 우선 '기구 항'까지 조사하러 가게 되었다. 동굴 속에 넣어둔 '옷감 재고'가 전혀 상하지 않은 것이 확인되었기 때문에, 결국 '전망대' 와 관련된 공사를 중단하지 않고 계속하기로 했다.

"이제는 훨씬 좋은 조건에서 가금 사육장을 만들 수 있어요." 펜크로프가 말했다. "어쨌든 위험한 짐승한테 습격당할 염려가 없으니까요."

그러자 네브가 말했다.

"고원을 개간해서 야생식물을 옮겨 심을 수도 있고……."

"두 번째 밀밭도 만듭시다!" 선원이 기세 좋게 외쳤다.

실제로 단 한 알의 씨앗을 뿌린 첫 번째 밀밭에서는 펜크로프가 돌본 덕에 밀이 잘 자라고 있었다. 사이러스의 말대로 그 한 알의 씨앗에서 10개의 이삭이 나왔고, 이삭마다 밀알이 80개씩 열렸으니까, 개척자들은 이제 (6개월 만에) 800개의 밀알을 손에 넣을 수 있었다. 이런 식이라면 해마다 이모작의 수확을 기대할 수 있었다.

이 800개의 밀알 가운데 50개는 만약을 위해 따로 보관해두기로 하고, 나머지는 새로 일군 밭에 뿌리게 되었다. 이것도 한 알의 밀과 마찬가지로 정성껏 돌보아야 한다.

밀밭을 일군 뒤에는 끝을 뾰족하게 깎아낸 나무로 높고 튼튼한 울타리를 둘러쳤다. 이렇게 하면 짐승도 함부로 들어올 수 없을 것이다. 새들을 쫓아내기 위해 펜크로프는 색다른 도구를 고안하여 만들었다. 시끄러운 소리를 내는 회전 장치와 무섭게 생긴 허수아비가 충분한 위력을 발휘해줄 터였다. 그후 750개의 밀알을 밭에 심고, 그 다음은 자연의 손길에 맡기기로 했다.

11월 21일, 사이러스는 그랜트 호 남쪽 끝에서 '은혜 강' 이 굽이진 지점까지, 남서쪽에서 침입해 들어오는 적을 막기 위한 해자를 설계하기 시작했다. 그 일대에는 부식토가 1미터 높이로 쌓

새들을 쫓아내기 위해 색다른 도구를 만들었다

여 있고, 그 아래는 화강암이었다. 그래서 다시 니트로글리세린을 제조해야 했다.

니트로글리세린은 여느 때와 같은 위력을 발휘하여, 보름도 지나기 전에 고원의 단단한 지반에 너비 4미터, 깊이 2미터의 도랑이 만들어졌다. 그리고 호수에서 물을 끌어들이기 위해 전과 같은 방법으로 호수 남쪽 끝의 암석을 폭파했다. 이 새로운 인공 수로로 물이 돌진하여 작은 내를 이루었다. '글리세린 내'라고 명명된 이 물줄기는 '은혜 강'의 새 지류가 되었다. 만물박사가 전에 말했듯이 호수의 수위는 내려갔지만, 그렇게 대단치는 않았다. 끝으로 이 물로 이루어진 보호망을 완비하기 위해 인공 폭포의 너비를 넓히고, 폭포수가 떨어지는 모래톱 주위에는 울타리를 이중으로 설치하여 모래가 쓸려나가지 않도록 했다.

12월 초에는 이런 작업이 모두 끝났다. 이제 '전망대'는 둘레가 6.5킬로미터쯤 되는 오각형으로, 어떠한 외부 침입도 막을 수 있게 되었다.

12월의 더위는 지독했다. 하지만 개척자들은 계획을 실행에 옮기는 것을 멈추려 하지 않았다. 가금 사육장을 서둘러 만들어야 했기 때문에 모두 그 일에 착수했다.

'전망대' 주위가 완전히 물로 둘러싸이자 주피도 자유의 몸이 되었다. 주피도 이제는 주인들 곁을 떠나려 하지 않았고, 달아날 기미도 전혀 없었다. 얌전하면서도 힘센 오랑우탄인 주피는 놀랄 만큼 몸이 가벼웠다. 그래닛 하우스의 줄사다리를 타고 오르는 솜씨는 아무도 주피를 당해내지 못했다. 주피는 벌써 여러 가지 작업을 거들었고, 장작을 실은 수레를 끌거나 '글리세린 내'에서 가져온 바윗돌을 나르기도 했다.

"주피는 아직 석공은 아니지만 이미 원숭이에요!" 하버트는 그렇게 농담하기를 좋아했다. '원숭이'는 견습 석공을 일컫는 속어였다. 이것이야말로 딱 들어맞는 별명이었다.

가금 사육장은 호수 남동쪽에 약 200평방미터 넓이로 만들어졌다. 사육장에 울타리를 둘러치고, 그곳에 거주할 새들을 위해 나뭇가지를 엮어서 작은 집을 지었다. 집은 여러 칸으로 나뉘어, 새들이 들어오기만 기다리게 되었다.

새집의 첫 주민은 '티나무' 한 쌍이었지만, 벌써 많은 새끼가 부화해 있었다. 거기에 평소에는 호숫가에 사는 오리 여섯 마리가 합류했다. 그중에는 날개가 부채처럼 퍼지는 중국오리도 있었다. 이 오리는 깃털의 광채와 선명한 색깔이 금계에 필적한다. 며칠 뒤에는 하버트가 칠면조와 비슷한 새 한 쌍을 잡아왔다. 꼬리가 둥그스름하고 칼깃이 기다란 멋진 '봉관조'였다. 이 새도 곧 사육장에 익숙해졌다. 펠리칸과 물총새와 쇠물닭은 제 발로 사육장을 찾아왔다. 이 작은 사회에서는 몇 차례 싸움이 벌어졌지만, 결국에는 제각기 다양한 목소리로 울면서 사이가 좋아졌다. 그리고 개척지의 장래 식량을 보장해줄 기세로 급속히 수가 불어났다.

사이러스 스미스는 가금 사육장 한 귀퉁이에 비둘기 집을 짓고, '전망대'의 바위동산에 살고 있는 10여 마리의 비둘기를 거기에 살게 했다. 이 비둘기들은 곧 길이 들어, 밤이면 새 집으로 돌아가게 되었고, 야생 상태에서만 번식하는 숲비둘기보다 사람을 잘 따르는 성질을 보여주었다.

드디어 기구의 공기주머니를 이용하여 속옷을 만들 때가 왔다. 그 주머니를 그대로 두었다가 나중에라도 뜨거운 공기를 불어넣어 하늘로 날아오를 수 있지 않겠느냐고 생각할 수도 있겠지만, 현실적인 사고방식을 가진 사이러스에게 그런 모험은 상상할 수도 없는 것이었다.

그래서 공기주머니를 그래닛 하우스로 나르게 되었다. 개척자들은 이제까지 사용하던 무거운 수레를 좀더 가볍고 다루기 쉬운 수레로 바꾸는 작업에 착수했다. 하지만 수레가 만들어져도 엔진을 대신할 만한 것을 찾아내야 했다. 이 섬에는 말이나 당나귀나 소를 대신하여 짐을 운반할 수 있는 동물이 살고 있지 않을까? 그것이 문제였다.

"선생님이 증기수레나 기관차를 만들 마음을 먹을 때까지 수레를 끌어줄 짐승이 있다면 큰 도움이 될 텐데!" 펜크로프가 중얼거리고는 사이러스를 보면서 말했다. "선생님, 언젠가는 그래닛 하우스에서 '기구 항'까지 철도가 놓일 테고, 프랭클린 산까지 지선도 깔리겠죠?"

외골수인 이 선원은 자신의 말을 진심으로 믿고 있었다. 신념이 섞이면 상상력은 끝이 없어진다.

하지만 너무 거창하게 생각지 않아도, 수레를 끌어줄 네발짐승이 한 마리만 있으면 펜크로프의 소원은 이루어진다. 신도 선원에게는 약한 듯, 그를 애태우지 않았다.

어느 날(12월 23일) 네브의 외침 소리와 토비가 짖어대는 소리가 경쟁하듯 동시에 들려왔다. 침니에서 일하고 있던 개척자들은 무언가 좋지 않은 일이라도 일어났나 하고 얼른 달려갔다.

그들이 본 것은 무엇이었을까? 그것은 덩치 큰 동물 두 마리였다. 강에 걸린 작은 다리가 올라가 있지 않았기 때문에, 경솔하게도 '전망대'로 뛰어든 것이다. 동물은 말이나 당나귀 같았다. 암컷과 수컷 한 쌍에, 체격은 늘씬했다. 털은 밤색이지만 다리와 꼬리는 하얗고 머리와 목과 몸통에 검은 줄무늬가 있었다. 두 마리는 불안한 기색도 없이 조용히 다가와서, 호기심 어린 눈길로 주위의 인간들을 둘러보았다. 물론 그 사람들이 제 주인이 되리라는 것은 아직 모르고 있었다.

"이건 얼룩말이에요!" 하버트가 외쳤다. "제브라얼룩말과 콰가얼룩말의 중간인 다우얼룩말이죠."

"왜 당나귀가 아니지?" 네브가 물었다.

"귀가 그렇게 길지 않고 몸매가 훨씬 날렵해요."

"당나귀든 얼룩말이든……" 펜크로프가 옆에서 말참견을 했다. "이게 사이러스 씨가 말하는 '엔진'이 될 거야. 이런 녀석은 사로잡을 가치가 있어!"

펜크로프는 두 마리 얼룩말이 겁내지 않도록 '글리세린 내'의 작은 다리까지 미끄러지듯 걸어가서 다리를 들어올렸다. 얼룩말들은 이제 포로 신세가 되었다.

이렇게 되면 우격다짐으로 잡아서 억지로 길들여야 할까? 아니, 그러지 말고 얼룩말들이 며칠 동안 풀이 풍부한 고원을 마음대로 돌아다니게 내버려두자. 모두 그렇게 결정을 내렸다. 사이러스는 당장 가금 사육장 근처에 마구간을 짓게 했다. 상쾌한 짚이 깔린 마구간이 있으면 얼룩말들도 밤에 편안히 쉴 수 있을 것이다.

이리하여 이 멋진 얼룩말 한 쌍은 자유롭게 행동할 수 있었고, 개척자들도 함부로 다가가서 얼룩말들을 놀라게 하지 않으려고 애썼다. 하지만 얼룩말들은 '전망대'를 떠나고 싶어하는 눈치였다. 넓은 땅과 깊은 숲에 익숙한 얼룩말에게 '전망대'는 너무 비좁게 느껴질 것이다. '전망대'를 떠나고 싶을 때면 두 마리 짐승은 건널 수 없는 해자를 따라 걸으면서 몇 번이나 새된 소리로 울다가 풀숲을 마구 뛰어다녔다. 그리고 다시 침착성을 되찾아, 이제 돌아갈 수 없는 넓은 숲을 바라보며 몇 시간 동안이나 가만히 서 있었다.

그러는 동안 식물 섬유로 얼룩말과 수레를 연결할 끈과 마구가 만들어졌다. 얼룩말이 붙잡힌 지 며칠 뒤에는 수레에 얼룩말을 맬 준비가 끝났을 뿐만 아니라 '은혜 강'이 굽이진 지점부터 '기구 항'까지 '서쪽 숲'을 곧장 지르는 길이 뚫렸다. 이제 수레를 '기구 항'까지 끌고 갈 수 있게 되었다. 하지만 얼룩말이 수레를 끈 것은 12월도 거의 끝날 무렵이었다.

펜크로프는 벌써 충분히 얼룩말들을 귀여워해주고 있었기 때문에, 짐승들도 선원의 손에서 먹이를 받아먹을 정도가 되었다. 그래서 곁에 가까이 가는 것은 간단했지만, 일단 수레에 묶으면 얼룩말들은 발버둥치기 때문에 달래기가 무척 힘들었다. 그래도 얼룩말들은 차츰 이 새로운 일에 순응하게 되었다. 원래 다우얼룩말은 제브라얼룩말보다 다루기 쉽고, 남아프리카 산악지대에서는 자주 짐수레를 끌고 있다. 유럽에서도 비교적 추운 지방에서 사람에게 사육당한 예도 있다.

그날은 펜크로프만 얼룩말들 앞에서 걸어가고, 나머지 사람들은 모두 짐수레를 타고 '기구 항'으로 갔다. 막 개통된 이 길은 울퉁불퉁해서 수레가 마구 흔들렸지만, 그래도 무사히 '기구 항'에 도착했다. 그날 안으로 개척자들은 공기주머니를 비롯하여 기구에 부착된 갖가지 부속품을 수레에 실을 수 있었다.

밤 여덟 시에 짐수레는 다시 '은혜 강'에 걸린 다리를 건넜다.

그리고 왼쪽 강기슭을 따라 하류로 내려와 해변의 모래톱까지 와서 멈추었다. 얼룩말들은 짐수레에서 해방되어 마구간으로 돌아갔다. 펜크로프는 잠자리에 들기 전에 만족스러운 한숨을 내쉬었다. 그 한숨 소리는 그래닛 하우스 안에 크게 메아리쳤다.

8

속옷—바다표범 가죽 구두—솜화약 제조—여러 가지 씨뿌리기—
낚시—거북알—주피의 진보—우리 만들기—산양과 염소 사냥—
식물 · 동물 · 광물의 새로운 자원—고국의 추억

1월 첫 주에는 개척자들에게 필요한 속옷을 만드는 바느질 작업이 이루어졌다. 그들은 표류해온 상자에 들어 있던 바늘을 섬세하지는 못하지만 힘차게 움직였다. 속옷이 모두 튼튼하게 꿰매어진 것은 물론이다.

사이러스 스미스가 기구의 천을 꿰매 붙이는 데 쓰인 실을 재활용하자는 생각을 해낸 덕분에 실은 충분히 있었다. 기구의 천을 꿰맨 실을 스필렛과 하버트가 놀랄 만한 인내력으로 풀어냈다. 펜크로프는 이 작업을 포기할 수밖에 없었다. 아무래도 짜증이 나서 견딜 수가 없었기 때문이다. 하지만 일단 꿰매는 작업이 시작되자 아무도 펜크로프를 당해내지 못했다. 별로 알려져 있지는 않지만, 선원들은 바느질에 뛰어난 솜씨를 갖고 있다.

기구의 공기주머니는 식물을 태운 재에서 얻은 소다와 칼륨으로 깨끗이 세탁되었다. 그 결과 니스가 제거된 무명천은 본래의 부드러움과 탄력을 되찾았다. 그후 무명천을 밖에서 말리자 대기의 표백작용으로 새하얘졌다.

이리하여 수십 개의 셔츠와 양말(물론 양말은 실로 짠 것이 아니라 헝겊을 꿰매 붙여서 만들었다)이 생겼다. 개척자들은 드디어 하얀 속옷을 입게 되었다. 그것은 얼마나 큰 기쁨인가. 속옷은 좀 빳빳했지만, 그런 데에는 신경 쓰지 않았다. 그리고 시트다운 시트를 깔고 덮고 잘 수도 있었다. 하얀 시트는 그래닛 하우스의 침상을 진짜 침대로 바꾸어주었다.

바다표범 가죽으로 구두를 만든 것도 이 시기였다. 미국에서 신고 온 구두나 부츠를 교체해야 할 때가 된 것이다. 새 구두는 폭도 길이도 넉넉해서 발이 한결 편안했다.

새해(1866년)에 접어들자 더위가 며칠이나 계속되었지만, 숲 속 사냥도 끊임없이 이루어졌다. 아구티 · 페커리 · 카피바라 · 캥거루 같은 동물과 들새가 아주 많이 잡혔다. 스필렛과 하버트는 이제 명사수가 되어 있었기 때문에 총알이 한 발도 빗나가지 않았다.

사이러스 스미스는 언제나 두 사람에게 총알을 절약하라고 권했고, 화약과 산탄을 대신할 만한 것을 만들 생각이었다. 그 상자에는 화약과 산탄이 들어 있었지만, 미래에 대비하여 아껴두고 싶었다. 실제로 사이러스와 동료들이 언젠가 이 영지를 떠나야 할 때가 올지도 모르지 않는가? 따라서 예측할 수 없는 온갖 사태에 대비하여 총알을 아껴야 했고, 그러려면 총알을 대신할 것을 만들어내야 했다.

사이러스는 납을 함유한 광맥이 발견되지 않았기 때문에 납 산탄 대신 간단히 만들 수 있는 알갱이 모양의 철을 사용하기로 했다. 이거라면 별로 불편하지 않았다. 이 쇠알갱이는 납만큼 무

하얀 셔츠

겁지 않으니까 알갱이를 크게 만들어야 했다. 한 번에 장전할 수 있는 산탄 수는 줄어들지만, 사냥꾼들의 솜씨가 그 결점을 보완했다. 화약은 사이러스가 만들 수 있었다. 초석과 유황과 석탄을 마음대로 쓸 수 있었기 때문이다. 하지만 이것은 준비할 때 엄청난 주의가 필요하고, 특수한 용구가 없으면 질 좋은 화약을 만들기 어렵다.

그래서 사이러스는 솜화약을 만들기로 했다. 이 경우에 솜은 섬유소로 사용할 뿐이니까 꼭 필요한 것은 아니다. 섬유소는 식물의 주요 조직이고, 솜만이 아니라 삼과 아마로 만든 직물, 종이, 낡은 속옷, 딱총나무의 고갱이 따위에서 거의 순수한 형태로 발견된다. 그런데 이 딱총나무가 '붉은 내' 어귀 부근에 많이 자라고 있었다. 개척자들은 이미 인동과에 딸린 이 나무의 열매로 커피 대용품을 만들고 있었다.

따라서 이 딱총나무 고갱이의 섬유소를 가져오기만 하면 충분했다. 그렇다면 솜화약을 만드는 데 부족한 물질은 발연 질산뿐이다. 그런데 사이러스는 자유롭게 황산을 사용할 수 있었기 때문에 자연이 주는 초석을 황산과 합치면 쉽게 질산을 만들 수 있었다.

이리하여 사이러스는 솜화약을 만들어 쓰기로 결정했지만, 솜화약에는 상당히 불편한 점이 있다는 것도 그는 알고 있었다. 효력이 한결같지 않고, 너무 쉽게 인화하고(보통 화약은 240도에서 인화하는데 솜화약은 170도에서 인화한다), 갑자기 폭발하는 경우가 있어서 총이 파손될 우려가 있었다. 반대로 솜화약의 장점은 습기 때문에 효력이 달라지지 않고, 총신을 막히게 하지도 않으며, 총알의 추진력이 보통 화약의 4배나 된다는 점이다.

솜화약을 만들려면 섬유소를 발연 질산에 15분쯤 담가두었다가 물로 씻어서 말리기만 하면 된다. 아주 간단하다.

사이러스 스미스는 보통 질산이라면 갖고 있었지만, 발연 질산이나 일수화물 질산(습기에 닿으면 희뿌연 증기를 내는 산)은 갖고 있지 않았다. 하지만 보통 질산을 3배에서 5배로 농축한 황산에 섞으면 발연 질산 대용품을 얻을 수 있을 터였다. 만물박사는 그것을 시도하여 보기 좋게 성공했다. 이리하여 사냥꾼들은 언제든지 자유롭게 쓸 수 있는 솜화약을 손에 넣을 수 있었다. 그들은 그 화약을 신중하게 사용하여 놀라운 성과를 거두었다.

이 무렵 개척자들은 '전망대'의 토지 3에이커(1에이커는 4046평방미터)를 갈았다. 그리고 나머지는 얼룩말을 키울 목초지로 쓰기 위해 초원 그대로 두었다. 모두 '벌잡이새 숲'이나 '서쪽 숲'에 몇 번이나 나가서 시금치와 유채 · 고추냉이 · 순무 등 자연산 채소를 가지고 돌아왔다. 이런 야생식물을 잘 재배하여 품종을 개량하려는 것이다. 링컨 섬의 개척자들은 그때까지 고단백 식사를 해왔지만, 채소를 재배하면 그 식생활도 개선될 것이다. 멀리 나가면 땔나무와 석탄도 수레로 잔뜩 실어왔다. 멀리 나가는 것은 길을 닦는 결과도 가져왔다. 수레가 지날 때마다 길이 조금씩 다져졌기 때문이다.

토끼굴은 여전히 그래닛 하우스의 부엌에 토끼고기를 제공해 주고 있었다. 이 서식지는 '글리세린 내' 경계 바깥쪽에 있었기 때문에, 토끼들은 부엌 안에 들어오지 못했고 새로 만들어진 농장을 망칠 수도 없었다. 바닷가 자갈밭에 만들어진 굴 양식장은 정기적으로 재고를 채워가면서 날마다 아주 맛있는 굴을 제공해 주었다. 게다가 호수나 하천에서 낚시로 거두어들이는 수확도 점점 늘어났다. 펜크로프가 낚싯바늘이 달린 주낙을 설치해두었기 때문이다. 거기에 큼직한 송어도 자주 걸렸고, 은빛 배에 노란색 반점이 찍힌 맛있는 고기도 걸려들었다. 주방장 네브는 끼니 때마다 식단을 바꿀 수 있어서 기분이 좋았다. 개척자들의 식탁에 아직도 부족한 것은 빵뿐이었다. 전에도 말했듯이 빵을 먹지 못하는 것은 그들에게 견디기 어려운 고역이었다.

그 무렵 '턱 곶' 해변에 자주 올라온 바다거북 사냥도 이루어졌다. 이 바닷가에 가면 작은 모래동산이 몇 개나 늘어서 있고, 그 안에는 하얗고 단단한 껍질에 싸인 동그란 알이 들어 있었다. 거북 알의 단백질은 새알과 달리 굳지 않는 특성을 갖고 있다. 거북 알을 부화시키는 것은 태양열이다. 거북은 한 마리가 1년에 알을 250개나 낳으니까, 그 수는 엄청나다.

"그야말로 알밭이군. 우리는 그저 주워 모으기만 하면 돼." 신문기자가 말했다.

하지만 그들은 거북이 낳은 알만으로 만족하지 못하고 거북도 잡아서 여남은 마리를 그래닛 하우스로 가져왔다. 바다거북은 귀중한 식량이었다. 향초로 맛을 내고 유채 따위를 곁들인 바다거북 수프를 생각해낸 주방장 네브는 자주 동료들에게 칭찬을 들었다.

여기서 새로운 겨울 식량을 저장할 수 있었던 행운에 대해서도 언급해두지 않으면 안 된다. 연어 떼가 '은혜 강'으로 들어와 몇 킬로미터나 거슬러 올라온 것이다. 마침 연어가 강으로 돌아오는 계절이었다. 암컷 연어는 알을 낳기에 적당한 곳을 찾아왔고, 곧 수컷 연어가 뒤쫓아와서 강물이 연어 떼로 북적거렸다. 몸길이가 70~80센티미터나 되는 연어가 강으로 수없이 밀어닥쳤다. 강을 몇 군데 막아놓기만 하면 무더기로 잡을 수 있었다. 그들은 연어를 수백 마리나 잡아서 소금에 절여 겨울 식량으로 저장했다. 겨울이 와서 강이 얼면 물고기를 잡을 수 없기 때문이다.

이 시기에 영리한 주피는 하인으로 길들여졌다. 주피는 하얀 천으로 만든 저고리와 반바지에 앞치마를 두른 차림이었다. 주피는 앞치마 주머니를 좋아해서 자주 거기에 손을 찔러넣고 아무도 주머니를 뒤지지 못하게 했다. 네브는 이 영리하고 재주있는 오랑우탄에게 일상적인 일을 가르치려고 애썼다. 네브와 주피가 이야기를 나눌 때는 정말로 상대의 말을 알아듣는 것처럼 보였다. 그리고 주피는 진심으로 네브를 따랐고, 네브도 주피를 무척 귀여워했다. 땔나무를 나르거나 나무 꼭대기에 올라갈 필요가 없을 때면 주피는 부엌에서 많은 시간을 보내면서 네브가 하는 일은 뭐든지 흉내 내려고 했다. 물론 선생도 끈기있게 열성적으로 학생을 가르쳤고, 학생은 학생대로 선생한테 배운 것을 나름대로 응용하는 뛰어난 재능을 발휘했다.

어느 날 주피가 전혀 예기치 않게 팔에 냅킨을 두르고 식사 시중을 들기 위해 등장했을 때, 그래닛 하우스 식구들이 얼마나 기뻐했을지 상상해보라. 주피는 능숙하고 세심하게 식사 시중을 들었다. 접시를 바꾸고 요리를 가져오고 음료를 따르는 일을 진지한 표정으로 완벽하게 해냈다. 개척자들은 한없이 즐거워했고, 그중에서도 펜크로프는 감격하여 주문을 거듭했다.

"주피, 수프를 더 줘!"

"주피, 아구티를 조금만 더 줘!"

"주피, 접시를 바꿔줘!"

"주피, 잘했어! 주피, 훌륭해!"

주피는 부엌에서 많은 시간을 보냈다

모두 입을 모아 주피를 칭찬했다. 주피는 당황하는 기색도 없이 침착하게 모든 요구를 들어주었고, 모든 사람에게 골고루 신경을 썼다. 펜크로프가 과거의 농담을 되풀이하자 주피는 알았다는 표정으로 고개를 끄덕였다.

"정말로 네 봉급을 두 배로 올려주어야겠다!"

오랑우탄이 그래닛 하우스 생활에 완전히 익숙해진 것은 말할 나위도 없다. 주피는 자주 주인들을 따라 숲에 갔지만, 달아날 기미조차 보이지 않았다. 그럴 때 주피는 펜크로프가 만들어준 지팡이를 총처럼 어깨에 메고 유쾌하게 걸었다. 나무 꼭대기의 열매를 따고 싶어지면 주피는 누구보다 재빨리 올라갈 수 있었다. 짐수레가 진흙탕에 빠져서 꼼짝하지 않다가도 괴력을 가진 주피가 어깨로 떠밀면 또다시 굴러가기 시작했다.

"놀라운 힘이야!" 펜크로프는 자주 소리를 질렀다. "하지만 좋은 일만이 아니라 나쁜 짓도 한다면, 아무도 녀석을 막을 수 없을 거야!"

1월 말에 개척자들은 섬 중앙부에서 대규모 사업에 착수했다. 프랭클린 산기슭, '붉은 내'의 발원지 근처에 반추동물을 키우기 위한 우리를 만들기로 되어 있었다. 반추동물 중에서도 특히 무플론(야생 산양)은 그래닛 하우스에서 키우기가 어려웠다. 산양은 겨울옷의 재료가 될 양털을 제공해줄 터였다.

아침마다 개척자들—때로는 전원이 갈 때도 있었지만, 대개는 사이러스와 하버트와 펜크로프 셋이서만 갔다—은 '붉은 내'의 발원지로 갔다. 얼룩말이 끄는 수레를 타고 갔으니까, 8킬로미터 정도의 간단한 피크닉일 뿐이다. 초록빛 아치 밑에 새로 난 길은 '우리로 가는 길'이라고 불리게 되었다.

프랭클린 산 남쪽의 봉긋한 언덕 비탈에 넓게 펼쳐진 초원이 우리로 선정되었다. 프랭클린 산의 지맥 아래에 펼쳐진 초원에는 나무가 점점이 서 있었다. 초원 북쪽은 산의 지맥으로 가로막혀 있었다. 언덕 비탈에서는 작은 샘이 솟아나 초원을 비스듬히 가로질러 '붉은 내'로 흘러들고 있었다. 풀은 싱싱하고 나무들은 여기저기에 흩어져 있기 때문에 바람도 자유롭게 초원을 지나갔다. 이 초원에 울타리를 둘러치고 울타리 양쪽 끝은 지맥의 낭떠러지에 바싹 붙여놓기만 하면 된다. 울타리가 충분히 높으면 아무리 날쌘 짐승도 뛰어넘을 수 없을 것이다. 이 울타리를 완성하면 야생 산양이나 야생 염소처럼 뿔이 있는 동물을 백 마리쯤 수용할 수 있을 뿐만 아니라 나중에 태어날 새끼들도 키울 수 있을 것이다.

이 우리의 도면은 사이러스가 그렸다. 울타리를 만드는 데 필요한 나무를 베어야 했지만, 길을 뚫기 위해 이미 꽤 많은 나무를 베어두었기 때문에 그것을 우리로 운반했다. 이것으로 말뚝이 백 개쯤 생겼다. 말뚝은 땅에 단단히 박혔다.

울타리 앞쪽에는 상당히 넓은 입구가 만들어졌다. 양쪽으로 열리는 문은 튼튼한 널빤지로 만들어졌지만, 바깥쪽에 다시 빗장을 달았다.

이 우리를 만드는 공사에는 3주가 걸렸다. 사이러스 스미스는 울타리 작업만이 아니라 짐승들이 비를 피할 수 있는 널찍한 축사도 지었기 때문이다. 이런 울타리나 축사는 튼튼하게 만들 필요가 있었다. 산양은 힘센 짐승이니까 처음 얼마 동안은 난폭하게 날뛸 가능성도 생각해두어야 한다. 말뚝은 끝을 뾰족하게 깎고 불에 그슬려 단단하게 했다. 또한 말뚝에 가로대를 대고 꺾쇠로 고정하여 튼튼하게 하고, 군데군데 받침대를 세워서 울타리 전체를 더욱 튼튼하게 보강했다.

우리가 완성되었기 때문에 산양이 자주 나타나는 프랭클린 산 기슭 초원에서 대규모 포획작전이 벌어졌다. 2월 7일 맑게 갠 여름날 이루어진 이 작전에는 전원이 참가했다. 얼룩말 두 마리는 이미 잘 길들었기 때문에 스필렛과 하버트가 얼룩말을 타고 이번 포획작전에서 크게 활약했다.

작전은 간단했다. 산양과 염소를 빙 둘러싼 다음 그 포위망을 조금씩 좁혀가는 방법이었다. 그래서 사이러스와 펜크로프, 네브와 주피는 숲의 여러 지점에 자리를 잡고, 얼룩말 두 마리를 탄 스필렛과 하버트와 토비가 우리 주위의 반경 500미터 정도를 뛰어다녔다.

섬의 이 언저리에는 산양이 많았다. 몸집이 당당한 산양은 크기가 수사슴만 하고, 억센 뿔은 숫양보다 더 굵다. 회색 양털은 긴 털도 섞여 있어서 아르갈리*의 털과 비슷하다.

산양과 염소를 사냥한 이날은 정말로 피곤한 하루였다. 이리로 갔나 하면 다시 돌아오고, 저쪽으로 달려갔나 하면 또 달려서 돌아오는 식이었다. 모두 몇 번이나 고함을 질렀는지 모른다. 산양을 백 마리쯤 우리 안으로 몰아넣으려 했지만, 그 가운데 3분의 2는 달아나버렸다. 그래도 결국 산양 서른 마리와 염소 열 마리 정도가 차츰 우리 쪽으로 밀려났다. 그 짐승들에게는 우리 입구가 탈출로처럼 보였기 때문에, 결국 우리 안으로 뛰어들어 포로 신세가 되었다.

* 아르갈리_ 중앙아시아의 산악지대에 사는 야생 염소.

어쨌거나 이 정도면 만족스러운 결과니까 개척자들은 불평할 이유가 없었다. 산양은 대부분 암컷이었고, 그 가운데 몇 마리는 출산을 앞두고 있었다. 따라서 무리는 점점 늘어나, 가까운 장래에 양털만이 아니라 모피도 많이 얻을 수 있을 터였다.

그날 저녁에 사냥꾼들은 녹초가 되어 그래닛 하우스로 돌아왔다. 그래도 이튿날에는 모두 우리를 조사하러 갔다. 포로 신세가 된 산양들은 울타리를 쓰러뜨리려고 애쓴 모양이지만, 잘되지 않자 지금은 얌전해져 있었다.

2월에는 특별히 이렇다 할 사건이 일어나지 않았다. 작업은 날마다 꼬박꼬박 계속되었다. '우리로 가는 길'과 '기구 항으로 가는 길'이 개량되는 동시에 '전망대'의 거주지역에서 서해안으로 가는 세 번째 도로 공사가 시작되었다. 링컨 섬에서 아직 모르는 부분이라면 역시 '뱀 반도'를 뒤덮고 있는 이 삼림지대였다. 이곳에는 맹수가 숨어 있을 텐데, 기디언 스필렛은 맹수를 영지에서 쫓아낼 작정이었다.

전에 숲에서 '전망대'로 옮겨 심은 야생식물도 추운 계절이 찾아오기 전에 끊임없이 보살핌을 받았다. 하버트는 어딘가에 나갈 때마다 유용한 식물을 가지고 돌아왔다. 어느 날은 씨를 으깨면 고급 기름을 얻을 수 있는 치커리과 식물을 가져왔고, 또 어느 날은 괴혈병에 잘 듣는다는 여뀟과의 수영을 가져왔다. 남아메리카에서 옛날부터 재배되고 있는 귀중한 덩이줄기도 가져왔다. 오늘날에는 품종이 200종이 넘는 감자였다. 이제 채마밭은 잘 가꾸어졌고 물도 뿌려졌고 새들에 약탈당하지도 않게 되었다. 작은 크기로 구분된 밭에서는 상추 · 감자 · 수영 · 순무 · 고추냉이, 그밖에 겨자과 식물이 자라고 있었다. '전망대'의 흙은 놀랄 만큼 기름져서 풍부한 수확을 기대할 수 있었다.

다양한 음료도 부족하지 않았다. 포도주를 요구하지만 않는다면, 아무리 까다로운 입맛을 가진 사람도 만족했을 것이다. 일종의 박하로 만드는 '오스위고 차'와 용혈수 뿌리로 만드는 발효주 외에도 사이러스가 만들어낸 진짜 맥주가 있었다. 전나무의 일종인 '아비에스 니그라'의 새싹으로 맥주를 제조한 것이다. 이 싹을 푹 삶아서 발효시키면 상쾌하고 건강에 좋은 음료가 만들어진다. 영국계 미국인들이 특별히 '스프루스 맥주'라고 부르는 것이 이 전나무 싹으로 만든 맥주다.

여름이 끝날 무렵, 가금 사육장에는 온갖 새가 추가되어 있었다. 능에 한 쌍은 짧은 케이프 같은 깃털을 두르고 있었고, 여남은 마리의 넓적부리는 위쪽 부리의 양끝에서 막이 길게 튀어나와 있었다. 또한 모잠비크의 검은 닭처럼 볏도 피부도 모두 검은색을 띤 멋진 닭들이 뽐내는 걸음으로 호숫가를 행진했다.

이렇게 용기와 지성을 갖춘 남자들의 활동 덕분에 만사가 순조롭게 되어가고 있었다. 하느님도 그들을 위해 애써주었을 것이다. 하지만 그들이 먼저 신의 가르침에 따라 서로 도왔기 때문에 하느님도 도움의 손길을 뻗어준 것이다.

더운 낮이 지나고 저녁이 되어 바닷바람이 불기 시작하면, 작업을 끝낸 개척자들은 '전망대' 가장자리를 즐겨 찾았다. 그들은 덩굴로 덮인 베란다 같은 곳(네브가 혼자서 만들었다)에 앉았다. 시원한 그늘에서 그들은 대화를 나누고, 정보를 교환하고, 계획을 세웠다. 펜크로프는 언제나 쾌활해서 주위 사람들을 즐겁게 해주었다. 이 작은 세계에서는 언제나 완전한 조화가 유지되고 있었다.

그들은 고국에 대해서도 이야기했다. 그리운 조국. 전쟁은 어떻게 됐을까? 물론 전쟁이 오래갔을 리는 없다. 리치먼드는 금방이라도 함락되어 그랜트 장군의 손에 들어갔을 것이다! 남군의 수도 리치먼드를 북군이 탈환했다면, 그 지긋지긋한 전쟁도 당연히 종말을 맞았을 것이다. 이제 북군은 당당하게 승리를 거두었을 게 분명하다. 아아, 링컨 섬의 조난자들에게 신문이 있다면 얼마나 뜨거운 환영을 받았을까! 그들과 인간 사회의 연락이 완전히 끊긴 지 벌써 11개월이 지났고, 기구를 타고 낯선 섬에 온 날인 3월 24일이 다가오고 있었다. 그때 그들은 비참한 목숨을 구하기 위해 대자연과 싸우는 단순한 조난자에 불과했고, 그 투쟁이 성공하리라는 확신도 가질 수 없었다. 그런데 지금은 지도자의 풍부한 지식과 모든 사람의 지혜 덕분에 무기와 도구와 계기를 갖춘 훌륭한 개척지를 건설했다. 개척자들은 섬의 동물과 식물과 광물—자연계의 세 가지 기본 요소를 자신들에게 유리하도록 바꾸어 이용했다.

그들은 자주 이런 이야기를 나누었고, 장래의 계획도 세워보았다.

사이러스는 대개 침묵을 지키면서 동료들의 이야기에 귀를 기울이고 있었다. 이따금 하버트의 의견이나 펜크로프의 농담에 웃음을 보이기도 했지만, 언제 어디서나 그는 그 설명할 수 없는 사실에 사로잡혀 있었다. 아직도 그 비밀을 풀지 못한 이상한 수수께끼가 한시도 그의 머리를 떠나지 않고 있었다.

9

악천후—수력 엘리베이터—창유리를 만들다—'빵' 나무—
동물 가족의 증가—링컨 섬의 정확한 위치—펜크로프의 제안

3월 첫 주에 날씨가 바뀌었다. 3월 첫날 보름달이 떴고, 더위는 여전했다. 대기 중에 전기가 가득 차 있는 것이 느껴졌고, 바람이 꽤 오랫동안 계속될 조짐을 보이고 있었다.

실제로 3월 2일에는 천둥소리가 요란하게 울려 퍼졌다. 동풍이 불고 우박이 그래닛 하우스 정면을 강타하여, 산탄을 퍼붓듯 우박이 탁탁 튀었다. 출입문도 창의 덧문도 꽁꽁 닫아야 했다. 그러지 않으면 방 안이 모두 젖어버릴 터였다.

우박 속에 새알만큼 커다란 덩어리도 섞여 있는 것을 보았을 때, 펜크로프는 밀밭이 아주 위험한 상태에 놓여 있다는 것밖에 생각지 않았다.

그는 곧 밀밭으로 달려갔다. 작고 파릇한 이삭이 싹을 내기 시작한 참이었다. 그는 커다란 천을 밭에 덮어서 간신히 밀을 지킬 수 있었다. 그 대신 우박을 실컷 맞았지만, 그는 그런 일로 불평할 사람이 아니었다.

펜크로프는 밀밭으로 달려갔다

이 나쁜 날씨는 일주일 동안 계속되었다. 그동안 하늘에서는 천둥소리가 끊임없이 울려 퍼졌다. 비바람의 기세가 약해졌을 때도 수평선 너머에서는 여전히 천둥이 울리다가 다시 빗줄기가 거세졌다. 하늘에는 번갯불이 지그재그로 달리고, 나무들이 몇 그루나 벼락을 맞았다. 호숫가의 숲 가장자리에 솟아 있던 커다란 소나무도 벼락을 맞고 쓰러졌다. 두세 번 번개가 모래톱을 덮치자, 모래가 녹아서 유리처럼 되어버렸다. 이런 섬전암*을 발견했기 때문에, 사이러스는 비바람이나 우박을 견딜 수 있는 튼튼하고 두꺼운 유리를 창문에 끼우면 어떨까 하고 생각했다.

개척자들은 야외에서 서둘러 해야 할 작업이 없었기 때문에, 악천후를 이용하여 그래닛 하우스 안에서 작업을 했다. 실내는 나날이 정비되고 손질되었다. 사이러스는 녹로(돌림판)를 한 대 갖추었다. 이것으로 세면도구나 주방용품 그리고 단추를 만들 수 있었다. 단추가 부족해서 곤란하던 참이었다. 소중히 관리되고 있는 무기를 놓아둘 선반도 설치되었고, 장식장과 장롱도 필요한 만큼 갖추어졌다. 모두 톱질을 하거나 대패질을 하고, 줄로 자르거나 녹로를 돌렸다. 악천후가 계속되는 동안 목공구가 내는 소리와 녹로가 윙윙거리며 돌아가는 소리가 바깥의 천둥소리와 경쟁을 벌였다.

주피의 존재도 잊어서는 안 될 것이다. 주피는 창고 옆에 자기 방을 갖고 있었다. 언제나 깨끗한 짚이 깔려 있는 침대틀은 주피에게 더없이 기분 좋은 잠자리였다.

"주피는 불평도 하지 않고 버릇없는 말대답도 한 적이 없어!"

*섬전암閃電岩_ 모래가 벼락을 맞고 녹았다가 굳어서 생긴 암석.

펜크로프는 언제나 말하곤 했다.

"내 제자지만 이제 곧 나와 맞먹게 될 겁니다." 네브가 받았다.

"자네보다 나을걸." 선원이 웃으면서 말했다. "자네는 말을 하지만 주피는 말을 하지 않으니까 말이야."

물론 주피는 이제 자신의 일을 파악하고 있었다. 주인들 옷에서 먼지를 털어내고, 고기를 구울 때는 꼬챙이를 돌리고, 방을 청소하고, 식탁을 차리고, 땔나무를 가지런히 늘어놓았다. 그리고 존경하는 선원이 잠자리에 든 뒤에야 비로소 잠을 자러 갔다. 이것 때문에 펜크로프는 무척 뿌듯하고 흐뭇했다.

개척지 식구들의 건강은 두 발로 걷는 인간도, 네 손을 가진 주피도, 네 발로 걷는 토비도 모두 더할 나위 없이 좋았다. 이 온대 지방의 대기 속에서 건강에 좋은 땅을 밟고 머리와 손을 움직이는 그들은 병에 걸리리라고는 생각지도 않았다.

그들은 실제로 원기왕성했다. 하버트는 1년 사이에 5센티미터나 키가 자랐다. 얼굴도 한결 어른스러워지고 사내다워져서, 몸과 마음이 모두 훌륭한 인물이 되리라고 기대할 수 있었다. 그리고 일거리가 없을 때는 공부를 하고, 상자 속에 들어 있던 책을 탐독했다. 하버트는 지금까지도 자신이 놓여 있는 처지 때문에 실제로 필요한 것을 배워왔지만, 사이러스를 과학 선생으로, 그리고 스필렛을 어학 선생으로 여기고 있었다. 두 선생도 소년을 가르치는 것을 낙으로 삼았다.

만물박사는 자기가 아는 것을 모두 소년에게 전달해야 한다고 생각했고, 말로만 가르치는 것이 아니라 실제로 본보기를 보이려고 애썼다. 하버트는 스승의 가르침에서 많은 것을 얻었다.

'내가 죽으면 이 아이가 내 뒤를 이을 거야' 하고 사이러스는 생각했다.

폭풍우는 3월 9일에 그쳤지만, 이 늦여름에 하늘은 여전히 구름에 덮여 있었다. 번개 때문에 심하게 어지럽혀진 대기는 과거의 맑은 상태를 되찾지 못하고, 거의 날마다 비가 내리거나 안개가 끼었다. 사나흘 잠깐 날이 갠 틈을 이용하여 개척자들은 소풍을 나갔다.

이 무렵 얼룩말이 새끼를 낳았다. 건강하게 태어난 새끼는 어미와 같은 암놈이었다. 우리에서도 산양 무리가 늘어났고, 축사에서는 새끼 염소 몇 마리가 울고 있었다. 네브와 하버트는 뛸 듯이 기뻐하며 각자 마음에 드는 새끼 염소를 애완동물로 삼았다.

페커리를 가축으로 키우는 계획도 추진되어 멋지게 성공했다. 가금 사육장 옆에 페커리 축사를 짓고, 페커리 새끼 몇 마리가 가축으로 키워졌다. 네브의 보살핌을 받아 통통하게 살이 찐 것이다. 설거지한 물이나 남은 음식을 가져가서 페커리에게 먹이는 일은 주피가 훌륭하게 해냈다. 주피는 이따금 새끼 페커리를 놀리고 꼬리를 잡아당기기도 했다. 악의가 있어서가 아니라 단순한 장난질이었다. 새끼 페커리의 꼬리는 뱅그르르 말려 있어서 장난감처럼 재미있었다. 주피의 본능은 인간 어린아이와 마찬가지였다.

3월의 어느 날, 펜크로프는 사이러스와 이야기를 나누다가 전에 한 약속을 상기시켰다. 만물박사가 아직 실행하지 않은 약속이 있었던 것이다.

"전에 긴 사다리를 오르지 않아도 그래닛 하우스로 올라올 수 있는 기계에 대해 이야기한 적이 있지요? 언젠가는 그 기계를 만들어줄 수 없나요?"

"엘리베이터 말인가?" 사이러스가 되물었다.

"엘리베이터라고 불러도 상관없어요. 이름 따위는 아무래도 좋으니까요. 힘들이지 않고 집까지 올라갈 수만 있다면……."

"별로 어렵지는 않지만, 그게 그렇게 중요한가?"

"물론이죠. 필요한 건 다 갖추었으니까, 쾌적함도 조금은 생각할 여유가 생겼습니다. 엘리베이터가 우리한테는 사치품으로 보일 수도 있지만, 물건을 나르려면 꼭 필요합니다. 무거운 짐을 짊어지고 양손에도 무언가를 들고 있을 때 긴 사다리를 올라가는 일은 쉽지 않거든요."

"그럼 자네를 만족시키도록 애써보겠네."

"하지만 우리한테는 발동기가 없잖아요."

"만들면 돼."

"증기기관을 만들 건가요?"

"아니, 수력기관을 만들 거야."

실제로 엘리베이터를 움직일 자연력이 바로 눈앞에 있고, 그 힘을 이용하는 것은 어렵지 않다고 만물박사는 생각했다.

엘리베이터를 운전하기 위해서는 호수에서 그래닛 하우스 안으로 끌어들이고 있는 물의 양을 늘리기만 하면 된다. 그래서 바위와 풀숲 사이에 만들어진 배수구 위의 입구를 넓혔기 때문에 배수로 끝에 강력한 폭포가 생겼다. 사이러스는 이 폭포 밑에 물레방아를 설치했다. 그리고 굵은 밧줄을 감은 바깥의 바퀴와 이 물레방아를 연결하여, 그 굵은 밧줄이 커다란 운반용 바구니를 끌어올리게 했다. 이제 그들은 수력 모터를 움직이거나 멈출 수 있는 기다란 로프(이것은 땅바닥까지 늘어져 있었다)를 이용하여 바구니를 타고 그래닛 하우스 문간까지 올라올 수 있게 되었다.

3월 17일, 엘리베이터가 처음으로 가동했다. 그들은 모두 만족했다. 그후 목재나 석탄이나 식량 같은 무거운 짐만이 아니라 개척자들도 이 간단한 장치를 이용하여 위로 올라갔다. 엘리베이터가 원시적인 사다리를 대신했지만, 아무도 사다리를 그리워하지 않았다. 이렇게 이동수단이 개선된 것을 가장 기뻐한 것은 토비였다. 토비는 사다리를 올라가는 솜씨가 주피처럼 능숙하지 않았고, 능숙해질 수도 없었다. 그래서 그래닛 하우스로 올라갈 때는 네브나 오랑우탄의 등에 업혀서 갈 때가 많았다.

이 무렵에 사이러스는 유리를 만들 계획을 세웠다. 그러려면 우선 과거의 도기용 가마를 개량해야 했다. 그것은 꽤 어려웠지만, 몇 번 실험에 실패한 뒤 드디어 유리공장을 만들 수 있었다. 사이러스의 조수는 당연히 스필렛과 하버트가 맡았다. 두 사람은 며칠 동안 공장을 떠나지 않았다.

유리의 성분이 되는 물질은 모래와 백악과 소다(탄산염이나 황산염)뿐이다. 그런데 모래는 해안에 무진장하게 있고 백악은 석회에서 생긴다. 해조류에는 소다가 들어 있고, 황철광에서 황산이 생기고, 땅속에서는 가마 온도를 필요한 만큼 올려줄 석탄을 캘 수 있다. 사이러스가 작업할 필요조건은 갖추어져 있었던 셈이다.

만들기가 가장 어려운 도구는 유리공이 입에 대고 부는 '불대'였다. 길이가 1.5미터쯤 되는 불대 끝에 걸쭉하게 녹은 유리 덩어리를 떠낸 다음, 입김을 불어넣어 부풀리는 것이다. 펜크로프는 얇고 길게 늘인 철판을 둥글게 말아서 총신처럼 속이 빈 불대를 만드는 방법을 생각해냈다. 이 계획은 멋지게 성공하여 곧 불대가 만들어졌다.

3월 28일, 가마는 고온으로 덥혀졌다. 유리 성분의 구성비율은 모래가 100이라면 백악이 35, 황산나트륨이 40, 석탄가루가 2나 3이다. 이 재료를 한데 섞은 것을 가마에 넣었다. 이런 물질이 고온의 가마 속에서 걸쭉한 액체 상태로 녹았을 때 사이러스는 그 일부를 불대로 떠냈다. 그리고 미리 준비해둔 철판 위에서 몇 번 굴려 불기 쉬운 형태로 만들었다. 그런 다음 하버트에게 불대를 건네주면서 입김을 불어보라고 말했다.

"비눗방울을 만들 때처럼 말인가요?" 소년이 물었다.

"그래."

하버트는 볼을 부풀리고 불대를 계속 돌리면서 힘껏 입김을 불었다. 그러자 유리 덩어리가 점점 커졌다. 거기에 녹은 유리를 덧붙이자 지름이 30센티미터쯤 되는 풍선 모양이 되었다. 사이러스는 하버트한테서 불대를 받아들고 시계추처럼 흔들었다. 그러자 부드러운 풍선이 원통 모양으로 길게 늘어났다.

이렇게 불대를 조작하여 양쪽 끝이 원뿔 모양인 유리 원통이 만들어졌다. 양쪽 끝의 원뿔을 찬물에 담근 칼로 잘라내는 것은 간단했다. 다음에는 같은 칼로 이 유리 원통을 세로로 잘라, 그것을 다시 가열하여 부드럽게 만든 다음 철판 위에 올려놓고 롤러로 평평하게 밀었다.

이렇게 첫 번째 창유리가 만들어졌다. 창유리 50장을 만들려면 이 작업을 50번 되풀이하면 된다. 이리하여 그래닛 하우스의 창문에 반투명한 판유리가 끼워지게 되었다. 완전히 무색투명하지는 않았지만, 건너편이 충분히 비쳐 보이는 창유리였다.

컵과 병을 만드는 것은 놀이에 불과했다. 불대 끝에 생긴 형태

펜크로프도 불대를 불고 싶다고 나섰다

를 그대로 떼어내면 되었다. 펜크로프도 불대를 불고 싶다고 나섰다. 하지만 너무 세게 불어서 그가 만든 유리제품은 아주 재미난 모양이 되었다. 그래도 선원은 감탄하는 눈으로 바라보았다.

이 무렵 멀리 원정을 나갔을 때 새로운 나무가 발견되어 개척지의 식량 자원이 더욱 풍족해졌다.

사이러스와 하버트는 어느 날 사냥을 하면서 '은혜 강' 왼쪽 기슭에서 '서쪽 숲'으로 가고 있었다. 여느 때처럼 소년은 만물박사에게 여러 가지 질문을 퍼부었고, 만물박사는 그 질문에 성실하게 대답해주었다. 사냥도 일도 진지하게 열심히 하지 않으면 성공하기 어렵다. 그런데 사이러스는 원래 사냥꾼이라고 말할 수 없고, 하버트도 그날은 화학이나 물리 이야기에 정신이 팔려 있었기 때문에 카피바라나 아구티가 옆을 지나가도 총을 쏠 기회를 놓쳐서 사냥감을 놓쳐버리기 일쑤였다. 저녁이 가까워졌는데도 두 사냥꾼은 아무것도 잡지 못해서 원정도 헛수고로 끝날 기미가 보였다. 그때 하버트가 우뚝 멈춰 서서 환성을 질렀다.

"아저씨! 이 나무 좀 보세요!"

소년이 가리킨 것은 키 작은 떨기나무였는데, 가지가 없는 줄기의 나무껍질은 비늘로 덮여 있고, 줄기 위에 달린 잎에는 작은 잎맥이 평행으로 뻗어 있었다.

"야자나무를 축소해놓은 것 같은데, 이게 무슨 나무지?" 사이러스가 물었다.

"소철이에요. 지금 갖고 있는 박물학 사전에 그림이 실려 있어요!"

"하지만 이 나무에는 열매가 열리지 않는 모양인데?"

"그렇긴 하지만 이 줄기에는 밀가루 같은 것이 들어 있어요.

자연이 미리 빻아서 당장이라도 사용할 수 있게 해준 가루죠."

"그럼 이건 '빵' 나무잖아?"

"맞아요. 빵나무에요."

"이건 아주 귀중한 발견이야. 아직은 밀을 수확할 수 없으니까. 자, 일을 시작하자꾸나. 네가 틀리지 않았으면 좋겠다."

하버트는 틀리지 않았다. 소년은 소철 줄기를 잘라보았다. 줄기는 분비샘이 있는 조직으로 되어 있고, 가루 모양의 고갱이가 꽤 많이 들어 있었다. 고갱이 사이에 목질 섬유다발이 동심원 모양으로 둥근 고리처럼 겹쳐서 들어 있었다. 이 가루에는 쓴맛이 나는 끈적끈적한 점액이 섞여 있지만, 이것은 압착하면 간단히 제거할 수 있을 것이다. 소철의 세포물질인 이 가루는 그야말로 고급 밀가루 같아서 영양분도 풍부했다.

사이러스와 하버트는 '서쪽 숲'에서 소철이 자라는 곳을 정확히 확인하여 눈표를 붙인 뒤, 그래닛 하우스로 돌아와 동료들에게 이 발견을 알렸다.

이튿날 개척자들은 소철을 캐러 갔다. 펜크로프는 더욱 이 섬에 감격하여 사이러스에게 이렇게 말했다.

"선생님, 조난자를 위한 섬이 있다고 믿으십니까?"

"그게 무슨 소린가?"

"조난을 당해도 괜찮도록 특별히 생겨난 섬, 가엾은 조난자도 언제나 어려움을 헤쳐나갈 수 있는 섬 말입니다!"

"있을지도 모르지." 사이러스는 빙긋이 웃으면서 대답했다.

"분명히 있습니다. 링컨 섬이 바로 그런 섬인 것도 확실하고요."

그들은 소철 줄기를 잔뜩 잘라서 그래닛 하우스로 가지고 돌아왔다. 사이러스는 분말에 섞인 점액을 짜내기 위한 압착기를 만들어 많은 가루를 손에 넣었다. 네브는 이 가루를 과자나 푸딩으로 바꾸었다. 진짜 밀가루로 만든 빵 같지는 않았지만, 거의 비슷한 맛이었다.

이 무렵에는 산양과 염소가 날마다 개척지에 필요한 젖을 내주었다. 그래서 짐마차를 대신하는 가벼운 짐수레가 몇 번이나 우리에 가서 젖을 가져왔다. 펜크로프가 당번일 때는 주피를 데려가서 마부 노릇을 시켰다. 그러면 주피는 솜씨 좋게 채찍을 휘두르며 얼룩말을 몰았다.

그래닛 하우스에서도 가축우리에서도 만사가 순조롭게 돌아가고 있었다. 사실 개척자들은 고향에서 멀리 떨어져 있다는 점만 제하면 아무런 불만도 없었다. 이런 생활이나 섬에도 익숙해져 있었기 때문에, 그들을 상냥하게 대해주는 이곳을 떠나야 한다면 무척 아쉬웠을 것이다.

그래도 인간의 마음에는 고향에 대한 그리움이 뿌리 깊게 남아 있기 때문에, 뜻밖에 어떤 배가 섬 근처에 나타난다면 개척자들은 배에 신호를 보내서 섬으로 불러들인 다음 그 배를 타고 섬을 떠났을 것이다. 하지만 지금은 모두 이 행복한 생활에 익숙해져 있었다. 무슨 사건이 일어나 이 생활이 중단되기를 바라기보다는 오히려 중단되는 사태를 걱정하고 있었다.

하지만 행운을 잡고 불운을 면했다고 확신할 수 있는 사람이 있을까?

어쨌든 그들이 1년 넘게 살고 있는 이 링컨 섬은 자주 화젯거리가 되었다. 어느 날 그런 이야기를 나누고 있을 때 나온 의견이 나중에 중대한 결과를 초래하게 되었다.

4월 1일은 부활절 일요일이었다. 사이러스와 동료들은 부활절을 축하하여 하루 일을 쉬기로 하고 다 같이 기도를 드렸다. 북반구의 10월이 흔히 그렇듯이 맑고 화창한 날이었다.

그들은 저녁을 먹은 뒤 '전망대' 가장자리에 있는 베란다 밑에 모여서 수평선 위의 어둠이 점점 짙어져가는 것을 바라보고 있었다. 네브가 딱총나무 열매를 달인 차를 커피 대신 내놓았다. 그들은 태평양에 외따로 떠 있는 이 섬의 위치에 대해 이야기를 나누고 있었다. 그때 기디언 스필렛이 문득 이런 말을 꺼냈다.

"사이러스 씨, 상자 속에 육분의가 들어 있었던 것 같은데, 그것으로 이 섬의 위치를 다시 측정해보면 어떨까요?"

"글쎄." 사이러스가 심드렁하게 대답했다.

"조사해보는 게 좋지 않을까요? 전에 눈으로 측정한 것보다 육분의가 더 정확할 테니까요."

"그래봤자 무슨 도움이 됩니까? 섬은 줄곧 여기에 있는데." 펜크로프가 말했다.

"그건 그래." 기자가 말을 받았다. "하지만 도구가 불완전했기 때문에 정확히 관측하지 못했을 가능성도 있어. 지난번 관측이 옳은지를 확인해보는 건 간단하니까……."

"자네 말이 옳아." 사이러스가 대답했다. "좀더 일찍 확인했어야 하는 건데. 지난번 관측이 틀렸다 해도, 경도든 위도든 오차가 5도를 넘을 리는 없지만……."

"하지만, 어쩌면 이 섬은 우리가 지금까지 생각했던 것보다 사람이 사는 땅에 훨씬 가까이 있을지도 모르잖아요?"

"내일이면 알게 되겠지. 지금까지는 할 일이 너무 많아서 그럴 겨를이 없었지만, 내일 다시 한 번 조사해보기로 하세."

그들은 외따로 떠 있는 이 섬에 대해 이야기를 나누었다

이리하여 이튿날 사이러스는 육분의로 관측을 하게 되었다. 이미 관측한 섬의 위치를 확인하려는 것이다. 다음이 그 관측 결과였다.

지난번 관측 자료: 서경 150~155도, 남위 30~35도.

이번의 정확한 관측 자료: 서경 150도 30분, 남위 34도 57분.

따라서 불완전한 기구를 이용한 지난번 관측에서도 사이러스는 뛰어난 역량을 발휘하여, 오차가 5도를 넘지 않았다.

스필렛이 말했다.

"지금은 육분의만이 아니라 지도도 손에 넣었으니까, 링컨 섬이 태평양 어디쯤에 있는지 정확한 위치를 찾아봅시다."

하버트가 지도를 가지러 갔다. 그것은 프랑스에서 출판된 지도였다. 따라서 지명도 프랑스어로 적혀 있었다.

태평양 지도가 펼쳐졌다. 사이러스는 나침반을 손에 들고 섬의 위치를 알아내려고 했다.

그러다가 갑자기 나침반을 쥔 손을 멈추고 말했다.

"태평양의 이 언저리에 벌써 섬이 실려 있어!"

"섬이라고요?" 펜크로프가 큰 소리로 외쳤다.

"이 섬이 아닐까요?" 스필렛이 되물었다.

"아니야. 지도에 나온 섬은 서경 153도, 남위 37도 11분에 있네. 링컨 섬에서 서쪽으로 2도 30분, 남쪽으로 2도쯤 떨어져 있는 셈이지."

"그 섬은 이름이 뭐예요?" 하버트가 물었다.

"타보르 섬."

"큰 섬인가요?"

"아니, 태평양에 외따로 떠 있는 작은 섬이야. 아마 아무도 아직 찾아가본 적이 없을 거야."

"그럼 우리가 찾아가보죠." 펜크로프가 말했다.

"우리가?"

"그럼요. 갑판이 있는 배를 만듭시다. 배를 조종하는 건 제가 맡겠습니다. 그런데 타보르 섬까지는 거리가 얼마나 됩니까?"

"남서쪽으로 240킬로미터쯤 떨어져 있네."

"240킬로미터라고요? 별거 아니네요. 순풍이 불면 48시간 만에 갈 수 있어요."

"가서 어떻게 하려고?" 기자가 물었다.

"그건 모르죠. 가보기 전에는."

이리하여 그들은 배를 만들고 올해 10월쯤 좋은 날씨가 돌아오면 항해를 시도해보기로 결정했다.

10

선박 건조—두번째 수확—코알라 사냥—즐거움을 위한 식물—

고래가 보이다—비니어드에서 온 작살—고래 해체—

고래수염의 용도—5월 말—만족한 펜크로프

펜크로프는 뭔가 계획을 세우면 그 계획이 실현될 때까지 일을 멈추지 않는 사람이었다. 그런데 그는 타보르 섬을 찾아가보고 싶었고, 이 항해에는 상당히 큰 배가 필요했기 때문에 반드시 배를 만들어야 했다.

만물박사가 제안하고 선원이 찬성한 선박 건조 계획은 다음과 같았다.

배의 용골*은 10미터, 선폭은 3미터니까, 뱃바닥과 흘수선** 부분을 잘 만들면 쾌속선이 될 것이다. 흘수는 2미터가 넘지 않게 한다. 2미터만 물에 잠기면 조류에 떠내려가지는 않는다. 배 전체에 갑판을 깔고, 승강구를 두 개 만든다. 그 승강구에서 칸

* 용골龍骨_ 큰 배 밑바닥 한가운데를, 이물에서 고물에 걸쳐 선체를 받치는 길고 큰 목재.

** 흘수선吃水線_ 수면 밑에 잠겨 있는 선체의 깊이를 흘수라고 한다. 수면에서 용골 밑바닥까지 이르는 수직선의 길이가 흘수선이고, 뱃짐이 늘어나면 그만큼 흘수가 깊어지기 때문에 흘수선은 높아진다.

막이벽이 있는 두 개의 선실로 들어갈 수 있게 한다. 돛대가 하나뿐인 범선이지만, 여기에 스팽커 · 스테이슬 · 포어슬 · 톱슬 · 지브* 따위를 갖춘다. 이 돛들은 모두 다루기 쉽고, 돌풍이 불면 금방 내릴 수 있고, 풍향에 따라 배를 조종하기에도 편리하다. 선체는 널빤지를 포개지 않고 옆으로 맞대어 붙이는 방식으로 만들기로 했다.

배를 만들 목재로는 어떤 나무를 사용하면 좋을까? 섬에 많이 있는 느릅나무로 할까? 전나무로 할까? 결국 전나무로 결정했다. 목수들의 말에 따르면 전나무는 '금이 가기 쉽다' 지만, 다루기가 쉽고 물에 잠긴 경우의 강도는 느릅나무와 별 차이가 없다.

이런 세부적인 내용이 결정되자, 배를 만드는 일은 사이러스와 펜크로프 두 사람만 맡게 되었다. 다시 따뜻한 계절이 돌아오는 것은 여섯 달 뒤였기 때문이다. 스필렛과 하버트는 사냥을 계속해야 하고, 네브와 주피도 저마다 할당된 집안일을 그만둘 수 없었다.

펜크로프과 사이러스는 곧 적당한 전나무를 골라서 베었다. 그리고 노련한 벌목꾼처럼 껍질을 벗기고 널빤지로 만들었다. 일주일 뒤, 침니와 암벽 사이의 우묵한 곳에 조선소가 만들어졌다. 뒤쪽에는 고물을 만들 골재를 놓고, 앞쪽에는 이물을 만들 목재를 준비해놓았다. 10미터 길이의 용골이 모래땅 위에 놓여 있었다.

사이러스는 이 새로운 일에서도 쓸데없이 돌아다니는 짓은 하지 않았다. 그는 만물박사답게 모든 일에 정통했지만, 배를 만드

* 스팽커_ 맨 뒤쪽에 다는 세로돛. 스테이슬_ 삼각돛. 포어슬_ 앞돛. 톱슬_ 중간돛. 지브_ 앞돛 앞에 치는 삼각돛.

10미터 길이의 용골

는 일에도 훤했다. 그는 우선 종이에 도면을 그리고 배의 모형을 만들었다. 물론 펜크로프의 도움도 받았다. 선원은 브루클린*의 조선소에서 몇 년 동안 일한 적이 있기 때문에 배를 만드는 작업 과정을 잘 알고 있었다. 이렇게 엄밀한 계산과 심사숙고를 거듭한 결과, 임시 늑재가 용골에 끼워졌다.

펜크로프는 이 새로운 일을 성공시키기 위해 정열 덩어리로 변해 있었다. 그는 한순간도 일을 손에서 놓으려 하지 않았다.

펜크로프가 조선소를 떠난 적이 딱 한 번 있었는데, 그것도 단 하루뿐이었다. 4월 15일에 두 번째로 밀을 수확하게 되었기 때문이다. 첫 번째 때와 마찬가지로 이번에도 수확이 아주 좋아서, 미리 예상한 만큼의 밀을 수확할 수 있었다.

"부셸 되**로 다섯 되입니다, 선생님." 펜크로프는 귀중한 재산을 신중하게 헤아린 뒤에 말했다.

"다섯 되라……" 사이러스가 중얼거렸다. "한 되에 밀알이 13만 개는 들어가니까 모두 65만 개가 되겠군."

"그럼 이번에는 조금만 예비로 남겨두고, 나머지는 전부 밭에 뿌리기로 하죠." 펜크로프가 말했다.

"그러세. 다음에도 이런 비율로 수확량이 늘어난다면 4천 되를 수확할 수 있어."

"그러면 빵을 먹을 수 있나요?"

"먹을 수 있고말고."

"하지만 물레방아를 만들어야겠지요?"

"만들기로 하세."

* 브루클린_ 뉴욕 시의 임해 공업지대.
**부셸 되_ 곡물 따위를 재는 되. 1부셸은 약 12.5리터.

세 번째 밀밭은 첫 번째와 두 번째 밀밭에 비하면 터무니없이 넓었다. 그들은 정성껏 땅을 갈고 귀중한 씨를 뿌렸다. 이 일이 끝나자 펜크로프는 조선소로 돌아갔다.

그동안 스필렛과 하버트는 근처에서 사냥을 계속하고, '서쪽 숲' 으로 깊숙이 들어가 미지의 땅에 발을 들여놓기도 했다. 어떤 위험한 맹수를 만날지도 모르기 때문에 총에는 항상 총알을 재어두었다. 그곳은 틈새가 전혀 없는 것처럼 여겨질 만큼 아름드리나무들이 뒤얽혀 빽빽이 우거진 밀림이었다. 이 밀림을 탐험하는 것은 무척 어려워서, 그런 곳에 들어갈 때는 반드시 나침반을 가져갔다. 나뭇가지가 하늘을 두껍게 덮고 있어서 햇빛이 거의 들어오지 않기 때문에 돌아가는 길을 찾기도 어려웠다. 이런 숲에는 당연히 사냥감도 적었다. 짐승들도 자유롭게 활동할 수 없을 터였다. 그래도 4월 하순에 커다란 초식동물 세 마리를 쏘아 죽였다. 그것은 나무늘보와 비슷한 코알라라는 동물이었다. 개척자들이 전에 호수 북쪽에서 본 동물이다. 코알라는 굵은 나뭇가지 사이로 달아나려고 했지만, 몸놀림이 하도 굼뜬 느림보여서 총에 맞고 말았다. 모피는 그래닛 하우스에서 황산으로 무두질되어 가죽으로 쓰이게 되었다.

이렇게 멀리 나갔을 때, 보기에 따라서는 아주 귀중한 발견이 이루어졌다. 그것은 기디언 스필렛의 수훈이었다.

4월 30일, 두 사냥꾼은 '서쪽 숲' 의 남서부로 깊숙이 들어가고 있었다. 하버트보다 30미터 앞에서 걷고 있던 스필렛은 숲 속의 빈터 같은 곳으로 나갔다. 나무가 드물어지고 햇살이 비쳐들고 있었다.

스필렛은 어떤 식물이 발하는 냄새에 놀랐다. 원통 모양의 곧은 줄기에서 가느다란 줄기가 나와 있고, 술 모양의 꽃이 늘어져 있고, 아주 작은 씨가 달려 있었다. 기자는 그 줄기를 두세 개 잡아 뽑아서 소년에게 달려간 뒤, 이렇게 말했다.

"하버트, 이게 뭔지 봐주겠니?"

"이걸 어디서 찾으셨어요?"

"저기 빈터에서. 아주 많이 나 있어."

"아주 진귀한 것을 발견하셨군요. 펜크로프 아저씨가 무척 고마워할 거예요."

"그럼 이게 담배인가?"

"예. 일급품이라고는 할 수 없지만, 담배인 건 틀림없어요."

"정말로 펜크로프가 무척 좋아하겠군. 하지만 그 풀을 펜크로프 혼자서 전부 피워버리게 하지는 않겠어. 우리 몫도 남겨주어야 할 거야."

"아, 좋은 생각이 있어요. 펜크로프 아저씨한테는 숨긴 채 담뱃잎으로 살담배를 만들어서, 어느 날 담배를 가득 채운 파이프를 펜크로프 아저씨한테 주는 거예요."

"좋아. 그날이야말로 펜크로프가 이 세상에서 더는 아무것도 바라는 게 없게 되겠군!"

기자와 소년은 이 귀중한 식물을 잔뜩 따서 그래닛 하우스로 가지고 돌아왔다. 그리고 펜크로프가 엄격한 세관 관리라도 되는 것처럼 펜크로프 몰래 담뱃잎을 '밀반입' 했다.

사이러스 스미스와 네브에게는 이 비밀을 털어놓았지만, 선원만은 아무것도 모르고 있었다. 잚은 담뱃잎을 말려서 잘게 썬 다음 뜨거운 돌판 위에서 볶는 데에는 상당한 시간이 필요했다. 실제로는 두 달이 걸렸지만, 이 모든 작업은 펜크로프도 눈치채지 못하게 이루어졌다. 선원은 배를 만드는 일에 열중한 나머지, 휴식시간에만 그래닛 하우스로 올라왔기 때문이다.

하지만 펜크로프가 그렇게 좋아하는 일을 어쩔 수 없이 중단한 적이 또 한 번 있었다. 그것은 5월 1일의 고래 사건에 개척자 전원이 참가해야 했기 때문이다.

며칠 전부터 링컨 섬에서 4~5킬로미터 떨어진 앞바다를 거대한 동물이 헤엄쳐 다니는 게 목격되었다. 그것은 아마 '참고래'라고 불리는 남반구의 대형 고래일 것이다.

"저놈을 잡을 수 있다면 정말 굉장할 텐데!" 선원이 소리를 질렀다. "포경 보트와 튼튼한 작살이 있다면 이렇게 외치고 싶군. '고래를 향해 돌진! 저 고래는 고생해서 잡을 만한 가치가 있다!'"

"정말 그래." 기자가 맞장구쳤다. "자네가 작살을 쓰는 걸 보고 싶군. 정말 재미있는 구경거리가 될 텐데!"

"아주 재미있지만 위험하기도 하지." 사이러스가 끼어들었다. "하지만 지금은 고래를 뒤쫓아갈 방법이 없으니까, 애를 태워도 소용없네."

"비교적 위도가 높은 이 해역에서 고래를 보다니 뜻밖이군." 기자가 말했다.

"안 그래요, 아저씨." 하버트가 받았다. "태평양의 이 해역은 영국이나 미국 어부들이 '고래 어장'이라고 부르는 곳이에요. 뉴질랜드와 남아메리카 대륙 사이인 이곳에 남반구 고래가 가장 많이 모여들죠."

"그래, 맞아." 펜크로프도 거들었다. "내가 이상하게 생각하는 것은 지금까지 고래가 많이 보이지 않았다는 거야. 어차피 고래한테 접근할 수 없으니까 아무래도 좋지만 말이다."

펜크로프는 유감스럽다는 듯 한숨을 내쉬고 자기 일로 돌아갔다. 뱃사람이라면 누구나 고기잡이를 좋아한다. 고기잡이의 즐거움이 사냥감의 크기에 비례하여 커진다면, 고래잡이꾼이 고래를 보고 얼마나 흥분할지는 알 만하다.

그리고 고래잡이는 단순히 즐거움으로만 끝나지 않는다. 고래를 잡으면 개척지에 도움이 될 게 분명하다. 고기는 물론, 기름과 수염도 다양하게 이용할 수 있기 때문이다.

그런데 목격된 고래는 아무래도 섬 주변을 떠나고 싶지 않은 모양이었다. 그래서 하버트와 스필렛은 사냥하러 나가지 않을 때는 그래닛 하우스의 창문이나 '전망대'에서 망원경으로 고래의 움직임을 관찰했고, 네브는 화덕을 지키면서도 줄곧 고래를 살폈다. 고래는 넓은 '유니언 만' 깊숙이까지 들어와 '턱 곶'에서 '발톱 곶'까지 빠르게 종횡으로 헤엄쳐 다니고 있었다. 엄청난 힘을 내는 꼬리지느러미를 이용하여 헤엄치고 있었는데, 그 꼬리지느러미로 몸을 떠받치고 갑자기 공중으로 솟구치기도 했다. 때로는 속력이 시속 20킬로미터에 이를 때도 있었다. 이따금 고래는 작은 섬 바로 옆까지 다가왔기 때문에 그 모습을 완전히 관찰할 수 있었다. 그것은 역시 남반구 고래였다. 몸빛깔은 새까맣고, 머리는 북반구 고래보다 우묵하게 들어가 있었다.

고래가 분기공에서 수증기인지 물인지를(정말 이상한 노릇이지만, 이 점에 대해서는 학자와 포경선원 사이에 아직도 의견이 일치하지 않는다) 높이 뿜어 올리는 모습도 보였다. 고래가 뿜어 올리는 것은 공기일까, 물일까? 일반적으로는 수증기로 여겨지고 있다. 수증기는 갑자기 찬 공기에 닿으면 응결하여 비처럼 내려온다는 것이다.

고래의 존재는 개척자들의 마음을 줄곧 사로잡고 있었다. 특히 펜크로프는 고래가 마음에 걸려서 일도 손에 잡히지 않을 정도였다. 결국 선원은 금지된 것을 탐내는 어린아이처럼 어떻게든 고래를 잡고 싶어졌다. 그는 밤에 꿈을 꾸고, 큰 소리로 잠꼬대를 했다. 고래를 뒤쫓을 수단이 있다면, 바다를 달릴 배만 있다면 선원은 주저 없이 고래를 잡으러 나섰을 것이다.

하지만 개척자들이 할 수 없는 일을 우연이 대신 해주었다. 5월 3일, 부엌 창문으로 감시하고 있던 네브가 큰 소리로 고래가 섬 해안에 올라온 것을 알렸다.

사냥하러 나가려던 하버트와 스필렛은 총을 버리고, 펜크로프는 도끼를 내던졌다. 사이러스와 네브도 가세했다. 모두 서둘러 고래가 좌초한 해안으로 달려갔다.

그곳은 그래닛 하우스에서 5킬로미터 정도 떨어진 '표류물 곶'의 모래톱이었다. 만조 때 올라왔기 때문에 고래도 바다 속으로 다시 돌아가기는 어려울 것이다. 어쨌든 서둘러 달려가, 필요하면 탈출로를 막아야 한다. 모두 곡괭이나 창을 들고 달렸다. '은혜 강'에 걸린 다리를 건너 오른쪽 기슭을 내려가 해변으로 나가자, 20분도 채 지나기 전에 개척자들은 거대한 고래 옆에 이르렀다. 하늘에서는 벌써 바닷새들이 무리지어 머리 위를 맴돌고 있었다.

"엄청난 괴물이군요!" 네브가 외쳤다.

정말 괴물이었다. 몸길이가 25미터나 되고 몸무게도 50톤은 넘어 보이는 거대한 고래였다.

하지만 모래톱에 올라앉은 괴물은 움직이지 않았다. 아직 밀

"엄청난 괴물이군요!"

물이 들어와 있으니까 몸부림을 치면 바다로 돌아갈 수 있을지도 모르는데, 고래는 그러려고 하지 않았다.

곧 썰물이 지자 개척자들은 고래 주위를 한 바퀴 돌았다. 그리고 그제야 고래가 꼼짝도 하지 않은 이유를 알았다.

고래는 죽어 있었다. 작살 하나가 왼쪽 옆구리에 꽂혀 있었다.

"그러면 이 근처 해역에 포경선이 있나?" 스필렛이 말했다.

"그건 또 왜요?" 선원이 물었다.

"여기에 작살이 박혀 있잖아."

"스필렛 씨, 그건 아무것도 증명하지 않습니다. 뱃구레에 작살이 박힌 채 수천 킬로미터나 헤엄치는 고래를 몇 마리나 본 적이 있으니까요. 이 녀석은 아마 북대서양에서 작살을 맞고, 죽을 곳을 찾아 이 남태평양으로 돌아왔을 겁니다. 그렇다면 별로 이상할 것도 없지요."

"하지만……." 스필렛이 다시 입을 열었다. 펜크로프의 말을 납득할 수 없었던 것이다.

"그건 충분히 생각할 수 있는 일일세." 사이러스가 말했다. "하지만 이 작살을 좀 조사해보세. 요즘은 작살에다 포경선 이름을 새겨넣는 풍습이 퍼져 있는 모양이니까, 그 작살에도 이름이 새겨져 있을지 몰라."

펜크로프가 고래 옆구리에서 작살을 빼내보니, 과연 거기에는 다음과 같은 글자가 새겨져 있었다.

마리아 스텔라

비니어드

"비니어드*의 배다! 미국 배야!" 선원이 외쳤다. "'마리아 스텔라' 호! 아주 훌륭한 포경선이죠. 저도 잘 알고 있어요. 비니어드의 배, 비니어드의 포경선이에요!"

펜크로프는 작살을 번쩍 쳐들고, 그에게는 너무나 그리운 이름, 그가 태어난 고향 이름을 몇 번이나 되풀이하며 감정을 드러냈다.

그런데 그 '마리아 스텔라' 호가 고래를 인수하러 오기를 기다릴 수는 없기 때문에, 그들은 부패가 시작되기 전에 고래를 해체하기로 결정했다. 며칠 전부터 이 커다란 사냥감을 노리고 있던 맹금류 무리가 당장이라도 소유권을 주장하려 하고 있었다. 그래서 총을 몇 발이나 쏘아 새들을 쫓아내야 했다.

이 고래는 암놈이었기 때문에 유방에서 많은 젖이 나왔다. 박물학자인 디펜바흐**의 설에 따르면 고래 젖은 우유를 대신한다는데, 실제로 그 맛이며 색깔이며 농도는 우유와 다름이 없었다.

펜크로프는 전에 포경선에서 일한 적이 있었기 때문에, 해체 작업을 책임지고 지휘할 수 있었다. 속이 메스꺼워지는 작업이 사흘 동안 계속되었지만, 개척자들 가운데 꽁무니를 빼는 사람은 아무도 없었다. 스필렛도 자진해서 해체 작업에 협력하여, 선원의 말에 따르면 마침내 '훌륭한 조난자'가 되었다.

우선 피하지방은 1미터 두께로 잘라낸 뒤, 다시 500킬로미터의 덩어리로 나누었다. 이 덩어리를 커다란 질그릇 냄비에 넣어서 녹였다. '전망대' 주위에 악취가 감도는 것을 피하기 위해 냄

* 비니어드_ 미국 매사추세츠 주 남동쪽 앞바다에 있는 섬. 18~19세기에 고래잡이 기지였다.

** 에른스트 디펜바흐1811~1855_ 독일의 박물학자 · 탐험가.

비를 작업 현장으로 가져왔다. 기름을 녹이면 무게가 3분의 1쯤 줄어든다. 기름은 너무 많아서 주체하지 못할 정도였다. 혀에서만 기름이 3000킬로그램이나 나왔고, 아랫입술에서도 2000킬로그램이 나왔다. 이 기름은 스테아린과 글리세린을 무한정 공급해줄 것이다.

기름뿐 아니라 수염도 있었다. 그래닛 하우스에서는 우산이나 코르셋이 필요없지만, 고래수염은 여러 가지로 쓸모가 있을 것이다. 실제로 고래의 위턱 양쪽에는 칼날 같은 수염이 800개나 나 있다. 이 수염은 탄력성이 풍부한 섬유질 조직으로 되어 있고, 두 개의 커다란 빗처럼 끝이 뾰족하다. 길이가 2미터나 되는 이 수염은 고래 먹이가 되는 플랑크톤과 작은 물고기, 패류 따위가 도망치지 못하게 막는 작용을 한다.

해체 작업을 무사히 끝내고 그들은 모두 만족했다. 고래의 잔해는 새들에게 맡기기로 했다. 나머지는 새들이 알아서 말끔히 처리해줄 것이다. 그래닛 하우스에서는 다시 일상적인 작업이 시작되었다.

하지만 사이러스는 조선소로 돌아가기 전에 어떤 도구를 만들기로 마음먹었다. 이 도구는 동료들의 호기심을 불러일으켰다. 사이러스는 고래수염을 여남은 개 골라서 6등분한 뒤, 그 끝을 뾰족하게 만들었다.

"아저씨, 무엇에 쓰려는 거예요?" 소년이 물었다.

"늑대나 여우를 퇴치하는 거야. 재규어도 물론." 사이러스가 대답했다.

"지금 당장요?"

"아니. 이번 겨울에 얼음이 언 뒤에."

"저는 이해가 잘 안 가는데요……."

"간단해. 이 도구는 내가 발명한 게 아니야. 알래스카의 알류샨 열도 어부들이 자주 쓰는 도구란다. 얼음이 어는 시기가 되면 이 고래수염을 둥글게 구부리고 물을 끼얹어서 얼리지. 둥글게 구부러진 고래수염을 얼음층이 완전히 감싸도록 물을 뿌리는 거야. 그리고 그 얼음 덩어리에 기름을 듬뿍 바른 뒤 눈 위에 여기저기 뿌려놓지. 배고픈 동물이 그 미끼를 삼키면 어떻게 될까? 뱃속의 열로 얼음이 녹으면 고래수염도 원래대로 펴져서 뾰족한 끝이 위를 꿰뚫는 거야."

"정말 좋은 방법이군요!" 펜크로프가 말했다.

"게다가 화약과 총알도 절약할 수 있지." 사이러스가 받았다.

"덫을 만드는 것보다 나아요!" 하버트가 말했다.

"그럼 겨울을 기다리기로 하자!"

"정말 겨울이 기다려지는데요."

그러는 동안 배를 만드는 일도 진척되어, 5월 말에는 선체의 절반 정도가 널빤지로 덮였다. 벌써 바다를 달릴 때의 멋진 모습이 눈앞에 떠오르는 것 같았다.

펜크로프는 누구보다 열심히 일에 열중했다. 펜크로프처럼 건장한 몸을 가진 남자만이 그런 육체적 과로를 견뎌낼 수 있었을 것이다. 동료들은 그의 노고에 보답하기 위해 몰래 선물을 준비하고 있었다. 5월 31일, 펜크로프는 평생 가장 큰 기쁨을 맛보게 되었다.

그날 저녁식사를 끝내고 식탁을 떠나려던 펜크로프는 누군가의 손이 어깨에 놓이는 것을 느꼈다.

그것은 기디언 스필렛의 손이었다.

"잠깐만 기다리게, 펜크로프. 그렇게 서두를 필요는 없어. 그리고 디저트도 해야지."

"고맙습니다, 스필렛 씨. 하지만 다시 일하러 가야 돼요."

"그럼 커피 한잔 하겠나?"

"그것도 그만두겠습니다."

"그럼 담배는?"

펜크로프가 갑자기 벌떡 일어났다. 살담배를 가득 채운 파이프를 내밀고 있는 기자와 숯불을 내밀고 있는 하버트를 보았을 때, 그의 혈색 좋은 얼굴이 창백해졌다.

선원은 무언가 말을 하려고 했지만 아무 말도 나오지 않았다. 그는 파이프를 움켜잡고 입으로 가져간 뒤, 담배에 불을 붙이고 연달아 여섯 모금을 재빨리 빨아들였다.

보랏빛을 띤 향긋한 연기가 퍼져갔다. 그 연기 뒤에서 헛소리처럼 되풀이되는 말이 들렸다.

"담배다! 진짜 담배야!"

"그래, 펜크로프." 사이러스가 말했다. "게다가 고급 담배지."

"아아, 선량하신 하느님! 만물의 신성한 창조주여!" 선원이 외쳤다. "이 섬에는 이제 아무것도 부족한 게 없습니다!"

이렇게 말하고 펜크로프는 담배를 마음껏 피우고 또 피웠다.

"누가 이걸 발견했죠?" 이윽고 선원이 물었다. "역시 너겠지, 하버트?"

"아니에요, 아저씨. 스필렛 아저씨가 발견했어요."

"스필렛 씨라고?" 선원은 외치고 나서 기자를 힘껏 끌어안았다. 기자는 이렇게 뜨거운 포옹을 받은 적이 한 번도 없었다.

"아이쿠!" 잠시 숨이 막히는 줄 알았던 기자가 숨을 돌리면서

"담배다! 진짜 담배야!"

말했다. "펜크로프, 자네는 하버트한테도 감사해야 돼. 이 식물의 정체를 알아낸 건 하버트니까. 그리고 살담배를 만들어준 사이러스 씨와 지금까지 비밀을 지키느라 애쓴 네브한테도 감사해야 돼."

"언젠가는 반드시 은혜를 갚겠습니다." 선원이 대답했다. "이승에서도 저승에 가서도 저는 영원히 여러분의 친구입니다!"

11

양털 압축—펜크로프의 생각—고래수염—알바트로스를 무엇에 쓸까—
미래의 연료—토비와 주피—폭풍—가금 사육장의 피해—늪지 원정—
혼자 남은 사이러스 스미스—우물 탐험

그럭저럭하는 동안 6월과 함께 겨울이 왔다. 이곳의 6월은 북반구의 12월에 해당한다. 따뜻하고 튼튼한 옷을 만드는 것이 중요한 일이 되었다.

우리에 있는 산양의 털을 깎아두었으니까, 이제는 이 귀중한 원료를 천으로 바꾸기만 하면 된다.

물론 사이러스 스미스는 여러 가지 기계를 자유롭게 사용할 수는 없었다. 양털을 빗질하는 기계도, 불순물을 제거하는 기계도, 매끄럽게 고르는 기계도, 잡아 늘이는 기계도, 실을 잣는 기계도, 실을 꼬는 기계도, 양털을 짜는 기계도 없었기 때문에, 실을 자아서 짜는 과정을 생략하는 간단한 방법을 택할 수밖에 없었다. 그래서 그는 양털 섬유가 갖고 있는 특성을 그대로 이용할 생각이었다. 양털을 전체적으로 압축하면 섬유가 뒤엉킨다. 이렇게 섬유가 서로 뒤엉키면 펠트라고 불리는 천이 만들어진다. 따라서 양털을 압축하기만 하면 펠트를 손에 넣을 수 있다. 이렇게 하면 옷감이 부드럽지는 않지만 보온 효과는 더욱 높아진다. 그런데 산양한테 얻은 양털은 섬유가 아주 짧아서 펠트를 만들기에 마침 좋은 조건을 갖추고 있었다.

사이러스는 동료들의 도움을 얻어 (펜크로프는 또다시 배를 만드는 작업을 잠시 중단해야 했다!) 사전 준비에 착수했다. 우선 양털에 배어든 지방질을 제거해야 한다. 이 지방질을 제거하려면 70도로 덥힌 물을 통에 담고 거기에 양털을 24시간 담가둔다. 다음에는 이것을 소다액으로 빨고, 꽉 짜서 충분히 말리면 양털을 압축할 수 있는 상태가 된다. 튼튼한 옷감을 만들 수 있는 상태가 되는 것이다. 아마 뻣뻣한 옷감이 만들어질 테고, 그런 것은 유럽이나 미국의 공업지대에서는 아무 가치도 없겠지만 '링컨 섬의 시장'에서는 큰 인기를 얻을 게 분명하다.

이런 종류의 옷감은 옛날부터 알려져 있었고, 실제로 최초의 모직은 사이러스가 이용하려는 이 방법으로 만들어졌다.

만물박사로서 그의 소질이 충분히 발휘된 것은 양털을 압축하기 위한 기계를 설치할 때였다. 사이러스는 현명하게도 지금까지 사용되지 않았던 에너지를 이용하여 압축기를 움직이는 방법을 생각해냈다. 그것은 모래밭으로 떨어지는 폭포를 이용하는 방법이었다.

그보다 더 간단한 기계장치는 없었다. 하나의 통나무에 캠*을 달아서 무거운 막대기를 위아래로 움직일 수 있게 한다. 그 밑에 양털을 넣은 통을 놓아두면 막대기가 그 통 속으로 내려온다. 통나무에는 튼튼한 받침대를 받쳐서 쓰러지지 않게 한다. 그게 전

* 캠_ 회전운동을 왕복운동으로 바꾸어주는 장치.

부였다. 막대기를 압축 롤러로 바꾸어, 양털을 두드리는 것이 아니라 실제로 압축하는 방법이 개발될 때까지는 수세기 동안 이런 기계가 사용되었다.

사이러스가 지휘한 작업은 기대한 대로 성공을 거두었다. 양털은 미리 비누 용액에 담가두었다. 이렇게 해두면 양털이 매끄러워지고 다루기가 쉬워져서 압축하거나 부드럽게 만들기가 쉬워질 뿐만 아니라, 막대기로 두들길 때 양털이 변질되는 것을 막을 수도 있다.

이리하여 양털은 펠트 모양의 두꺼운 시트가 되어 압축기에서 꺼내졌다. 물결처럼 꼬불꼬불하고 거친 양털 섬유는 서로 뒤엉켜, 담요뿐 아니라 옷을 만들기에도 적당한 천이 되었다. 물론 이 천은 메리노 모직물도 아니고 모슬린도 아니고 캐시미어도 아니었다. 광택이 나는 가벼운 모직물도, 골지게 짠 천도, 중국산 공단도, 오를레앙 천도, 알파카도, 나사지도, 플란넬도 아니었다. 그것은 '링컨 펠트'였다. 또 다른 산업이 링컨 섬에 도입된 것이다.

이리하여 개척자들은 새 옷과 두꺼운 담요를 얻어, 1866년 겨울을 편안한 마음으로 맞이할 수 있었다.

정말로 혹독한 추위를 느끼게 된 것은 6월 20일부터였다. 유감스럽게도 펜크로프는 배를 만드는 작업을 또다시 중단할 수밖에 없었다. 물론 다음 봄까지 배를 완성하지 못할 리는 없었다.

선원은 타보르 섬으로 정찰 항해를 떠나는 것만 생각하고 있었다. 하지만 사이러스는 단순한 호기심으로 계획한 이 여행에 찬성하지 않았다. 당연한 일이지만, 그렇게 황량하고 바위투성이인 무인도에 가보았자 쓸모있는 것을 찾을 리가 없다. 게다가 크다고 말할 수 없는 배를 타고 미지의 바다를 250킬로미터나 항해하는 것은 불안한 노릇이다. 일단 망망대해로 나갔다가 타보르 섬에 가지도 못하고 링컨 섬으로 돌아오지도 못하면, 수많은 해난사고를 낳고 있는 태평양 한복판에서 배는 어떻게 될까?

사이러스는 타보르 섬 여행에 대해 몇 번이나 펜크로프와 이야기를 나누면서, 이 여행에 펜크로프가 이상할 정도로 집착하고 있는 것을 알아차렸다. 하지만 선원은 자신의 집착을 깨닫지 못하고 있는 모양이었다.

하루는 사이러스가 말했다.

"자네는 몇 번이나 링컨 섬이 멋지다고 말해왔고, 이 섬을 떠나야 한다면 몹시 안타까울 거라고 말했잖은가. 그러던 자네가 맨 먼저 섬을 떠나려 하다니."

"겨우 사나흘 떠나는 겁니다." 펜크로프가 대답했다. "거기에 가서 어떤 섬인지 보고 나면 곧 돌아올 겁니다!"

"링컨 섬만 한 가치는 없어!"

"그건 벌써 알고 있습니다."

"그런데 왜 위험을 무릅쓰려고 하나?"

"타보르 섬에서 무슨 일이 일어나고 있는지 알고 싶어서요."

"아무 일도 일어나지 않아. 일어날 리가 없지."

"그거야 모르죠!"

"하지만 폭풍이라도 만나면?"

"봄이 되면 폭풍은 걱정할 필요가 없어요. 하지만 만일에 대비해야 하니까, 이번 여행에는 하버트만 데려가게 해주세요."

"펜크로프." 사이러스는 선원의 어깨에 손을 얹으면서 대답했다. "자네한테 무슨 일이 생기면, 그리고 이제 우리 아들이 된 하버트한테 무슨 일이 생기면, 뒤에 남은 우리가 그 슬픔을 달랠 수 있을 거라고 생각하나?"

"선생님, 그런 슬픔을 주는 짓은 결코 하지 않겠습니다." 펜크로프가 자신있게 대답했다. "타보르 섬에 가는 문제에 대해서는 그때 가서 다시 이야기하기로 하죠. 그리고 돛대가 세워지고 갑판이 깔린 배를 보시면, 바다에서 배가 어떻게 달리는지 보시면, 그 배를 타고 이 섬을 한 바퀴 돌아보고 나면, 그때는 선생님도 주저 없이 저를 타보르 섬에 가게 해줄 겁니다. 선생님의 배는 걸작이라고요."

"우리 배라고 말해야지, 펜크로프." 사이러스는 조금 긴장이 풀린 얼굴로 대답했다.

이렇게 사이러스와 선원은 상대를 납득시키지 못한 채 대화를 중단했고, 대화는 다른 날로 연기되었다.

6월이 끝날 무렵 첫눈이 내렸다. 우리 속의 동물들에게는 미리 먹이를 듬뿍 주었기 때문에 날마다 찾아갈 필요는 없었지만, 일주일에 한 번은 우리를 보러 가게 되었다.

또 덫을 만들고, 사이러스가 고안한 도구를 시험해보기로 했다. 끝을 구부린 고래수염을 물에 넣어 얼린 다음, 그 얼음덩이에 기름을 듬뿍 발라서 숲 가장자리에 놓아둔다. 호수로 가는 동물들이 자주 다니는 길목이다.

알류샨 열도의 사냥꾼들이 즐겨 쓰는 이 방법은 대성공을 거두어, 그 성과에는 사이러스도 만족했다. 여우 여남은 마리와 멧돼지 몇 마리, 그리고 재규어까지 이 덫에 걸려들었다. 이 짐승들은 뾰족한 고래수염으로 위에 구멍이 나서 죽어 있었다.

이 무렵에 이루어진 또 다른 실험에 대해서도 언급해두는 것이 좋을 듯싶다. 개척자들은 그 실험을 통해 처음으로 바깥세상과 연락을 취하려고 했기 때문이다.

기디언 스필렛은 지금까지 몇 번이나 병 속에 편지를 넣어 바다에 던지면 조류를 타고 사람이 사는 해안에 도착할지 모른다거나, 비둘기를 이용하여 편지를 전달하면 어떨까 하고 생각한 적이 있었다. 하지만 비둘기나 병이 링컨 섬과 육지 사이에 가로놓인 2000킬로미터의 거리를 건너갈 수 있으리라고는 기대하기 어려웠다. 그것은 정말 미친 짓이다.

하지만 6월 30일 하버트의 총을 맞고 발에 가벼운 상처를 입은 알바트로스를 그들은 상당히 애를 먹은 끝에 겨우 사로잡았다. 날개를 편 길이가 3미터나 되는 대형 바닷새인 알바트로스는 태평양처럼 넓은 바다도 횡단할 수 있었다.

하버트는 곧 상처가 나은 알바트로스를 곁에 두고 길들이고 싶다고 말했다. 하지만 스필렛은 이 알바트로스를 이용하면 태평양의 섬들과 연락을 취할 수 있을 테니까, 이 기회를 놓치지 않는 게 좋다고 소년을 설득했다. 하버트도 그 의견에 따를 수밖에 없었다. 이 알바트로스가 사람이 사는 곳에서 왔다면, 자유의 몸이 된 새는 자기 집으로 돌아갈 것이기 때문이다.

우연을 기대하고 링컨 섬 개척자들의 모험을 보도하는 흥미진진한 기사를 바깥세상으로 보낸다는 생각은 스필렛에게 숨어 있는 기자 정신을 자극했을 게 분명하다. 그 기사가 혹시라도 그가 존경하는 편집장 존 베넷의 손에 들어간다면, 〈뉴욕 헤럴드〉의 인기 기자에게 얼마나 큰 성공이 되겠는가! 그 기사를 실은 신문은 대단한 평판을 얻을 것이다.

기디언 스필렛은 간결명료한 기사를 쓰고, 이것을 발견한 사람은 〈뉴욕 헤럴드〉 신문사로 보내달라고 부탁하는 쪽지를 덧붙여서 자루에 넣었다. 범포에 나무진을 두껍게 칠해서 방수 처리를 한 작은 자루는 알바트로스의 발목이 아니라 목에 묶였다. 알바트로스는 해수면에서 휴식을 취하는 습성이 있기 때문이다. 이윽고 이 항공편 배달부는 자유의 몸이 되어 하늘로 날아올랐다. 개척자들은 서쪽 하늘의 안개 속으로 사라지는 새를 감개무량한 표정으로 지켜보았다.

"어디로 갈 작정일까?" 펜크로프가 물었다.

"뉴질랜드 쪽이에요." 하버트가 대답했다.

"잘 가거라!" 선원은 외쳤지만, 이 통신 방법이 성공하리라고는 생각지 않았다.

겨울과 함께 그래닛 하우스의 실내 작업이 다시 시작되었다. 옷을 수선하고 온갖 물건을 새로 만들었다. 공기주머니에서 천을 잘라 배에 달 돛도 만들었다.

7월에는 줄곧 추위가 혹독했지만, 땔나무와 석탄을 아낌없이 땠다. 사이러스가 대청에 두 번째 난로를 만들어주었기 때문에, 모두 그곳에서 긴 겨울밤을 보냈다. 일하고 있을 때도 이야기를 나누고, 손이 비었을 때는 독서도 하면서 모두 시간을 유익하게 보냈다.

촛불이 밝게 빛나고 석탄불로 따뜻하게 덥혀진 이 대청에서 맛있는 저녁식사를 끝낸 뒤, 김이 모락모락 피어오르는 커피를 마시고 향기 좋은 담배를 피우고 밖에서 으르렁대는 바람 소리를 듣는 시간은 정말 즐거웠다. 고향에서 멀리 떨어져 연락도 취하지 못하고 있는 사람들에게도 마음의 평안이 있다면, 개척자들은 완전한 평안을 맛보고 있었다. 그들은 언제나 고향과 친구들과 조국의 위대한 공화제에 대해 이야기를 나누었다. 공화제

작은 자루가 알바트로스의 목에 묶였다

의 위력은 점점 강해질 게 분명하다. 사이러스는 미국의 공무에 여러 가지로 관여했기 때문에, 자신의 체험이나 의견이나 나라의 장래 등에 대해 이야기했다. 다른 사람들도 흥미롭게 귀를 기울였다.

어느 날 기디언 스필렛이 사이러스에게 말했다.

"당신은 공업이나 상업 활동이 계속 발전할 거라고 예상하고 있지만, 언젠가 그 활동이 완전히 멈출 위험성은 없습니까?"

"멈춘다고? 왜?"

"여기서 타고 있는 이 석탄은 가장 귀중한 광물로 여겨지고 있지만, 이것이 바닥나버리면 어떡하죠?"

"이게 가장 귀중한 광물인 건 틀림없네. 자연은 다이아몬드를 만들어내어, 석탄이 귀중한 광물이라는 걸 증명하려 했는지도 모르지. 다이아몬드는 순수한 탄소 결정체에 불과하니 말일세."

"조만간 우리 보일러에서 석탄 대신 다이아몬드를 때게 될 거라고 말하려는 건 아니겠죠?" 펜크로프가 끼어들었다.

"그런 건 아닐세." 사이러스가 대답했다.

"하지만 언젠가는 석탄이 고갈되리라는 것은 부정할 수 없는 사실이에요." 스필렛이 끈질기게 말했다.

"하지만 매장량은 아직 충분하네. 광부 10만 명이 해마다 천만 톤씩 캐내고 있지만, 다 캐내려면 아직도 멀었어."

"석탄 소비가 점점 늘어나면 그 10만 명이 20만 명으로 늘어나고, 채탄량도 두 배로 늘어날 거라고 예측할 수 있습니다."

"아마 그렇겠지. 하지만 유럽의 탄광도 새로 개발된 기계로 더 깊은 곳까지 채굴할 수 있게 될 테고, 아프리카나 오스트레일리아의 탄광이 오랫동안 산업계의 수요를 충족시켜줄 걸세."

모두 시간을 유익하게 보냈다

"그 기간이 얼마나 될까요?"

"적어도 250년에서 300년은 가겠지."

"그렇다면 우리는 안심이군요." 펜크로프가 말했다. "먼 미래의 자손은 걱정이지만."

"사람들이 석탄을 대신할 연료를 찾아낼 거예요." 하버트가 말했다.

"그걸 기대할 수밖에 없겠군." 스필렛이 받았다. "석탄이 없으면 기계는 움직이지 않아. 기계가 움직이지 않으면 철도도 기선도 공장도 움직이지 않게 되고, 현대 생활의 진보에 필요한 것이 전부 다 사라져버리지."

"하지만 무엇을 찾아낸다는 거죠?" 펜크로프가 물었다. "선생님은 어떻게 생각하세요?"

"대충 짐작은 하고 있네."

"석탄 대신 뭘 땐다는 겁니까?"

"물일세."

"물이라고요?" 펜크로프가 외쳤다. "기선이나 기관차의 엔진을 움직이는 데 물을 쓴다고요? 물을 덥히는 데 물을 쓰다니!"

"물론 그냥 물이 아니라, 아마 전기로 분해한 물을 쓰게 될 걸세. 전기는 그때쯤이면 쉽게 이용할 수 있는 강력한 에너지가 되어 있을 거야. 위대한 발견은 모두 그렇지만, 모든 것이 이상한 법칙에 따라 서로 협력하고 서로 보완하는 것 같아. 나는 언젠가 물이 연료로 쓰일 날이 오리라고 믿네. 물의 구성성분인 수소와 산소가 개별적으로 쓰이든 동시에 쓰이든 간에 무진장한 열과 빛을 제공해주는 에너지원이 되리라고 믿네. 언젠가는 기선의 석탄창고나 기관차 뒤에 딸린 급탄차에 석탄이 아니라 수소와 산소의 압축기체가 실리게 되겠지. 그리고 이 압축기체가 보일러 안에서 엄청난 열량을 내면서 타게 될 걸세.

그러니까 걱정할 필요는 전혀 없어. 이 지구에 사람이 살고 있는 한, 지구는 인간에게 필요한 것을 조달해줄 거야. 빛이나 열은 부족하지 않을 것이고, 식물이나 광물이나 동물이 만들어내는 다양한 산물도 부족하지 않을 걸세. 그러니까 석탄 광맥이 바닥을 드러내도 물을 이용하여 우리 집과 몸을 덥힐 수 있을 거야. 물은 미래의 석탄이지."

"그걸 보고 싶군요." 선원이 말했다.

"그러기에는 너무 일찍 태어났어요, 펜크로프." 네브가 말했다. 네브가 토론에 끼어든 것은 이때가 처음이었다.

하지만 대화를 끝낸 것은 네브의 말이 아니라 토비가 짖는 소리였다. 토비는 전부터 사이러스의 신경을 건드리고 있던 그 묘한 소리로 또다시 맹렬하게 짖어댔다. 동시에 토비는 안쪽 복도의 막다른 곳에 입을 벌리고 있는 우물 주위를 빙글빙글 돌기 시작했다.

"토비가 왜 또 저렇게 짖을까?" 펜크로프가 물었다.

"그리고 주피도 저렇게 으르렁대고 있어요." 하버트가 덧붙여 말했다.

과연 주피도 개와 함께 흥분한 태도를 보이고 있었다. 그리고 이상하게도 토비와 주피는 화가 났다기보다는 오히려 불안한 기색이었다.

스필렛이 말했다.

"이 우물은 분명 바다와 직접 연결되어 있으니까, 바다동물이 이따금 우물 밑바닥으로 공기를 마시러 오겠지."

"그게 틀림없어요. 그렇게밖에는 설명할 수 없어요. 조용히 해, 토비." 펜크로프가 개를 돌아보며 말하고는 주피에게도 말을 건넸다. "주피, 방으로 돌아가."

오랑우탄과 개는 입을 다물었다. 주피는 방으로 자러 갔지만, 토비는 대청에 남아서 밤새도록 낮은 소리로 으르렁거렸다.

그 이상은 아무 일도 일어나지 않았지만 만물박사는 얼굴이 흐려져 있었다.

7월이 끝날 때까지는 비와 추위가 번갈아 찾아왔다. 기온은 작년 겨울만큼 내려가지 않아서, 화씨 8도(섭씨로는 영하 13.33도)를 밑도는 날은 없었다. 하지만 춥지는 않아도 폭풍과 강풍이 그들을 괴롭혔다. 높은 파도가 섬을 덮쳐서 침니가 위험에 빠진 적도 한두 번이 아니었다. 해저의 격렬한 진동으로 해일이 일어나, 그것이 거대한 물결이 되어 그래닛 하우스의 암벽까지 밀려오는 모양이었다.

개척자들은 창문으로 몸을 내밀고 눈 아래 부서지는 너울을 바라보며, 미친 듯이 날뛰는 바다의 웅장한 풍경에 넋을 잃었다. 파도는 눈부신 거품이 되어 튀어 오르고, 해변의 모래톱은 거칠게 날뛰는 파도 밑으로 사라졌다. 이제 암벽은 바다에서 그대로 솟아 있는 것처럼 보였고, 파도의 물보라는 30미터가 넘는 높이까지 튀어 올랐다.

폭풍이 계속되는 동안 섬을 돌아다니기는 어려웠고 위험하기도 했다. 나무가 바람에 자주 쓰러졌기 때문이다. 그래도 개척자들은 일주일에 한 번은 반드시 우리에 갔다. 다행히 프랭클린 산의 남동쪽 지맥이 바람막이가 되어주고 있어서 우리에서는 폭풍이 맹위를 떨치지 못했다. 나무들도 축사도 울타리도 모두 피해를 면했다. 하지만 '전망대'에 만들어진 가금 사육장은 정면으로 강력한 동풍을 받아서 상당히 큰 피해를 입었다. 비둘기 집은 두 번 지붕이 날아갔고, 울타리도 쓰러졌다. 이런 것들은 좀더 튼튼하게 다시 만들어야 했다. 링컨 섬이 태평양에서 가장 폭풍이 심한 해역에 자리잡고 있다는 게 분명해졌기 때문이다. 아무래도 이 섬은 드넓은 폭풍지대의 중심부에 있는 모양이다. 폭풍은 팽이를 때리는 채찍처럼 섬을 때린다. 다만 이 섬은 팽이처럼 빙글빙글 돌지 않고 가만히 있는 반면에 채찍이 빙글빙글 돌고 있다는 점이 다르다.

8월 첫 주에 강풍은 조금씩 가라앉고, 대기도 이제 다시는 돌아오지 않을 줄 알았던 고요함을 되찾았다. 이 고요함과 함께 기온이 내려가 혹독한 추위가 찾아왔다. 온도계는 화씨로 영하 8도(섭씨로는 영하 22도)를 가리켰다.

8월 3일, 그들은 며칠 전부터 계획한 원정을 떠났다. 섬 남동부에 있는 '혹부리오리 늪'에 가는 것이다. 사냥꾼들은 겨울 동안 그곳에 모여드는 다양한 물새를 생각하고 기분이 들떴다. 물오리 · 꺅도요 · 고방오리 · 상오리 · 농병아리 따위가 많이 모여들기 때문에, 이런 사냥감을 노리고 하루 사냥을 하려는 것이다.

스필렛과 하버트만이 아니라 펜크로프와 네브도 이 사냥에 가담하게 되었다. 사이러스 스미스만 할 일이 있다면서 사냥에 참가하지 않고 그래닛 하우스에 남았다.

사냥꾼들은 저녁에는 돌아오겠다고 말한 뒤, '기구 항'으로 가는 길을 따라 늪지대로 향했다. 토비와 주피도 동행했다. 일행이 '은혜 강'에 걸린 다리를 건너자, 사이러스는 다리를 다시 들어올리고 되돌아갔다. 혼자 해보고 싶은 일이 있어서, 이 기회에 그 계획을 실행에 옮기려 한 것이다.

그 계획이란 그래닛 하우스의 복도 끝에 입을 벌리고 있는 우물을 자세히 조사하는 것이었다. 그 우물은 일찍이 호수의 물이 빠지는 배수로가 되어 있었으니까, 바다와 이어져 있을 것이다.

왜 토비는 그렇게 자주 우물 주위를 맴돌까? 왜 불안에 사로잡힌 듯 우물로 달려가서 그렇게 야릇한 소리로 짖어댈까? 왜 주피는 토비와 마찬가지로 겁먹은 태도를 보일까? 우물은 바다와 수직으로 이어져 있을 뿐만 아니라, 또 다른 갱도가 있는 게 아닐까? 우물은 섬의 다른 지점과 통해 있는 게 아닐까? 사이러스는 그것을 알고 싶었지만, 우선은 혼자만 알아두고 싶었다. 그래서 동료들이 없을 때 혼자 우물을 탐색해보기로 결심했고, 그 기회가 마침내 찾아온 것이다.

엘리베이터를 설치한 뒤로는 쓰지 않게 된 줄사다리를 이용하면, 우물 밑바닥까지 쉽게 내려갈 수 있을 것이다. 사다리의 길이는 충분했다. 사이러스는 일에 착수했다. 우선 지름이 2미터나 되는 우물까지 줄사다리를 나르고, 사다리의 위쪽 끝을 단단히 고정시킨 뒤에 사다리를 우물 속에 던졌다. 그리고 등잔에 불을 켜고, 권총을 몸에 지니고, 단검을 허리춤에 끼운 다음, 줄사다리를 내려가기 시작했다.

우물은 암벽으로 둘러싸여 있었지만 군데군데 바위가 튀어나와 있어서, 몸이 날랜 사람이라면 그 발판을 딛고 우물 밑바닥에서 입구까지 올라올 수도 있을 것 같았다.

사이러스도 그것을 알아차렸다. 하지만 그렇게 튀어나온 바위에 등불을 가까이 갖다대고 주의 깊게 조사해보아도 아무 흔적도 보이지 않았고, 바위조각이 떨어져나간 곳도 없었다. 옛날이

든 최근이든, 우물 속에 튀어나온 바위를 타고 누군가가 기어오른 적이 있다고는 생각되지 않았다.

사이러스는 암벽의 모든 부분을 차례로 비추면서 계속 아래로 내려갔다.

수상한 것은 아무것도 보이지 않았다.

사이러스가 우물 밑바닥에 내려가 보니, 그곳은 조용한 수면이었다. 그 수면에도, 우물의 어느 부분에도 지하의 어딘가로 통해 있는 듯한 옆길은 보이지 않았다. 사이러스는 단검 자루로 벽을 두드려보았지만, 둔탁한 소리가 돌아올 뿐이었다.

이 견고한 화강암에 길을 뚫을 수 있는 생물이 있을 리가 없다. 우물 밑바닥에서 위쪽 입구로 올라가려면, 이 수면 밑에 있을 터인 수로를 통과할 수밖에 없다. 그 수로는 모래톱 밑의 암석층을 통해 바다와 이어져 있을 테니까, 그런 일을 할 수 있는 것은 바다에 사는 동물이라고 생각할 수밖에 없다. 그 수로가 해안의 어디쯤으로 이어져 있는지, 해수면에서 얼마나 깊은 곳에 있는지는 알 도리가 없다.

사이러스는 탐험을 끝내고 위로 올라가서 사다리를 끌어올린 뒤, 우물 입구를 다시 막았다. 그리고 그래닛 하우스의 대청으로 돌아가면서 생각에 잠긴 얼굴로 중얼거렸다.

"아무것도 찾지 못했지만, 반드시 뭔가가 있을 거야!"

수상한 것은 아무것도 보이지 않았다

12

배의 장비—쿨페오 여우의 습격—주피가 다치다—
주피가 완쾌하다—배가 완성되다—펜크로프의 환성—
'본어드벤처' 호—남해안으로 시험 항해—뜻밖의 종이쪽지

그날 저녁에 사냥꾼들은 많은 수확을 가지고 돌아왔다. 네 사람은 짊어진 사냥감의 무게에 짓눌려 문자 그대로 다리가 휠 정도였다. 토비는 염주처럼 꿴 고방오리를 목에 걸었고, 주피도 꺅도요를 벨트처럼 허리에 두르고 있었다

"나리." 네브가 외쳤다. "하루 동안 이렇게 많이 잡았어요! 저장식품으로 만들어도, 파테*를 만들어도 훌륭한 식량이 될 겁니다! 하지만 누군가가 도와주어야 돼요. 펜크로프 씨한테 부탁할 수 있을까요?"

이 소리를 듣고 선원이 대답했다.

"나는 할 일이 있어서 안 돼. 배의 설비를 갖추어야 하거든. 그러니 나한테 기대하지 마."

"하버트! 너는 어때?"

* 파테_ 다진 고기나 생선을 파이껍질이나 틀에 넣고 구운 것.

"저는 내일 우리에 가야 돼요."

"그러면 스필렛 씨가 도와주시겠습니까?"

"그럼 내가 자네한테 은혜를 베풀어볼까?" 기자가 대답했다. "하지만 자네 요리법의 비결을 알아내면 다른 사람들한테 폭로해버릴 거야."

"좋으실 대로 하세요."

이리하여 이튿날 기디언 스필렛은 네브의 조수 역할을 맡아서 부엌으로 들어가게 되었다. 그전에 사이러스는 전날의 탐색 결과를 기자에게 알려주었다. 사이러스는 아무것도 발견하지 못했지만 그래도 풀어야 할 수수께끼는 여전히 남아 있다고 말했고, 기자도 그 의견에 동의했다.

다시 일주일 동안 추위가 계속되었기 때문에, 개척자들은 가금 사육장에 갈 때 말고는 그래닛 하우스를 떠나지 않았다. 실내에는 네브와 스필렛이 솜씨 좋게 만들고 있는 저장식품의 맛있는 냄새가 풍기고 있었다. 하지만 늪지대에서 잡아온 새를 모두 저장식품으로 만든 것은 아니다. 지독한 추위 덕분에 고기가 상하지 않아서, 물오리를 비롯한 새들의 고기는 보존 처리를 하지 않고 그대로 요리해서 먹었다. 고향에서 먹은 어떤 새고기보다 맛있다고 모두 입을 모아 칭찬했다.

이 주에 펜크로프는 바느질 솜씨가 좋은 하버트의 도움으로 함께 열심히 일해서 돛을 다 만들었다. 공기주머니에 달려 있던 밧줄 덕분에 노끈도 넉넉했다. 기구를 덮고 있던 그물의 굵은 밧줄과 가는 밧줄은 고급 섬유로 만들어져 있었기 때문에, 펜크로프는 이것을 잘 이용했다. 돛 가장자리에 튼튼한 볼트로프*를 둘렀지만, 그래도 마룻줄과 돛대밧줄과 아딧줄을 만들 수 있는 밧줄이 충분히 남았다. 사이러스는 펜크로프의 의견을 듣고, 진작부터 갖추어둔 녹로를 이용하여 필요한 도르래를 만들었다.

이리하여 배가 완성되기 전에 배에 필요한 장비가 완전히 갖추어졌다. 펜크로프는 파란색과 빨간색과 하얀색이 어우러진 성조기까지 만들었다. 물감은 섬에 많이 나는 식물에서 얻었다. 미국의 배들이 다는 성조기에는 37개 주[**]를 나타내는 37개의 별이 빛나고 있지만, 펜크로프가 '링컨 주'를 나타내는 별을 하나 덧붙여 별이 38개가 되었다. 그는 이 섬을 벌써 미국 영토로 생각하고 있었다.

"이 섬은 사실상 미국 땅이 아니지만, 기분상으로는 미국 영토야" 하고 그는 말했다.

개척자들은 당분간 이 성조기를 그래닛 하우스 중앙부의 창문에 게양하고, 만세 삼창으로 국기에 경의를 표했다.

그럭저럭하는 동안 추위가 누그러지기 시작했다. 두 번째 겨울도 별문제 없이 지나가려 하고 있었다. 그런데 8월 11일 한밤중에 '전망대'가 큰 피해를 입게 될 위기에 놓였다.

하루를 충실히 보내고 깊이 잠들어 있던 개척자들은 새벽 네 시쯤 갑자기 토비가 짖는 소리에 눈을 떴다.

토비가 이번에는 우물 근처에서 짖지 않고 출입구 쪽에서 짖고 있었다. 마치 문을 부수기라도 하려는 것처럼 문에 덤벼들고 있었다. 주피도 날카로운 소리를 지르고 있었다.

"알았어, 토비." 네브가 외치고 맨 먼저 일어났다.

* 볼트로프_ 돛이 찢어지지 않도록 그 가장자리를 보강한 밧줄.
** 37개 주_ 이 소설이 발표된 해(1874~75년)에는 37개 주이나, 소설의 시대적 배경인 1866년에는 36개 주였다.

하지만 개는 더욱 맹렬하게 짖어댔다.

"도대체 왜 그래?" 사이러스도 일어났다.

모두 서둘러 옷을 입고 창문으로 달려가 창을 열었다.

눈 아래 지면에는 밤의 어둠 속에서 하얗게 보이는 눈이 쌓여 있었다. 개척자들에게는 아무것도 보이지 않았지만, 묘하게 짖는 소리가 어둠 속에서 메아리치는 것이 들렸다. 정체는 알 수 없었지만, 어떤 동물의 무리가 모래톱에 침입한 것은 분명했다.

"도대체 뭐지?" 펜크로프가 소리쳤다.

"늑대나 재규어, 아니면 원숭이인지도 몰라요." 네브가 이렇게 대답했다.

"제기랄! '전망대'까지 올라올지도 몰라!" 스필렛이 말했다.

"그리고 가금 사육장이나 밭을 망쳐놓을지도……." 하버트도 외쳤다.

"어디로 들어왔지?" 펜크로프가 물었다.

"모래톱의 작은 다리를 건너왔을 거야." 사이러스가 대답했다. "누군가 다리 올리는 걸 깜박 잊어버린 거 아냐?"

"그런가?" 스필렛이 받았다. "아, 지금 생각났는데, 다리를 그대로 두고 왔네요."

"엄청난 실수를 저질렀군요, 스필렛 씨!" 펜크로프가 소리를 질렀다.

"엎질러진 물이야." 사이러스가 대꾸했다. "이제 어떻게 해야 할지를 생각하세."

사이러스와 동료들 사이에 이런 문답이 재빨리 오갔다. 어떤 동물 무리가 작은 다리를 건너 모래톱에 침입한 것은 확실했다. 그것이 어떤 동물이든 '은혜 강' 왼쪽 기슭을 거슬러 올라오면

'전망대' 까지 접근할 우려가 있었다. 따라서 침입한 놈들을 앞질러야 하고, 필요하면 한바탕 싸움도 벌여야 할 것이다.

"도대체 어떤 동물일까?" 짖는 소리가 더욱 격렬해졌을 때, 또 누군가가 말했다.

하버트는 짖는 소리를 듣고 몸을 떨었다. '붉은 내' 발원지에 처음 갔을 때 그 소리를 들은 것이 생각났다.

"저건 쿨페오예요. 여우의 일종이죠!" 하버트가 말했다.

"빨리 갑시다!" 펜크로프가 외쳤다.

모두 도끼와 카빈총과 권총을 들고 엘리베이터에 뛰어올라 모래톱으로 내려갔다.

큰 무리를 이룬 굶주린 쿨페오는 위험하고 무서운 동물이다. 그래도 개척자들은 주저 없이 무리 한복판으로 뛰어들었다. 곧 권총이 어둠 속에 재빠른 섬광을 그리며 발사되어 첫 번째 쿨페오 무리를 물리쳤다.

무엇보다 중요한 것은 이 약탈자들이 '전망대' 까지 올라오지 못하게 하는 것이었다. 위까지 올라오게 하면 놈들은 농장도 가금 사육장도 마음대로 휘젓고 다닐 것이다. 아마 돌이킬 수 없는 큰 피해를 입게 될 것이다. 특히 밀밭이 망가지면 그 피해는 헤아릴 수 없다. 하지만 고원에 침입하려면 '은혜 강' 왼쪽 기슭을 지나와야 한다. 따라서 강물과 암벽 사이의 좁은 둔치에 쿨페오들이 뚫을 수 없는 방어선을 치면 된다.

모두 이 사정을 이해했다. 쿨페오 무리가 어둠 속을 뛰어다니고 있는 동안 그들은 사이러스의 지휘로 그곳에 도착했다.

사이러스, 스필렛, 하버트, 펜크로프, 네브는 쿨페오 무리가 뚫을 수 없는 전열을 갖추었다. 토비는 입을 벌려 무시무시한 엄니를 드러내고 맨 앞으로 나갔고, 주피는 그 뒤에서 굵은 나뭇가지를 몽둥이처럼 휘두르고 있었다.

그날 밤은 칠흑처럼 어두웠다. 총알이 발사될 때의 섬광으로 침략자들의 모습이 잠깐씩 보일 뿐이었다. 쿨페오 무리는 적어도 100마리는 되어 보였다. 쿨페오의 눈들이 어둠 속에서 뜨거운 잿불처럼 빛나고 있었다.

"놈들을 통과시키면 안 돼요!" 펜크로프가 외쳤다.

"놈들은 절대 지나가지 못해!" 사이러스가 대답했다.

쿨페오들이 통과하지 못한 것은 노력이 부족했기 때문이 아니었다. 뒷줄의 쿨페오가 앞줄의 동족을 계속 밀어올리기 때문에 권총과 도끼로 맞서 싸워야 했다. 죽은 쿨페오가 땅바닥에 많이 뒹굴고 있을 터인데, 무리는 전혀 줄어드는 기미가 없었다. 아무래도 모래톱의 작은 다리를 건너서 계속 밀려오고 있는 모양이었다.

이윽고 개척자들은 쿨페오와 바로 맞붙어 싸우게 되었다. 모두 상처를 입었지만 다행히 크게 다친 사람은 없었다. 하버트는 살쾡이처럼 네브의 등에 덤벼든 쿨페오를 권총 한 발로 쏘아 죽였다. 토비는 적의 목에 덤벼들어 이빨로 물고 맹렬히 싸우고 있었다. 주피도 몽둥이로 적을 힘껏 내리치고 있었다. 그들은 주피를 뒤로 물러나게 하려고 애썼지만 소용이 없었다. 오랑우탄은 어둠 속에서도 잘 볼 수 있는지, 격렬한 싸움에 몸을 내맡기고 이따금 날카로운 소리를 지르고 있었다. 그것은 무척 만족하고 있다는 표시였다. 그러는 동안 주피가 너무 멀리 전진해서 쿨페오 대여섯 마리에 포위되어 있는 것이 권총 섬광에 언뜻 보였다. 그래도 오랑우탄은 아주 침착하게 싸우고 있었다.

이리하여 전투는 개척자들의 우세로 막을 내리려 하고 있었다. 하지만 꼬박 두 시간이나 정신없이 싸워야 했다. 새벽의 첫 햇살이 비치자 침략자들은 퇴각하기로 결정한 듯 다시 작은 다리를 건너 북쪽으로 물러갔다. 네브가 얼른 다리를 들어올리려고 달려갔다.

아침 해가 전쟁터를 밝게 비추기 시작하자, 개척자들은 모래톱 여기저기 흩어져 있는 쉰 마리 정도의 쿨페오 시체를 볼 수 있었다.

"주피는 어떻게 됐지?" 펜크로프가 외쳤다. "주피는 어디 있어?"

주피가 보이지 않았다. 네브도 불러보았지만, 주피는 친구의 부름에도 응답하지 않았다.

모두 주피를 찾기 시작했다. 쿨페오 시체들 사이에 죽어 있는 게 아닐까 걱정스러웠다. 눈밭이 피로 물들어 있는 곳에서 쿨페오 시체를 치워가자, 산더미처럼 쌓인 시체들 사이에 주피가 보였다. 주위에 너부러진 쿨페오들은 턱이 깨지고 허리가 꺾여 있어서, 용감무쌍한 주피의 몽둥이에 정통으로 맞았음을 말해주고 있었다. 불쌍한 주피는 짧게 부러진 몽둥이 토막을 아직도 꽉 움켜쥐고 있었다. 하지만 무기가 부러져버린 뒤에는 수많은 적에게 밀렸을 것이다. 주피는 가슴에 깊은 상처를 입고 있었다.

"살아 있어요!" 주피 위에 몸을 구부리고 있던 네브가 외쳤다.

"살려야 해." 선원이 받았다.

주피도 선원의 목소리를 들은 모양이다. 고맙다고 말하는 듯 펜크로프의 어깨에 머리를 기댔기 때문이다. 선원도 상처를 입었지만, 그 상처는 다른 동료들과 마찬가지로 대수롭지 않았다.

모두 총을 갖고 있어서, 쿨페오와 거리를 두고 싸울 수 있었기 때문이다. 중상을 입은 것은 오랑우탄뿐이었다.

네브와 펜크로프는 엘리베이터까지 주피를 안고 갔다. 주피의 입에서는 희미한 신음 소리밖에 새어나오지 않았다. 모두 주피를 그래닛 하우스로 데려가서 매트리스에 눕히고, 상처를 정성껏 씻어주었다. 상처가 심장에 이르지는 않은 것 같았지만, 주피는 출혈 때문에 몹시 쇠약해져 있었고 열도 꽤 높았다.

그들은 주피에게 붕대를 감아주었다. 그리고 네브의 말마따나 '보통 사람과 똑같이' 엄격하게 단식을 시키고, 차가운 탕약을 먹였다. 그래닛 하우스의 약국에는 탕약의 원료도 다양하게 갖추어져 있었다.

주피도 처음에는 잠을 잘 이루지 못하는 것 같았지만, 차츰 호흡이 안정되었기 때문에 그대로 조용히 재웠다. 이따금 토비가 살금살금 걸어서 친구를 문병하러 갔다. 토비는 침상에서 비어져 나와 있는 주피의 한 손을 안쓰러운 표정으로 핥아주었다.

그날 아침 개척자들은 쿨페오 시체들을 묻는 작업에 착수했다. 시체들은 '서쪽 숲'까지 운반되어 땅속 깊이 파묻혔다.

심각한 피해를 입을 뻔했던 이번 사태는 개척자들에게 좋은 교훈이 되었다. 그후로는 다리가 모두 올려져 어디로도 침입할 길이 없다는 것을 누군가가 반드시 확인한 뒤에야 잠자리에 들기로 결정했다.

주피는 며칠 동안 몹시 걱정스러운 상태였지만, 열심히 상처와 싸웠다. 체력이 뛰어났기 때문인지 열도 차츰 내려가기 시작했다. 의학 지식이 있는 스필렛도 주피가 위기를 벗어났다고 진단했다. 8월 16일, 주피는 식사를 하기 시작했다. 네브가 달고 맛

토비가 친구를 문병하러 갔다

있는 요리를 만들어주자 환자는 기꺼이 접시를 비웠다. 주피는 먹보라는 단점을 갖고 있었지만, 네브는 미워할 수 없는 그 단점을 고쳐줄 마음이 전혀 없었다.

"그럼 어떡하라는 겁니까?" 네브는 응석을 받아주면 안 된다고 불평하는 스필렛에게 대답하곤 했다. "그 가엾은 주피는 먹는 것밖에 낙이 없어요. 나도 이렇게 주피한테 음식을 만들어줄 수 있는 것이 기쁘고요."

병석에 누운 지 열흘이 지난 8월 21일, 주피는 마침내 일어날 수 있었다. 상처는 다 아물었다. 이제 곧 여느 때의 유연한 몸놀림과 힘을 되찾을 것이다. 회복기 환자가 다 그렇듯이 주피도 맹렬한 식욕을 발휘했지만, 이번에는 스필렛도 주피가 실컷 먹게 내버려두었다. 사람은 식욕이 나는 대로 과식할 때가 많지만, 오랑우탄은 과식하지 않는 본능을 갖고 있다고 믿었기 때문이다. 네브는 제자에게 식욕이 돌아온 것을 보고 뛸 듯이 기뻐했다.

"먹어도 돼, 주피. 사양할 필요 없어! 너는 우리를 위해 피를 흘렸으니까, 우리는 조금이라도 네 피를 다시 만들어주어야 돼."

드디어 8월 25일에 네브가 동료들을 부르는 소리가 들렸다.

"나리, 기디언 씨, 하버트, 펜크로프. 모두 와보세요!"

대청에 모여 있던 개척자들은 주피의 침실에서 네브가 부르는 소리에 몸을 일으켰다.

"왜 그러나?" 스필렛이 물었다.

"보세요." 네브가 큰 소리로 웃으면서 대답했다.

그들은 무엇을 보았을까? 주피가 담배를 피우고 있었다! 그래닛 하우스의 방 문간에 터키인처럼 쪼그리고 앉아서 진지한 표정으로 유유히 담배를 피우고 있었다.

"내 파이프야!" 펜크로프가 외쳤다. "내 파이프를 훔쳤어! 아니, 좋아. 주피, 너한테 선물하마! 피워도 돼. 피워도 좋아!"

그러자 주피는 엄숙한 표정으로 짙은 담배연기를 토해냈다. 담배는 주피에게 더없는 즐거움을 주고 있는 모양이다.

사이러스는 이 광경을 보고도 별로 놀라지 않았다. 그는 인간에게 길들여진 원숭이가 흡연 버릇을 갖게 된 예를 몇 가지 말해주었다.

그날부터 주피는 제 파이프를 갖게 되었다(선원이 사용하던 낡은 파이프였지만). 그 파이프를 살담배와 함께 방에 매달아두었다. 주피는 스스로 파이프에 담배를 재고 숯불로 불을 붙이고는 자기가 세상에서 제일 행복한 오랑우탄이라는 표정을 지었다. 주피와 펜크로프가 공통된 취미를 갖게 된 셈이다. 이로써 훌륭한 오랑우탄과 성실한 펜크로프의 우정은 더욱 굳건해졌을 게 분명하다.

"이 녀석은 인간이나 마찬가지야." 펜크로프는 이따금 네브에게 말했다. "언젠가 주피가 우리한테 말을 걸어오면 자네는 깜짝 놀라겠나?"

"천만에요." 네브가 대답했다. "주피가 말을 하지 않는 게 오히려 놀라운 일이죠. 결국 주피한테 부족한 건 말뿐이에요."

"그래도 유쾌할 거야. 언젠가 주피가 나한테 '펜크로프, 우리 파이프를 바꿀까?' 하고 말을 건다면 말이야."

"그래요. 주피가 선천적으로 말을 못한다는 건 정말 유감이에요."

9월에 접어들자 겨울은 완전히 막을 내렸고 또다시 작업이 시작되었다.

배를 만드는 작업은 급속도로 진행되었다. 선체 바깥쪽에 널빤지를 대는 작업은 벌써 다 끝났기 때문에, 선체의 모든 부분을 목재로 연결하는 내부 작업이 시작되었다. 증기를 이용하여 늑재를 부드럽게 만들고, 설계대로 크기를 맞추어가야 한다.

목재는 부족하지 않았기 때문에, 펜크로프는 방수를 위해 선체 내부에 이중으로 널빤지를 대자고 사이러스에게 제의했다. 그렇게 하면 당연히 튼튼한 배가 만들어진다.

사이러스도 "앞으로 무슨 일이 일어날지 모르니까, 되도록 배를 튼튼하게 만들고 싶다"는 선원의 의견에 찬성했다.

선체 안쪽에 널빤지를 대고 갑판을 까는 일은 9월 15일쯤 완전히 끝났다. 목재 연결 부위의 틈새에는 말린 거머리말로 만든 뱃밥을 채워넣었다. 그리고 소나무에서 많이 얻을 수 있는 송진을 걸쭉하게 끓여서 이음매의 틈새를 메웠다.

배의 장비는 간단했다. 우선 석회층 안에 뒹굴고 있는 무거운 화강암 덩어리가 바닥짐으로 배에 실렸다. 단단히 고정된 이 바닥짐의 무게는 약 6톤이었다. 이 바닥짐 위에 선실 바닥이 깔렸다. 선실은 둘로 나뉘었고, 그 선실을 따라 벤치 두 개가 놓였다. 이 벤치는 의자인 동시에 물건을 넣어두는 수납장으로도 쓰인다. 돛대의 받침기둥은 두 방을 가르는 칸막이벽 안에 묻혔다. 선실에 드나들 때는 갑판에 만들어진 두 개의 승강구를 이용한다. 이 승강구에는 덮개가 씌워졌다.

펜크로프는 돛대를 만들기에 적당한 나무를 쉽게 찾아냈다. 그는 곧고 옹이가 없는 전나무를 골랐다. 받침대에 끼우는 부분만 네모나게 깎고, 위쪽은 둥근 상태 그대로 놓아두어도 된다. 돛대나 키나 선체에 다는 쇠붙이 장식은 침니의 제철공장에서 만들어졌다. 쇠붙이 장식은 조잡하긴 하지만 튼튼했다. 마지막으로 활대와 중간 돛대, 아래 활대, 가로대, 노 따위가 10월 첫 주에 모두 만들어졌다. 개척자들은 완성된 배를 섬 근해에서 시운전해보기로 했다. 배가 어떻게 달릴지, 얼마나 배를 신뢰할 수 있을지 조사하려는 것이다.

그러는 동안에도 필요한 작업은 쉬지 않고 계속되었다. 우리 설비도 더욱 개선되었다. 산양과 염소가 새끼를 낳아서 먹이고 재워야 할 가축의 수가 늘어났기 때문에 우리를 확장했다. 개척자들은 굴 양식장과 토끼 서식지, 석탄이나 철이 묻혀 있는 곳을 둘러보는 것도 게을리 하지 않았다. '서쪽 숲'에서 지금까지 발을 들여놓지 않은 지역에도 가보았다. 그곳에는 사냥감이 무척 많았다.

섬에만 자생하는 식물도 두 종류가 발견되었다. 당장 쓸모있는 식물은 아니었지만, 그래닛 하우스의 식물 종류는 더욱 다양해졌다. 둘 다 솔잎채송화의 변종이었는데, 하나는 혼 곶에서 발견된 솔잎채송화처럼 먹을 수 있는 다육질의 잎이 달려 있었고, 또 하나는 씨를 빻아서 가루를 만들 수 있었다.

10월 10일, 배가 바다에 띄워졌다. 펜크로프의 얼굴은 환하게 빛나고 있었다. 배를 물에 띄우는 일은 아주 순조로웠다. 장비를 갖춘 배는 해안에 깔린 굴림대 위를 굴러서 밀물을 타고 바다에 떴다. 개척자들의 박수갈채가 터져 나왔다. 특히 펜크로프는 누구보다도 큰 소리로 환성을 질렀다. 배가 바다에 뜰 때 선원은 도저히 겸손한 체할 수 없었다. 배가 물에 뜬 뒤에도 그의 허영심은 또다시 만족될 터였다. 그는 배를 만들었을 뿐만 아니라 선장으로서 배를 지휘하는 책임도 맡게 되었기 때문이다. 펜크로프에게 선장의 지위를 주는 데에는 모두 동의했다.

펜크로프 선장의 주장에 따라 이제 그들은 배에 이름을 붙여 주어야 했다. 몇 가지 나온 이름을 놓고 오랫동안 토론을 벌인 끝에 그들은 만장일치로 '본어드벤처'*라는 이름을 골랐다. 이 이름은 펜크로프의 세례명이었다.

'본어드벤처' 호는 밀물에 떠오르자마자 흘수선에서 안정된 자세를 취했고, 어떤 바람에도 대응할 수 있었다.

어쨌든 그날로 당장 난바다까지 배를 몰아보기로 했다. 날씨는 쾌청했고, 서늘한 바람이 불고 있었다. 바다는 잔잔했다. 한 시간쯤 전부터 북서풍이 불기 시작했으니까, 특히 섬의 남해안을 항해하기는 쉬울 터였다.

"승선! 승선!" 펜크로프 선장이 외치고 있었다.

하지만 출발하기 전에 식사를 해야 했고, 항해가 저녁까지 계속될 경우에 대비하여 배에 식량을 싣는 게 상책으로 여겨졌다.

사이러스도 어서 빨리 배를 몰아보고 싶었다. 선원의 의견에 따라 설계를 부분적으로 변경한 적도 많았지만, 전체 설계는 그가 생각한 것이었다. 그래도 그는 펜크로프만큼 이 배를 믿을 수 없었다. 펜크로프가 이제는 타보르 섬 여행을 입에 올리지 않게 되었기 때문에, 사이러스는 펜크로프가 타보르 섬에 가는 것을 체념했기를 바라고 있었다. 두세 명이 이 배를 타고 멀리까지 나가는 것을 사이러스는 도저히 찬성할 수 없었다. 이 배는 15톤도 채 되지 않는 소형 범선이었다.

열 시 30분에 주피와 토비를 포함하여 전원이 배에 올라탔다.

* 본어드벤처Bonadventure_ 프랑스어와 영어의 합성어로, '즐거운 모험'이라는 뜻.

'본어드벤처' 호

네브와 하버트가 '은혜 강' 어귀 근처의 모래톱에 내려져 있던 닻을 올렸다. 돛이 올라가고 링컨 섬의 깃발도 돛대 위에서 나부꼈다. 펜크로프 선장의 '본어드벤처' 호는 난바다로 나갔다.

유니언 만에서 나가려면 우선 순풍을 받아야 한다. 순풍을 받은 배의 속력은 더할 나위 없이 빠른 것으로 확인되었다.

'표류물 곶' 과 '발톱 곶' 을 돈 뒤, 펜크로프는 남해안을 따라 나아가기 위해 해안 바로 앞바다를 항해했다. 하지만 배를 몇 번 지그재그로 움직여 바람이 불어오는 쪽으로 가게 해보니, '본어드벤처' 호는 60도 가까운 각도로 바람을 받으면 앞으로 나아간다는 것을 알았고, 나아갈 방향에서 벗어나지 않고 똑바로 달린다는 것도 확인되었다. 배는 선원들의 용어로 '급선회' 를 하면서 제대로 방향을 전환했고, 바람이 불어오는 쪽으로도 쉽게 전진할 수 있었다.

'본어드벤처' 호에 탄 사람들은 무척 만족했다. 좋은 배를 손에 넣었다. 이 배라면 여차할 때 큰 도움이 되어줄 것이다. 좋은 날씨에 상쾌한 바람을 받으며 바다 위를 산책하는 것은 멋진 일이었다.

펜크로프는 '기구 항' 을 옆으로 보면서 해안에서 5킬로미터 떨어진 난바다를 항해했다. 섬은 새로운 각도에서 지금까지 보지 못했던 전체 모습을 보여주고 있었다. '발톱 곶' 에서 '도마뱀 곶' 까지 변화가 풍부한 연안의 파노라마가 눈앞에 펼쳐졌다. 앞에 보이는 숲에서는 이제 막 싹을 내기 시작한 나무들의 신록 속에서 침엽수의 짙은 초록빛이 눈에 띄었고, 숲 전체를 내려다보고 있는 프랭클린 산꼭대기에는 아직도 하얀 눈이 조금 남아 있었다.

"정말 아름답군요!" 하버트가 외쳤다.

"그래. 이 섬은 아름답고 상냥해." 펜크로프가 대답했다. "나는 돌아가신 어머니를 사랑했듯이 이 섬을 사랑해. 이 섬은 빈털터리인 우리를 받아들여주었어. 하늘에서 내려온 다섯 아이를 이 섬이 저버린 적이 있나?"

"없어요! 한 번도 없어요, 선장!" 네브가 맞장구쳤다.

이 선량한 두 남자는 자신들의 섬에 경의를 표하기 위해 큰 소리로 만세삼창을 했다.

그동안 기디언 스필렛은 돛대에 기대 앉아 눈앞에 펼쳐진 풍경을 그리고 있었다.

사이러스 스미스는 말없이 앞을 바라보고 있었다.

"잠깐만요, 선생님. 이 배가 어떻습니까?" 펜크로프가 물었다.

"상태가 꽤 좋은 것 같은데."

"웬만한 항해쯤은 충분히 할 수 있을 것 같지 않습니까?"

"어떤 항해 말인가?"

"타보르 섬에 가는 거요."

"긴급한 경우라면 그보다 훨씬 멀리 가는 항해라 해도 나는 기꺼이 내 목숨을 이 배에 맡기겠네. 하지만 타보르 섬에 굳이 갈 필요도 없는데, 자네가 그 섬으로 떠나는 것을 지켜볼 마음은 나지 않는군."

"저는 이웃을 알고 싶습니다." 고집 센 펜크로프가 대답했다. "타보르 섬은 우리 이웃이에요. 게다가 하나뿐인 이웃이잖아요. 인사라도 하러 가는 게 예의 아닙니까?"

"우리 선장께서 언제부터 예의를 까다롭게 차리는 사람이 됐지?" 스필렛이 말했다.

"저는 어떤 것도 까다롭게 따지는 사람이 아닙니다." 선원이 대꾸했다. 사이러스의 반대에 기분이 좀 상했지만, 그에게 걱정을 끼치고 싶지도 않았다.

"그리고 펜크로프, 자네 혼자 타보르 섬에 갈 수는 없어." 사이러스가 덧붙여 말했다.

"한 사람만 더 있으면 충분합니다."

"알았네. 그러면 링컨 섬의 다섯 개척자 가운데 두 사람이 항해를 떠난다는 건가?"

"여섯입니다." 펜크로프가 대꾸했다. "주피를 잊으셨군요."

"일곱이에요." 네브가 끼어들었다. "토비도 우리나 마찬가지니까요."

"위험은 전혀 없습니다, 선생님." 펜크로프가 말을 이었다.

"그럴지도 모르지. 하지만 꼭 갈 필요도 없는데 위험을 무릅쓸 필요는 없어."

고집 센 선원은 그 말에 대답하지 않고 대화를 끝냈지만, 조만간 다시 그 이야기를 꺼낼 작정이었다. 펜크로프는 어떤 사건이 일어나 그를 편들어주리라고는 생각지도 않았다. 또한 논란의 여지가 있는 자신의 변덕이 인명 구조 문제로 발전하게 될 줄은 꿈에도 생각지 못했다.

'본어드벤처' 호는 한동안 난바다를 달린 뒤, '기구 항' 을 향해 연안으로 다가가고 있었다. 모래톱과 암초 사이의 수로를 확인하고, 필요하면 항로표지를 해두어야 한다. 그들은 이 작은 후미를 '본어드벤처' 호의 모항으로 삼을 생각이었기 때문이다.

해안까지의 거리는 1킬로미터밖에 안 되었지만, 바람이 불어오는 쪽을 향하여 지그재그로 나아가야 했다. '본어드벤처' 호의 속력은 아주 느려져 있었다. 바람이 육지에 가로막혀 돛이 별로 부풀지 않았기 때문이다. 해수면은 거울처럼 잔잔했고, 변덕스러운 돌풍이 불 때에만 잔물결을 일으키고 있었다.

뱃머리에 서서 수로 한복판을 나아가도록 항로를 지시하고 있던 하버트가 별안간 소리를 질렀다.

"배를 바람이 불어오는 쪽으로 돌리세요!"

"왜?" 선원이 일어섰다. "암초가 있나?"

"아니에요. 잠깐만요…… 잘 안 보여요…… 다시 바람이 불어오는 쪽으로 방향을 돌리세요…… 그래요. 좀더 다가가서……."

이렇게 말하고 하버트는 뱃전에 납작 엎드려 바닷물 속으로 손을 쑥 집어넣었다가 다시 벌떡 일어나면서 말했다.

"병이다!"

소년은 마개가 닫혀 있는 병 하나를 손에 들고 있었다. 해안에서 몇백 미터 떨어진 곳에서 병을 주운 것이다.

사이러스가 병을 받아들었다. 그는 한마디도 하지 않은 채 마개를 열고 안에서 축축하게 젖은 종이쪽지를 꺼냈다. 거기에는 이런 글이 씌어 있었다.

조난자 1명…… 타보르 섬. 서경 153도, 남위 37도 11분

"배를 바람이 불어오는 쪽으로 돌리세요!"

13

출항이 결정되다—출항 준비—세 명의 승선자—첫날 밤—
둘째 날—타보르 섬—모래톱 수색—숲 수색—
아무도 찾지 못하다—동물과 식물—거처 발견—빈 집

"조난자가 있다!" 펜크로프가 외쳤다. "여기서 240킬로미터 떨어진 타보르 섬에 혼자 버려져 있다니! 오오, 사이러스 선생님! 이렇게 되면 더는 제 항해에 반대하지 않겠지요?"

"반대하지 않겠네, 펜크로프." 사이러스 스미스가 대답했다. "되도록 빨리 출발하는 게 좋겠어."

"내일이라도요?"

"그래, 내일이라도."

사이러스는 병에서 꺼낸 종이를 손에 들고 있었다. 한동안 종이를 바라본 뒤에 다시 입을 열었다.

"여기 적혀 있는 편지로 짐작건대, 우선 다음과 같이 결론지어도 좋을 것 같네. 첫째, 타보르 섬의 조난자는 항해에 상당히 자세한 지식을 가진 남자일세. 섬의 위도와 경도가 우리의 조사 결과와 소수점 아래까지 일치하니까 말이야. 둘째, 이 남자는 영국인이나 미국인일세. 편지가 영어로 씌어 있으니까."

"완전히 논리적입니다." 기디언 스필렛이 동의했다. "이런 조난자가 있다는 건 링컨 섬 해안에 상자가 표착한 이유도 설명해 줍니다. 조난자가 있다는 건 조난 사고가 있었다는 증거겠지요. 어떤 인물인지는 모르지만, 펜크로프가 이 배를 만들어 오늘 시운전한 것은 그 조난자한테 행운이라고 말할 수밖에 없습니다. 하루만 늦었다면 이 병은 바위에 부딪혀 깨져버렸을지도 모르니까요."

"맞아요." 하버트도 말했다. "이 병이 아직 바다에 떠 있을 때 '본어드벤처' 호가 마침맞게 지나가다니, 정말 행운이에요."

"하지만 좀 이상하다고 생각지 않나?" 사이러스가 펜크로프에게 물었다.

"행운이라고 생각할 뿐입니다." 선원이 대답했다. "뭔가 이상한 점이 있다고 생각하세요? 이 병은 당연히 어딘가로 떠내려갈 운명이었습니다. 그러니 다른 곳이 아니라 여기로 떠내려와도 좋지 않습니까?"

"아마 그렇겠지. 하지만……."

하버트가 끼어들었다.

"이 병이 오래전부터 바다를 떠돌고 있었다는 증거는 없잖아요?"

"아무것도 없지." 스필렛이 대답했다. "그리고 이 편지는 최근에 씌어진 것 같아. 사이러스 씨는 어떻게 생각하십니까?"

"그건 판단하기 어렵지만, 곧 확실해지겠지." 사이러스가 대답했다.

이런 대화가 오가고 있는 동안, 펜크로프가 그냥 가만히 있었던 것은 아니다. 그가 뱃머리를 크게 돌렸기 때문에 '본어드벤처' 호는 뒤쪽에서 불어오는 바람을 잔뜩 받아서 빠른 속도로 '발톱 곶' 을 향해 달리고 있었다. 모두 타보르 섬의 조난자를 생각하고 있었다. 제때에 그 조난자를 구출할 수 있을까? 이것은 개척자들에게 중대한 사건이었다! 그들 자신도 조난당한 처지였지만, 타보르 섬의 남자는 그들만큼 운이 좋지 못할 수도 있었다. 따라서 하루라도 빨리 그 남자에게 달려가야 한다.

'발톱 곶' 을 돈 뒤, '본어드벤처' 호는 네 시쯤 '은혜 강' 어귀에 닻을 내렸다.

그날 밤, 새로운 탐사 여행의 세부 내용이 결정되었다. 이 여행에는 배를 조종할 줄 아는 펜크로프와 하버트만 참가하는 게 좋을 것 같았다. 이튿날인 10월 11일에 출발하면 13일 낮에 도착할 수 있을 것이다. 지금과 같은 바람이 계속되면, 240킬로미터를 항해하는 데 48시간 이상은 걸리지 않을 것이다. 타보르 섬에 하루 머물고, 돌아오는 데 사나흘 걸린다 해도 17일에는 링컨 섬에 돌아올 수 있다는 계산이었다. 날씨는 더할 나위 없이 좋았고, 기압계 눈금은 조금씩 올라가고 있었다. 바람도 안정된 것처럼 보였고, 모든 조건이 이 훌륭한 개척자들에게 유리하게 작용하고 있었다. 인간의 의무를 다하기 위해 그들은 자기네 섬에서 멀리 떠나려 하고 있었다.

일단은 사이러스 스미스와 네브, 기디언 스필렛이 그래닛 하우스에 남기로 결정했지만, 이제 그 결정에 이의가 제기되었다. 〈뉴욕 헤럴드〉 기자의 직무를 한시도 잊은 적이 없는 스필렛이 이런 기회를 놓칠 바에는 헤엄을 쳐서라도 타보르 섬에 가고 싶다고 말한 것이다. 결국 기자는 두 동료와 함께 '본어드벤처' 호에 타기로 결정되었다.

밤사이에 '본어드벤처' 호에 짐이 실렸다. 침구, 취사도구, 무기, 탄약, 나침반, 일주일치 식량 등이다. 개척자들은 짐을 싣는 일을 곧 끝내고 그래닛 하우스로 돌아왔다.

이튿날 새벽 다섯 시에 그들은 작별 인사를 나누었다. 떠나는 사람도, 섬에 남는 사람도 가슴이 메었다. 펜크로프는 돛을 잔뜩 부풀리고 '발톱 곶' 쪽으로 배를 돌렸다. '발톱 곶' 을 돌아서 곧장 남서쪽으로 갈 작정이었다.

'본어드벤처' 호가 해안에서 500미터쯤 떨어진 해상으로 나왔을 때, 배에 탄 세 사람은 그래닛 하우스의 절벽 위에서 손을 흔들고 있는 두 사람의 모습을 보았다. 그것은 사이러스 스미스와 네브였다.

펜크로프와 신문기자와 하버트도 마지막으로 다시 손을 흔들었다. 곧 그래닛 하우스는 곶의 높은 암벽 너머로 사라졌다.

'본어드벤처' 호는 오전 내내 링컨 섬의 남해안을 보고 달렸지만, 이윽고 섬은 프랭클린 산만 머리를 내밀고 있는 초록빛 바구니처럼 보이기 시작했다. 거리가 멀어질수록 섬의 고도는 점점 낮아졌기 때문에, 이 언저리를 배가 지나갔다 해도 섬에 들러볼 생각은 하지 않았을 게 분명하다.

오후 한 시쯤 '도마뱀 곶' 에서 15킬로미터 떨어진 난바다를 통과했다. 이 거리에서는 프랭클린 산꼭대기까지 이어지는 서해안의 비탈도 분간할 수 없었다. 그리고 세 시간 뒤에는 링컨 섬 전체가 시야에서 사라졌다.

'본어드벤처' 호의 상태는 더할 나위 없이 좋았다. 파도를 쉽게 넘어갔고 속력도 빨랐다. 펜크로프는 중간돛도 펼쳤다. 배는 모든 돛을 올리고 나침반이 가리키는 대로 곧장 바다 위를 달렸다.

손을 흔들고 있는 사이러스와 네브

이따금 하버트가 펜크로프 대신 키를 잡고 일류 조타수의 솜씨를 보여주었다. 선장이 주의를 주거나 방향을 수정할 필요는 한 번도 없었다.

스필렛은 두 사람과 자주 이야기를 나누고, 필요하면 로프를 다루는 작업을 거들었다. 펜크로프 선장은 선원들한테 더없이 만족하여, 일을 잘한 보답으로 '포도주를 한 잔씩' 돌리겠다고 약속했다.

달은 16일이 되어야 상현달이 될 터였다. 저녁 하늘에 가느다란 초승달이 떴다가 곧 사라졌다. 밤은 어두웠지만, 하늘에 별이 가득해서 이튿날도 날씨가 좋을 거라고 예상할 수 있었다.

펜크로프는 만약을 위해 중간돛을 내렸다. 돛대 꼭대기에 돛을 편 채 돌풍을 받는 위험은 피하고 싶었다. 이렇게 온화한 밤에는 지나치게 신중한 조치일지 모르지만, 펜크로프는 원래 조심성 많은 뱃사람이니까 그를 비난할 수는 없다.

신문기자는 밤에 잠을 잤지만, 펜크로프와 하버트는 두 시간마다 교대로 키를 잡았다. 펜크로프는 하버트를 혈육처럼 신뢰하고 있었다. 소년의 침착성과 판단력은 선원의 신뢰를 배반하지 않았다. 펜크로프는 사령관이 조타수에게 하듯 방위를 외쳤고, 하버트는 그가 지시한 항로에서 한 치도 벗어난 적이 없었다.

그날 밤은 무사히 지나갔고, 10월 12일 낮도 평온하게 지나갔다. 그날도 침로는 줄곧 남서쪽을 유지했다. 뜻밖의 해류라도 만나지 않는다면 '본어드벤처' 호는 타보르 섬에 무사히 도착할 수 있을 것이다.

지금 배가 달리고 있는 해역에는 다른 배가 전혀 보이지 않았다. 이따금 알바트로스나 군함조 같은 대형 바닷새들이 상당히 가까운 거리를 날아갔다. 기디언 스필렛은 그 새가 〈뉴욕 헤럴드〉 신문사로 보내는 편지를 맡긴 알바트로스가 아닐까 생각했다. 링컨 섬과 타보르 섬 사이에 있는 이 해역에는 이런 새들밖에 찾아오지 않는 모양이었다.

"하지만 지금은 포경선이 대개 남태평양으로 오는 시기예요. 이렇게 텅 빈 바다가 있다니, 정말 믿을 수가 없군요!" 하버트가 말했다.

"그렇게 텅 비어 있는 건 아니야." 펜크로프가 대답했다.

"그게 무슨 뜻인가?" 스필렛이 물었다.

"우리가 지나가고 있잖아요. 아니면 이 배가 단순한 표류물이고, 우리가 돌고래라도 된다는 겁니까?"

펜크로프는 자신의 농담이 우스워서 낄낄거렸다.

저녁에 배의 위치를 계산해보니, '본어드벤처' 호는 링컨 섬을 떠난 뒤 190킬로미터를 달려온 모양이다. 36시간 전에 떠났으니까 시속은 5킬로미터가 조금 넘는 셈이다. 바람은 약해서 금방이라도 멎어버릴 기미였다. 하지만 계산이 정확하고 침로를 벗어나지도 않는다면 내일 새벽에는 타보르 섬이 보일 것이다.

그래서 스필렛도 하버트도 펜크로프도 10월 12일에서 13일에 걸친 밤에는 전혀 잠을 자지 않았다. 이튿날에 대한 기대로 흥분을 억누를 수 없었기 때문이다. 그들이 세운 이번 계획에는 여러 가지 불안한 요소도 있었다. 타보르 섬은 정말로 가까이 있을까? 그들이 구하러 찾아가는 조난자는 아직 그 섬에 있을까? 그 조난자는 어떤 인물일까? 그를 데리고 돌아가면, 지금까지 평온했던 링컨 섬에 말썽이 일어나는 건 아닐까? 그리고 그 남자는 섬만 다른 섬으로 바뀔 뿐 여전히 섬에 갇혀 지내는 생활에 동의할까?

이튿날이면 풀리게 될 이런 의문들 때문에 세 사람은 잠을 이루지 못하고 있었다. 그리고 날이 밝을 무렵, 그들은 서쪽 수평선 여기저기에 차례로 눈길을 던졌다.

"섬이다!" 아침 여섯 시쯤 펜크로프가 외쳤다.

펜크로프가 잘못 본다는 것은 있을 수 없는 일이기 때문에, 섬이 있는 것은 분명했다. 이제 몇 시간만 지나면 섬에 상륙할 수 있을 것이다!

파도 사이로 살짝 모습을 보인 타보르 섬은 이제 25킬로미터도 떨어져 있지 않았다. 섬 남쪽을 향하고 있던 '본어드벤처' 호의 뱃머리는 곧장 섬 쪽으로 돌려지게 되었다. 동녘 하늘에 해가 떠오를수록 언덕마루들이 차츰 또렷이 보이기 시작했다.

"링컨 섬보다 작은데요." 하버트가 말했다. "저 섬도 아마 해저가 융기해서 생겼을 거예요."

열한 시에 '본어드벤처' 호는 섬에서 3킬로미터쯤 떨어진 해상에 접근했다. 펜크로프는 수로를 찾아서 섬에 다가가려고 했지만, 미지의 해역이기 때문에 천천히 조심스럽게 나아갔다.

이제 그들은 섬 전체를 바라볼 수 있었다. 초록빛 고무나무가 무리지어 서 있고, 링컨 섬에 있는 것과 같은 거목도 몇 그루 보였다. 하지만 이상하게도 섬에 사람이 살고 있음을 보여주는 연기는 한 줄기도 올라오지 않았고, 연안 지대를 샅샅이 둘러보아도 사람이 사는 흔적은 전혀 보이지 않았다.

하지만 그 병에 든 쪽지는 조난자가 있다는 것을 확실히 보여주고 있으니까, 그 조난자가 어딘가에서 배를 감시하고 있을 게 분명하다.

그러는 동안에도 '본어드벤처' 호는 암초 사이를 이리저리 헤

"섬이다!" 아침 여섯 시쯤 펜크로프가 외쳤다

치며 수로를 따라 나아갔다. 펜크로프는 세심한 주의를 기울여 가장 지나기 쉬운 수로를 골랐다. 그는 키를 하버트에게 맡기고 자기가 직접 뱃머리에 서서 수면을 바라보고 있었다. 손에는 마룻줄을 쥐고 언제라도 돛을 내릴 수 있는 태세를 갖추고 있었다. 스필렛은 망원경으로 연안을 살펴보고 있었지만, 아무것도 찾아내지 못했다.

드디어 정오 무렵에 '본어드벤처' 호는 뱃머리를 모래톱에 올려놓았다. 닻을 던지고 돛을 내린 뒤, 세 명의 승무원은 땅으로 뛰어내렸다.

여기가 타보르 섬인 것은 의심할 여지가 없었다. 상자에 들어 있던 지도에도 뉴질랜드에서 아메리카 대륙에 이르는 태평양의 이 해역에는 다른 섬이 그려져 있지 않았기 때문이다.

썰물에 휩쓸려가지 않도록 배는 밧줄로 단단히 고정되었다. 세 사람은 무기를 몸에 지니고 제방 같은 언덕을 향해 해안을 올라가기 시작했다. 해안에서 1킬로미터쯤 떨어진 곳에 높이가 100미터쯤 되어 보이는 언덕이 있었다.

"저 언덕마루에 올라가서 둘러보면 이 섬을 대충 파악할 수 있을 걸세. 그러면 수색도 쉬워지겠지." 스필렛이 말했다.

"사이러스 아저씨도 링컨 섬에서 우선 프랭클린 산에 올라가셨는데, 여기서도 그와 똑같은 일을 하는 거군요." 하버트가 받았다.

"그래. 똑같은 일을 하는 거지. 그게 제일 좋은 방법이거든."

이야기를 나누면서 탐험가들은 언덕 기슭까지 이어진 풀밭 가장자리를 따라 나아갔다. 링컨 섬에 있는 것과 같은 양비둘기와 바다제비 무리가 눈앞을 날아갔다. 왼쪽 초원을 따라 이어져 있는 덤불에서 바스락거리는 소리가 들리고, 풀이 흔들리는 것이 보였다. 어떤 동물이 도망쳐 다니고 있는 모양이다. 하지만 아직 사람이 숨어 있는 기미는 전혀 보이지 않았다.

펜크로프와 하버트와 스필렛은 곧 언덕 기슭에 이르렀고, 몇 분 뒤에는 언덕마루에서 사방을 둘러보고 있었다.

그들이 내려다보고 있는 섬은 둘레가 10킬로미터도 안 될 만큼 작았다. 해안선에는 곶도 반도도 거의 보이지 않고, 만도 후미도 없이 옆으로 길쭉한 타원형을 이루고 있었다. 주위의 바다는 텅 비어 있고, 하늘 끝까지 뻗어 있었다. 섬 하나도 보이지 않고, 배 한 척도 보이지 않았다!

전체가 나무로 뒤덮여 있는 이 작은 섬은 링컨 섬처럼 다양한 모습을 보여주지 않았다. 링컨 섬은 한쪽에는 황량한 불모지가 있었지만, 또 한쪽에는 풍요롭고 비옥한 땅도 펼쳐져 있었다. 이 섬은 초록빛 덩어리 같은 곳에서 그리 높지 않은 언덕 두세 개가 튀어나와 있을 뿐이었다. 작은 시내 하나가 타원형 섬을 비스듬히 가로지르듯 넓은 초원을 흘러 작은 개어귀에서 서쪽 바다로 흘러들고 있었다.

"땅이 참 좁군요." 하버트가 말했다.

"그래. 우리 다섯 명이 도착했다면 좀 옹색했을 거야." 펜크로프가 대답했다.

"게다가 사람이 살고 있지도 않은 것 같군." 기자가 말했다.

"그래요. 사람이 살고 있는 흔적이 전혀 없어요." 하버트가 받았다.

"밑으로 내려가서 살펴보자." 펜크로프가 말했다.

선원과 두 동료는 '본어드벤처' 호를 남겨두고 온 해안까지 돌아갔다. 세 사람은 우선 해안을 따라 섬을 한 바퀴 돌아보고, 내륙으로 들어가 조사하기로 결정했다. 어떤 곳도 빠짐없이 수색해보려는 것이다.

모래밭은 걷기 쉬웠다. 군데군데 커다란 바위가 앞길을 가로막고 있었지만, 그것도 쉽게 피해서 지나갈 수 있었다. 탐험가들은 남쪽으로 내려갔다. 많은 물새와 바다표범들이 세 사람을 보고 달아났다. 바다표범은 멀리서 그들의 모습을 보기만 해도 바다로 뛰어들었다.

"저 바다표범들은 사람을 처음 본 게 아니야. 인간을 무서워하고 있어. 그러니까 전에 사람을 본 적이 있는 게 분명해." 기자가 말했다.

걷기 시작한 지 한 시간 뒤에 세 사람은 곶으로 끝나는 남쪽 끝에 이르렀다. 그들은 이번에는 서해안을 따라 북쪽으로 올라갔다. 서해안에도 드문드문 바위가 있는 모래톱이 이어져 있고, 내륙 쪽에는 나무가 울창한 숲이 이어져 있었다.

사람의 흔적은 어디에도 없었고, 사람 발자국도 없었다. 네 시간을 걷자 그들은 섬을 한 바퀴 돌고 출발점으로 돌아왔다.

아무리 생각해도 이상했다. 타보르 섬에는 사람이 살고 있지 않다. 한 번도 사람이 살았던 적이 없거나, 전에는 살았지만 이제 더는 살고 있지 않다고 결론지을 수밖에 없다. 그 병에 든 편지는 몇 달 또는 몇 년 전에 씌어진 모양이다. 그렇다면 그동안 조난자는 무사히 고향으로 돌아갔거나 죽어버렸는지도 모른다.

펜크로프와 스필렛과 하버트는 여러 가지 추측을 하면서 '본 어드벤처' 호로 돌아가, 서둘러 저녁을 먹었다. 식사를 끝내고 해가 질 때까지 수색을 계속하려는 것이다.

오후 다섯 시에 세 사람은 다시 수색을 시작하여 숲 속으로 들어갔다.

그들이 다가가면 많은 동물이 도망쳤다. 그중에는 염소와 돼지도 있었는데, 유럽 품종인 것은 쉽게 알아볼 수 있었다. 아마 포경선에서 이 섬에 내려져 급속히 번식했을 것이다. 하버트는 그 동물들을 한두 쌍 사로잡아 링컨 섬으로 데려가기로 마음먹었다.

언젠가 사람이 이 섬을 찾아왔다는 것은 이제 의심할 여지가 없어졌다. 숲 속에 난 오솔길과 도끼로 잘린 나무 그루터기를 발견했을 때 그 사실은 더욱 분명해졌다. 곳곳에 사람 손길이 닿은 흔적이 있었다. 하지만 썩어서 흐슬부슬해진 그 나무들은 오래전에 베어졌고, 도끼에 잘린 자리는 이끼로 덮여 있었다. 숲 속 오솔길에도 긴 풀이 빽빽이 나 있어서, 길이라는 것을 좀처럼 알아차리기 어려울 정도였다.

"하지만 이걸 보면 이 섬에는 여러 사람이 상륙했을 뿐만 아니라 한동안 여기서 살았던 것 같아." 스필렛이 의견을 말했다. "그런데 어떤 사람들이었을까? 몇 명이었을까? 그리고 지금은 몇 명이 남아 있을까?"

"병에 든 편지에는 조난자가 한 사람이라고 적혀 있었어요." 하버트가 말했다.

"그가 아직 섬에 있다면 반드시 찾아낼 수 있을 거야!" 펜크로프가 말했다.

수색은 계속되었다. 선원과 두 동료는 섬을 비스듬히 가로지르고 있는 오솔길을 따라 걸어갔다. 그러자 바다를 향해 흐르고 있는 작은 개울을 따라 나아가게 되었다.

동물이 유럽 품종이고 사람의 손길이 닿은 흔적이 보이는 것은 이 섬에 사람이 왔었다는 사실을 확실히 보여주고 있었지만, 몇 가지 식물도 그것을 뒷받침하고 있었다. 숲 속의 빈터 여기저기에 오래전에 심어진 다양한 채소가 남아 있었기 때문이다.

거기에서 감자 · 치커리 · 수영 · 당근 · 양배추 · 순무를 발견했을 때 하버트는 무척 기뻤다. 이 식물들의 씨를 가져가기만 해도 링컨 섬의 농장을 풍요롭게 할 수 있기 때문이다.

"이거 잘됐군!" 펜크로프가 말했다. "네브가 무척 기뻐할 거야. 우리한테도 도움이 되겠지만……. 조난자를 찾지 못해도 이번 항해가 헛수고로 끝나지는 않겠군. 하느님이 우리 수고에 보답해주셨어."

"확실히 그래." 스필렛이 대답했다. "하지만 이 채소가 자란 상태를 보아도 이 섬에는 오래전부터 사람이 살고 있지 않은 모양일세."

"맞아요." 하버트가 말했다. "이곳에 누군가가 살고 있다면, 이렇게 귀중한 채소를 이런 식으로 방치해두지는 않을 거예요."

"그래!" 펜크로프도 고개를 끄덕였다. "그 조난자는 이미 섬을 떠났어! 그렇게밖에는 생각할 수 없어."

"그러면 그 편지는 오래전에 썼다는 얘기가 되나요?"

"그렇지."

"그리고 그 병은 오랫동안 바다를 떠돌다가 겨우 링컨 섬에 도착했다고 추정해야 하나요?"

"그렇겠지. 그런데 이제 슬슬 어두워지기 시작했으니까 수색을 중단하는 게 좋겠어."

"일단 배로 돌아갔다가 내일 다시 수색하기로 하세." 스필렛이 말했다.

그것이 현명한 방책이었다. 그들이 막 돌아서려 했을 때, 하버트가 나무 사이로 보이는 희미한 형체를 가리키며 소리쳤다.

"집이다!"

세 사람은 곧장 그 집을 향해 달려갔다. 희미해지는 저녁 햇살 속에 두꺼운 방수포를 덮은 판잣집이 보였다.

문이 빠끔히 열려 있었다. 펜크로프는 그 문을 밀어 열고 서둘러 안으로 들어갔다.

집은 텅 비어 있었다!

"집이다!"

14

남은물건들—밤—몇 가지 글자—수색을 계속하다—
위험에 빠진 하버트—배 위에서—출발—악천후—
본능의 번득임—바다에서 길을 잃다—길잡이가 된 불빛

펜크로프와 하버트와 기디언 스필렛은 어둠 속에 말없이 서 있었다.

펜크로프가 큰 소리로 불렀다.

하지만 아무 응답도 없다.

선원은 부싯돌을 쳐서 작은 나뭇가지에 불을 붙였다. 그 불빛은 황폐해져 보이는 오두막 안을 잠시 비추었다. 안쪽에 조잡한 난로가 있고, 난로 속의 차가운 잿더미 위에 땔나무 한 다발이 놓여 있었다. 펜크로프가 작은 나뭇가지에 불을 붙여 던져넣자, 땔나무는 바직바직 소리를 내며 불이 붙었다. 그리고 강렬한 빛을 내기 시작했다.

세 사람은 더러운 침대를 보았다. 습기가 차서 누레진 이불은 오래전부터 사용되지 않았음을 말해주고 있었다. 난롯가에 녹으로 뒤덮인 주전자 두 개와 뒤집힌 냄비가 있었다. 옷장에는 곰팡이가 슨 선원복이 몇 벌 남아 있고, 탁자 위에는 주석으로 만든

식기와 습기로 끈적끈적해진 성경책이 놓여 있었다. 방구석에는 삽과 크고 작은 곡괭이를 비롯한 연장과 엽총 두 자루(한 자루는 망가져 있었다)가 놓여 있었다. 선반 위에는 아직 쓰지 않은 화약과 산탄이 들어 있는 통, 뇌관 상자 몇 개가 놓여 있었다. 여러 해 동안 쌓인 것으로 보이는 먼지가 두껍게 덮여 있었다.

"아무도 없군." 신문기자가 말했다.

"정말 아무도 없군요!" 펜크로프가 받았다.

"이 방은 오래전에 버려졌어요." 하버트가 말했다.

"그래, 아주 오래전에." 기자가 받았다.

"스필렛 씨." 펜크로프가 말했다. "배로 돌아가기보다 오늘 밤에는 여기서 묵는 게 좋지 않을까요?"

"자네 말이 옳아. 그리고 집주인이 돌아와서 우리가 오두막을 차지하고 있는 것을 보아도 불평하지는 않을 거야."

"아니, 돌아오지는 않을 거예요." 선원이 고개를 저었다.

"벌써 섬을 떠났다고 생각하나?"

"섬을 떠났다면 무기와 연장들도 가져갔을 거예요. 조난자가 난파선의 유물을 얼마나 소중히 여기는지는 아시잖아요. 그러니까 그 사람은 섬을 떠나지 않았어요." 선원은 자신있는 목소리로 거듭 강조했다. "절대로 섬을 떠나지 않았어요. 손수 배를 만들어 탈출했다면 더더욱 이런 소중한 물건을 놔두고 갈 리가 없어요! 그래요. 그 사람은 아직 섬에 있어요."

"살아 있다고요?" 하버트가 물었다.

"살아 있는지 죽었는지는 몰라. 죽었다 해도 스스로 매장할 수는 없었을 테니까 송장은 찾을 수 있겠지." 펜크로프가 대답했다.

이리하여 그날 밤에는 버려진 집에서 묵기로 했다. 땔나무는 방구석에 많이 있었기 때문에 난방은 걱정할 필요가 없었다. 펜크로프와 하버트와 스필렛은 문을 꽉 닫고 긴 의자에 앉아 별로 이야기도 하지 않고 각자 깊은 상념에 잠겼다. 온갖 생각이 머리를 스쳤다. 현재 그들의 정신 상태에서는 어떤 일도 가능하게 여겨졌고, 어떤 것도 상상할 수 있었다. 그들은 바깥에서 나는 소리를 놓치지 않으려고 귀를 곤두세웠다. 이 집은 버려진 것처럼 보이지만, 지금 문이 벌컥 열리고 누군가가 눈앞에 불쑥 나타났다 해도 세 사람은 별로 놀라지 않았을 것이다. 그들은 그 사람과 악수를 나눌 마음의 준비가 되어 있었다. 그 미지의 조난자를 친구로 기다리고 있었다.

하지만 아무 소리도 들리지 않았고, 문도 열리지 않은 채 시간이 지나갔다.

세 사람에게 그날 밤은 얼마나 길게 느껴졌던가! 하버트만 두 시간쯤 잠을 잤다. 그 나이에는 잠을 잘 필요가 있었다. 세 사람 다 수색을 계속하고 싶어서 좀이 쑤셨다. 아무리 후미진 곳도 샅샅이 찾아보자! 펜크로프가 내린 결론은 아무리 보아도 옳았다. 이 집은 버려졌고, 도구와 용품과 무기 따위가 남아 있는 걸 보면 집주인은 죽은 게 거의 확실하다. 그러니까 시체라도 찾아내어 기독교식으로 매장이라도 해주어야 한다.

날이 밝았다. 세 사람은 당장 집 주위를 조사했다.

그 집은 정말 좋은 자리에 지어져 있었다. 뒤에는 작은 언덕이 있고, 커다란 고무나무 대여섯 그루가 집을 지켜주고 있었다. 정면에는 나무를 베어 넓은 빈터를 만들었기 때문에 바다가 한눈에 바라보였다. 작은 잔디밭이 쓰러져가는 나무 울타리에 둘러싸여 있었지만, 거기서 해안으로 내려갈 수 있었다. 해안 왼쪽에는 작은 개울의 어귀가 보였다.

집은 널빤지로 지어져 있었다. 그 널빤지가 선체나 갑판에 대는 판자라는 것은 금방 알 수 있었다. 항해할 수 없게 된 배가 섬 해안에 밀려 올라왔고, 선원이 적어도 한 사람은 살아남았을 것이다. 그 사람이 배의 파편을 모으고 여러 가지 도구를 사용하여 이 집을 지었을 것이다.

기디언 스필렛이 집 주위를 돌다가 널빤지 위에서 반쯤 지워진 글자를 발견했을 때 이런 추정은 더욱 확실해졌다. 난파선 뱃전을 이루었던 것으로 보이는 그 널빤지에는 이런 글자가 남아 있었다.

BR TAN A

"'브리타니아' 호다!" 기자가 부르는 소리에 달려온 펜크로프가 외쳤다. "하지만 배에는 너무 흔한 이름이라서 영국 배인지 미국 배인지는 확실치 않아요."

"어느 나라 배인지는 중요하지 않네."

"그래요. 그건 그리 중요하지 않아요." 선원이 받았다. "그 배의 선원이 아직 살아 있다면, 국적에 관계없이 구조해줄 테니까요. 하지만 수색을 다시 시작하기 전에 일단 우리 배로 돌아갑시다!"

펜크로프는 갑자기 '본어드벤처' 호가 걱정스러워졌다. 만일 이 작은 섬에 사람이 살고 있다면, 그래서 그가 배를 약탈한다면……. 하지만 이런 일은 전혀 일어날 성싶지 않았다. 그는 어깨를 으쓱하여 그 걱정을 털어버렸다.

그래도 선원은 배로 돌아가서 식사를 하고 싶었다. 길은 일단 뚫려 있고, 먼 거리는 아니다. 기껏해야 1.5킬로미터밖에 안 된다. 세 사람은 숲이나 덤불 사이를 살피면서 다시 걷기 시작했다. 염소나 돼지가 수백 마리씩 떼를 지어 덤불 사이로 달아났다.

오두막을 떠난 지 20분 뒤, 세 사람은 동쪽 해안으로 나와서 모래 속에 단단히 닻을 내리고 있는 '본어드벤처' 호와 재회할 수 있었다.

펜크로프는 안도의 한숨을 내쉬었다. 어쨌든 이 배는 자식 같은 존재였기 때문에 아버지로서 걱정이 앞서곤 했다.

모두 배로 올라가서 식사를 했다. 저녁식사가 늦어져도 견딜 수 있도록 든든하게 먹었다. 식사를 끝내고 다시 수색을 시작하면서, 이번에는 더욱 세심한 주의를 기울여 조난자를 찾아내기로 했다.

하지만 아무리 보아도 이 섬의 유일한 주민은 죽어버린 모양이다. 따라서 세 사람이 찾고 있는 대상은 살아 있는 인간이라기보다 죽은 송장이었다. 그들의 노력은 헛수고로 끝났다. 한나절 동안이나 섬을 뒤덮고 있는 나무들 사이를 찾아다녔지만 아무 보람도 얻지 못했다. 이렇게 되면 조난자가 죽었다 해도 이제 그 송장조차 남아 있지 않다고 생각할 수밖에 없었다. 아마 들짐승한테 뼈까지 다 먹혀버렸을 것이다.

"내일 새벽에 떠나기로 합시다." 오후 두 시쯤 잠깐 휴식을 취하려고 소나무 숲의 나무 그늘에 누웠을 때 펜크로프가 말했다.

"이렇게 되면 조난자가 갖고 있었던 물건을 우리가 가져갈 수 있겠군요." 하버트가 말했다.

"나도 그렇게 생각한다." 스필렛이 말했다. "그 무기와 연장들은 그래닛 하우스에서 쓸모가 많을 거야. 화약이나 산탄도 많을수록 좋지."

"맞아요." 펜크로프가 받았다. "하지만 잊지 말고 돼지를 두어 쌍 잡아가기로 합시다. 링컨 섬에는 돼지가 없으니까요."

"채소 씨앗을 받아가는 것도 잊지 마세요." 하버트가 덧붙여 말했다. "그러면 구대륙과 신대륙 양쪽의 채소를 모두 먹을 수 있을 거예요."

"그렇다면 타보르 섬에 하루 더 있는 게 좋지 않을까. 도움이 될 만한 것을 전부 모으려면 말이야." 기자가 말했다.

"안 돼요." 펜크로프가 말했다. "아무래도 내일 새벽에는 떠났으면 좋겠어요. 바람이 서풍으로 바뀌고 있는 것 같아요. 올 때도 순풍이었지만, 내일 출발하면 돌아갈 때도 순풍을 받을 수 있어요."

"그럼 잠시도 시간을 낭비하지 맙시다!" 하버트가 일어났다.

"그래, 잠시도 시간을 낭비하지 말자." 펜크로프가 받았다. "하버트, 너는 채소 씨앗을 받아와. 씨앗은 네가 우리보다 잘 알고 있으니까. 그동안 나는 스필렛 씨와 함께 돼지를 잡아올게. 토비는 없지만, 돼지 두세 마리는 잡을 수 있을 거야."

이리하여 하버트는 섬의 밭으로 통하는 오솔길로 가고, 선원과 기자는 숲 속으로 들어갔다.

수많은 돼지가 눈앞에서 달아났다. 하지만 이 짐승은 꽤 재빨라서 두 사냥꾼은 좀처럼 가까이 다가갈 수 없었다. 그래도 30분쯤 추적을 계속한 결과, 두 사람은 덤불 속에 숨어 있던 돼지 한 쌍을 겨우 잡을 수 있었다.

그때 북쪽으로 수백 미터 떨어진 곳에서 외침 소리가 들려왔다. 그 외침 소리에는 사람 목소리라고는 생각할 수 없는 소리, 으르렁거리는 듯한 무시무시한 소리가 섞여 있었다.

펜크로프와 스필렛은 몸을 일으켰다. 펜크로프는 돼지를 묶으려고 밧줄을 준비하고 있었지만, 돼지는 선원이 몸을 일으킨 틈을 이용하여 달아나버렸다.

"하버트의 목소리야!" 스필렛이 말했다.

"빨리 갑시다." 펜크로프도 외쳤다.

선원과 기자는 곧 외침 소리가 들린 쪽을 향해 전속력으로 달려갔다.

두 사람이 급히 뛰어간 것은 잘한 일이었다. 빈터에 가까운 오솔길 모퉁이에서 야수 같은 것이 소년을 깔아 누르고 있는 것이 보였기 때문이다. 거대한 원숭이 같은 야수가 소년을 때려눕히려 하고 있었다.

이 괴물한테 덤벼들어 하버트한테서 떼어놓은 뒤 꼼짝 못하게 억누르는 일을 펜크로프와 스필렛은 눈 깜짝할 사이에 해치웠다. 선원은 헤라클레스 같은 괴력의 소유자였고, 기자도 근골이 늠름한 남자였다. 괴물도 열심히 저항했지만, 결국 움쭉달싹도 못할 만큼 단단히 묶여버렸다.

"하버트, 다치지는 않았니?" 스필렛이 물었다.

"예, 괜찮아요."

"이 원숭이가 너를 다치게 했다면!" 펜크로프가 눈을 부라리며 말했다.

"원숭이가 아니에요." 하버트가 대답했다.

펜크로프와 스필렛은 이 말을 듣고 땅바닥에 누워 있는 괴물을 뚫어지게 바라보았다.

야수 같은 것이 소년을 깔아 누르고 있었다

과연 그것은 원숭이가 아니었다! 사람이었다! 남자였다! 하지만 인간이 어떻게 이럴 수가! 그는 진정한 의미의 야만인이었다. 야수와 같은 수준까지 타락해버렸기 때문에 더욱 무서운 야만인이었다.

머리털은 곤두서고 수염은 가슴까지 늘어져 있었다. 허리에 누더기를 두르고 있을 뿐 알몸이나 다름이 없고, 눈은 맹수처럼 사나웠다. 손은 큼지막하고 손톱도 길게 자라 있었다. 피부색은 거무스름하고, 발도 각질로 되어 있는 것처럼 단단했다. 이것이 그 가련한 생물의 모습이었지만, 그래도 인간이라고 부를 수밖에 없었다. 하지만 그 육체에 아직도 영혼이 깃들어 있는지, 아니면 짐승처럼 본능만 남았는지 궁금하게 여긴 것은 당연했을지도 모른다.

“이놈이 정말로 인간일까요? 아니, 한때나마 인간이었던 적이 있을까요?” 펜크로프가 기자에게 물었다.

“유감스럽게도 인간인 건 의심할 여지가 없네.” 스필렛이 대답했다.

“이게 그 조난자인가요?” 하버트가 물었다.

“그래. 하지만 이 불행한 남자는 인간다움을 완전히 잃어버렸어.” 기자가 대답했다.

신문기자의 말이 옳았다. 조난자가 일찍이 문명인이었다 해도 외로운 생활 때문에 야만인이 되어버린 게 분명했다. 아니, 어쩌면 오랑우탄 같은 유인원이 되어버렸는지도 모른다. 목구멍 속에서는 쉰 목소리가 나오고, 반쯤 벌린 입술 사이로 보이는 이빨은 날고기만 먹기 때문인지 육식동물의 이빨처럼 날카롭게 갈려 있었다. 이 사내는 오래전에 기억을 잃어버린 게 분명했다. 또한 오래전부터 도구나 무기 사용법도 잊어버리고, 불도 피울 수 없게 되었을 것이다. 몸은 민첩하고 유연했지만, 그런 육체적 특징은 정신적인 힘을 희생하여 발달한 것이었다.

기디언 스필렛은 남자에게 말을 걸어보았지만, 상대는 알아듣지 못하는 것 같았다. 듣지도 않는 듯한 느낌이었다. 그래도 기자는 남자의 눈을 가만히 들여다보고 이성의 빛이 완전히 꺼지지는 않은 것 같다고 생각했다.

그동안 포로가 된 사내는 사납게 날뛰지도 않았고, 몸을 묶은 밧줄을 끊으려고 발버둥치지도 않았다. 과거에는 자신도 그 일원이었던 인간을 보고 깜짝 놀라버린 것일까? 머리 한구석에서 희미한 기억이 되살아나, 인간성을 되찾으려 하고 있을까? 자유롭게 풀어주면 달아나려고 할까? 아니면 가만히 있을까? 그것은 모르지만, 펜크로프와 두 동료는 밧줄을 풀어주려 하지 않고 그 불쌍한 남자를 가만히 바라보고 있었다.

"이 사람이 누구든……" 스필렛이 입을 열었다. "과거에 누구였든, 앞으로 어떻게 되든, 링컨 섬으로 데려가는 것이 우리의 의무야."

"맞아요!" 하버트가 받았다. "여러 가지로 돌봐주면 지성을 되살릴 수도 있을 거예요."

"영혼은 죽지 않아." 기자가 말했다. "인간을 야수성의 손아귀에서 풀어주는 것은 큰 기쁨일 거야!"

펜크로프는 의심스러운 표정으로 고개를 저었다.

"어쨌거나 노력은 해봐야 돼." 기자가 말을 이었다. "인류애가 그것을 요구하고 있어."

확실히 그것은 문명의 혜택을 받고 종교를 가진 자의 의무였다. 세 사람은 모두 그것을 이해하고 있었고, 사이러스도 그들의 처사에 동의할 것이다.

"묶은 채로 놓아둘까요?" 선원이 물었다.

"발을 풀어주면 걸어가겠죠?" 하버트가 물었다.

"한번 해볼까?" 펜크로프가 대답했다.

발을 묶은 포승은 풀렸지만, 팔은 단단히 묶인 채였다. 사내는 스스로 일어섰지만, 달아나고 싶은 마음은 전혀 없는 듯이 보였다. 사내는 옆에서 걸어가는 세 사람을 차가운 눈으로 날카롭게 쏘아보고 있었지만, 자신도 세 사람과 같은 인간이라고 생각하는 것 같지는 않았다. 적어도 과거에는 같은 인간이었다는 것을 기억해내는 기색도 전혀 없었다. 입에서는 끊임없이 휴우휴우 하는 소리가 새어나오고 몹시 사나워 보였지만, 저항할 기미는 보이지 않았다.

스필렛의 의견에 따라 이 불행한 사내는 오두막으로 끌려갔다. 일찍이 자기 것이었던 물건을 보면 충격을 받을지도 모른다. 사소한 계기로 어두운 기억이 되살아나고, 영혼의 꺼진 불이 다시 켜질지도 모른다.

오두막은 멀지 않았다. 몇 분 만에 그들은 오두막에 도착했다. 하지만 포로는 아무것도 기억하지 못했다. 모든 것에 대한 기억을 잃어버린 모양이었다. 이 가엾은 사내가 짐승과 다름없는 상태에 빠져버린 것을 어떻게 설명할 수 있을까? 섬에 도착했을 때는 분별있는 인간이었지만, 너무 오랫동안 이 외딴 작은 섬에 갇혀서 고독하게 살았기 때문에 이런 모습으로 변했다고, 그렇게밖에 생각할 수 없지 않을까?

기자는 불을 보면 사내의 마음에 어떤 변화가 일어날지도 모른다고 생각했다. 곧 난로 속에서 동물조차도 마음이 끌릴 만큼 아름다운 불꽃이 피어올랐다.

불행한 사내는 불꽃을 보고 처음에는 관심을 갖는 듯했지만, 곧 뒷걸음질쳤다. 눈에서 잠깐 번득인 빛은 사라지고, 그의 눈은 다시 흐리멍덩해졌다.

이렇게 되면 사내를 '본어드벤처' 호로 데려갈 수밖에 없다. 그들은 사내를 배로 데려갔고, 펜크로프가 그를 감시하게 되었다.

하버트와 스필렛은 작업을 끝내기 위해 섬으로 돌아갔다. 몇 시간 뒤에 두 사람은 도구와 무기, 채소 씨앗, 새 몇 마리를 들고 돼지 두 쌍을 데리고 해안으로 돌아왔다. 그것을 모두 배에 싣자, 이제 이튿날 아침 만조 때를 기다려 '본어드벤처' 호의 닻을 올리는 일만 남았다.

포로는 뱃머리의 방에 갇혔다. 그는 듣지도 못하고 말도 못하는 사람처럼 가만히 앉아 있었다.

펜크로프가 먹을 것을 가져다주었지만, 사내는 구운 고기를 먹으려 하지 않았다. 입맛에 맞지 않는 모양이었다. 그래서 선원은 하버트가 잡아온 오리를 날것으로 주었다. 그러자 사내는 얼른 덤벼들어 게걸스럽게 먹어치웠다.

"정말 저 사람이 원래 상태로 돌아갈 수 있을까요?" 펜크로프가 고개를 저으면서 물었다.

"아마 돌아갈 수 있을 거야." 기자가 대답했다. "우리가 잘 돌봐주면 마음에 무언가를 느끼지 않을 리가 없어. 외로움 때문에 저렇게 되어버렸으니까. 하지만 앞으로는 혼자가 아니야."

"저 사람은 오래전에 저런 상태가 되었을까요?" 하버트가 물었다.

"아마 그렇겠지." 스필렛이 대답했다.

"나이는 몇 살쯤 됐을까요?" 소년이 물었다.

"짐작하기가 어려워. 수염이 하도 길어서 얼굴이 잘 안 보이니까. 하지만 젊지는 않아. 쉰 살은 되었겠지."

"저 사람의 눈이 움푹 들어가 있는 걸 알아차리셨어요?" 소년이 물었다.

"나도 봤어. 저 모습을 보면 인간적이 아니라고 생각하기 쉽지만, 그 눈은 생각했던 것보다 훨씬 인간적이야."

"이제 곧 알게 되겠죠." 펜크로프가 말했다. "그보다 나는 사이러스 씨가 이 야만인을 보고 어떤 판단을 내릴지 궁금해요. 우리는 사람을 찾으러 왔는데 괴물을 데리고 돌아가니까요. 그래도 우리가 할 수 있는 일은 한 거예요!"

밤이 이슥해졌다. 포로는 자고 있는지, 포승을 풀어주었는데도 꼼짝하지 않았다. 그것은 처음에 사로잡혔을 때는 힘없이 축 늘어져 있다가 나중에 맹렬히 날뛰는 야수와 비슷했다.

이튿날인 10월 15일 새벽, 펜크로프가 예상했듯이 날씨가 바뀌었다. 바람이 북서풍으로 바뀌었기 때문에 '본어드벤처' 호가 돌아가기에는 편했지만, 그와 동시에 바람이 거세져서 항해가 어려워질 것으로 예상되었다.

새벽 다섯 시에 닻을 올렸다. 펜크로프는 큰 돛을 줄이고, 링컨 섬으로 곧장 달려가기 위해 뱃머리를 동북동쪽으로 돌렸다.

첫날은 아무 문제도 일어나지 않았다. 포로도 뱃머리 선실에 얌전히 있었다. 전에 뱃사람이었기 때문에 파도의 흔들림이 사내의 몸에 좋은 영향을 주고 있는 모양이었다. 옛날 직업의 기억이 되살아났을까? 어쨌든 사내는 얌전히 있었지만, 낙심했기 때문이라기보다 놀랐기 때문인 것 같았다.

이튿날인 10월 16일, 바람이 거세졌고 북쪽으로 훨씬 더 강하게 불게 되었다. '본어드벤처' 호의 항해에는 불리한 풍향이었다. 배는 파도에 시달리기 시작했다. 펜크로프는 곧 강한 바람을 옆으로 받으며 달려야 했고, 동료들한테는 아무 말도 하지 않았지만 거친 바다에 불안을 느끼기 시작하고 있었다. 집채 같은 큰 파도가 뱃전을 넘어 갑판 위에서 부서지고 있었다. 바람이 바뀌지 않는다면, 타보르 섬에 왔을 때보다 링컨 섬에 갈 때 더 많은 시간이 걸릴 것이다.

실제로 '본어드벤처' 호가 출항한 지 48시간이 지난 17일 아침에도 배가 링컨 섬 해역에 들어간 기미는 전혀 없었다. 그리고 지금까지 달린 거리를 계산하여 배의 위치를 알아낼 수도 없었다. 배의 방향과 속도가 일정치 않았기 때문이다.

24시간 뒤에도 섬은 여전히 보이지 않았다. 바람은 완전히 역풍이 되었고, 바다는 몹시 거칠어졌다. 큰 파도가 계속 덮쳐오기 때문에 돛을 재빨리 조작해야 했다. 돛을 접거나 돛 밑에 달린 밧줄을 조종하여 뱃머리의 방향을 바꾸어야 한다. 18일 낮에는 '본어드벤처' 호가 완전히 파도를 뒤집어쓰는 사태까지 일어났다. 배에 탄 사람들이 미리 조심하여 서로 몸을 묶어두지 않았다면 모두 파도에 휩쓸려버렸을 것이다.

이때 열심히 물을 퍼내고 있던 세 사람은 뜻밖에도 포로의 도움을 받았다. 사내는 뱃사람의 본능에 사로잡힌 것처럼 승강구에서 뛰쳐나오더니 활대를 움켜잡고 뱃전에 구멍을 뚫었다. 갑판에 고여 있던 물은 그 구멍을 통해 순식간에 밖으로 흘러나갔다. 물이 없어지자 사내는 한마디도 하지 않고 다시 자기 자리로 돌아갔다.

펜크로프와 스필렛과 하버트는 그저 멍하니 사내의 행동을 지켜보았을 뿐이다.

한편 상황은 계속 나빠졌다. 이 망망대해에서 길을 잃은 게 아닐까. 이제 올바른 방향을 찾지 못하는 건 아닐까 하는 생각이 펜크로프의 머리를 스친 것은 당연했다.

18일에서 19일에 걸친 밤은 어둡고 몹시 추웠다. 하지만 열한 시쯤 바람이 가라앉고 파도도 잔잔해졌다. '본어드벤처' 호는 흔들림이 줄어들고 전보다 속력이 빨라졌다. 어쨌든 배는 안정된 자세로 달리고 있었다.

펜크로프와 스필렛과 하버트는 한 시간도 잠을 잘 생각을 하지 않았다. 세 사람은 주의 깊게 감시를 계속했다. 링컨 섬은 멀리 있지 않을 것이다. 동이 틀 무렵에는 모습을 나타낼 것이다. 아니, 어쩌면 '본어드벤처' 호는 바람과 파도에 떠밀린 탓에 침로에서 멀리 벗어나 길을 잃어버렸는지도 모른다. 그렇게 되면 배의 현재 위치도 알 수 없고, 링컨 섬의 방향을 결정할 방법도 없었다.

펜크로프는 극도의 불안감에 사로잡혔지만, 그래도 절망한 것은 아니었다. 그는 강인한 정신력의 소유자였다. 그는 키를 움켜잡고, 주위의 짙은 어둠도 꿰뚫어볼 만큼 열심히 섬을 찾았다.

밤 두 시쯤 선원이 갑자기 일어나 이렇게 외쳤다.

"불이다! 불빛이 보인다!"

과연 북동쪽으로 30킬로미터쯤 떨어진 곳에 밝은 불빛이 보였다. 링컨 섬이 분명했다. 사이러스가 불을 피워 동료들에게 배가 나아갈 방향을 알려주고 있는 것이다.

"불이다! 불빛이 보인다!"

펜크로프는 북쪽으로 치우쳐 있던 방향을 수정하여 뱃머리를 그 불빛 쪽으로 돌렸다. 불빛은 수평선 위에서 일등별처럼 밝게 빛나고 있었다.

15

섬으로 돌아가다—보고—사이러스와 미지의 사내—
'가구항'—사이러스의 헌신적인 보살핌—눈물이 흐르다!

이튿날(10월 20일) 아침 일곱 시, '본어드벤처' 호는 나흘 동안의 여행을 마치고 '은혜 강' 어귀의 모래톱에 조용히 선체를 올려놓았다.

사이러스 스미스와 네브는 악천후로 동료들의 귀환이 늦어지는 것을 알아차리고, 날이 밝자마자 '전망대'에 올라가 있었다. 그리고 좀처럼 돌아오지 않는 배를 마침내 발견했다.

"정말 다행이야! 드디어 돌아왔군!" 사이러스가 소리쳤다.

네브는 기쁜 나머지 춤을 추고 손뼉을 치면서 "아아, 나리!" 하고 외쳤을 뿐이었지만, 그것은 어떤 환영의 말보다도 감동적이었다.

만물박사는 '본어드벤처' 호 갑판에 있는 사람의 수를 헤아려 보고, 처음에는 타보르 섬에서 펜크로프가 조난자를 발견하지 못한 게 아닐까, 아니면 그 불행한 남자가 링컨 섬에 가봤자 감옥이 바뀔 뿐이라고 생각하여 타보르 섬을 떠나기를 거부한 것은 아닐까 하고 생각했다.

'본어드벤처' 호의 갑판에는 펜크로프와 스필렛과 하버트 세 사람밖에 보이지 않았기 때문이다.

배가 해변에 닿았을 때 사이러스와 네브가 그들을 기다리고 있었다. 세 사람이 모래땅에 뛰어내릴 때까지도 기다릴 수 없다는 듯이 사이러스가 외쳤다.

"늦어서 얼마나 걱정했는지 몰라. 무슨 좋지 않은 일이라도 있었나?"

"아닙니다." 스필렛이 대답했다. "오히려 모든 게 잘됐습니다. 이제 곧 설명드리죠."

"하지만 수색은 잘되지 않은 거 아냐? 떠날 때와 마찬가지로 세 사람밖에 없으니 말일세."

"아니, 사실은 네 사람입니다." 펜크로프가 대답했다.

"그 조난자를 찾았나?"

"예."

"데려왔나?"

"예."

"살아 있나?"

"예."

"어디 있나? 어떤 사람인가?"

"인간임에는 틀림없습니다." 신문기자가 대답했다. "아니, 과거엔 인간이었다고 말하는 게 옳을지도 모르겠군요. 그래요. 지금 말할 수 있는 것은 그것뿐입니다!"

사이러스는 곧 타보르 섬에서 있었던 일을 보고받았다. 수색이 어떻게 이루어졌는지, 작은 섬의 외딴 오두막이 얼마나 오래

버려져 있었는지, 인간이라고는 생각할 수 없는 조난자를 어떻게 만날 수 있었는지를 세 사람은 자세히 이야기했다.

"하지만 그 사람을 이곳에 데려온 게 과연 잘한 일인지 모르겠습니다." 펜크로프가 덧붙여 말했다.

"물론 잘한 거야." 사이러스가 힘주어 대답했다.

"하지만 그 사내는 인간다운 이성을 잃어버렸습니다."

"지금은 그럴지도 모르지만, 몇 달 전까지는 그 사람도 우리와 같은 인간이었네. 우리 가운데 마지막까지 살아남은 사람이 이 섬에서 오랫동안 혼자 외롭게 지내면 어떻게 될까? 혼자 사는 사람에게는 불행한 일이지만, 고독은 인간의 이성을 파괴해버리는 모양이야. 그 가엾은 사람이 그런 상태로 발견되었다면 그거야말로 고독의 파괴적인 효과를 뒷받침하는 증거지!"

"하지만 그 사람이 이성을 잃은 게 겨우 몇 달 전이라는 걸 어떻게 아세요?" 하버트가 물었다.

"우리가 발견한 그 편지가 최근에 씌어졌기 때문이지. 그 편지를 쓸 수 있었던 사람은 그 조난자밖에 없어."

"하지만 어쩌면 그 조난자의 동료가 그 편지를 쓰고 나서 죽었을지도 모릅니다." 스필렛이 의견을 말했다.

"그건 있을 수 없는 일일세."

"왜요?"

"그 편지에 조난자가 한 명이라고 씌어 있으니까."

하버트는 배를 타고 돌아오는 길에 일어난 사건을 간단히 이야기했다. 포로의 마음속에 일시적으로 이성이 되살아나, 폭풍이 가장 심했을 때 잠시 뱃사람으로 돌아왔다는 흥미로운 사실을 보고한 것이다.

"알았다, 하버트." 사이러스가 대답했다. "그 사실을 중시하자는 네 생각은 옳아. 그 사람이 회복되지 않을 리가 없어. 그 사람이 지금 같은 상태가 된 것도 절망 때문이니까. 하지만 이 섬에는 친구가 있어. 그에게는 아직 영혼이 남아 있을 테니까, 그 영혼을 우리가 구해주자꾸나!"

타보르 섬의 조난자는 그후 '본어드벤처' 호 뱃머리의 선실에서 끌려나왔다. 사이러스는 깊이 동정하는 마음으로 사내를 바라보았고, 네브는 깜짝 놀라 눈을 크게 떴다. 사내는 일단 땅에 발을 내딛자, 처음에는 달아나려는 몸짓을 보였다.

하지만 사이러스는 사내에게 다가가서 위엄 있는 태도로 어깨에 손을 올려놓고 한없이 상냥한 눈으로 사내를 바라보았다. 사내는 당장 무언가에 압도당한 것처럼 얌전해져서, 눈을 내리깔고 고개를 숙이고 아무 저항도 하지 않았다.

"가엾은 조난자!" 사이러스가 중얼거렸다.

사이러스는 주의 깊게 사내를 관찰했다. 겉모습으로 판단하면 이 가련한 사내는 이미 인간다움을 갖추고 있지 않았다. 그래도 사이러스는 이미 스필렛이 간파했듯이 사내의 눈 속에 포착하기 어려운 지성의 빛이 어려 있는 것을 확인했다.

미지의 사내(그후 사이러스와 동료들은 사내를 이렇게 불렀다)가 그래닛 하우스에서 살게 되었다. 물론 그는 달아날 수 없었다. 사내는 말없이 얌전하게 그래닛 하우스로 들어갔다. 정성껏 돌봐주면 언젠가는 링컨 섬에 동료가 하나 늘어날 거라고, 모두 그렇게 기대하고 있었다.

스필렛과 하버트와 펜크로프가 몹시 배고프다고 말했기 때문에, 네브는 서둘러 식사를 준비했다. 식사하는 동안 그들은 타보

사이러스는 사내의 어깨에 손을 올려놓았다

르 섬 여행에서 일어난 일을 사이러스 스미스에게 자세히 보고했다. 미지의 사내가 영국인이나 미국인이 아닐까 하는 의견에는 사이러스도 동의했다. '브리타니아' 호라는 배 이름에서 당연히 그렇게 생각할 수 있고, 길게 자란 수염과 부스스한 머리카락 너머에 앵글로색슨 특유의 얼굴이 숨어 있는 것처럼 보였기 때문이다.

"그런데 하버트." 스필렛이 소년에게 말을 걸었다. "너는 그 사내를 처음에 어떻게 만났는지 설명하지 않았어. 우리가 때마침 달려가서 구해주지 않았다면 너는 목졸려 죽었을지도 몰라."

그러자 하버트가 대답했다.

"사실은 무슨 일이 일어났는지 말하기가 어렵지만, 저는 무슨 식물을 캐고 있었어요. 그때 눈사태 같은 소리가 나더니, 높은 나무에서 무언가가 떨어졌어요. 전 뒤를 돌아볼 겨를도 없었어요. 그 사람은 나무 위에 숨어 있다가 제가 아저씨들을 부를 새도 없이 덤벼들었어요. 아저씨들이 빨리 달려와서 도와주지 않았다면……."

"정말 위기일발이었구나." 사이러스가 말했다. "하지만 그런 일이 일어나지 않았다면 그 사람은 수색의 눈길을 피했을 거야. 그랬다면 우리도 동료를 하나 더 늘리지 못했겠지."

"그럼 그 남자를 원래 상태로 돌려놓을 수 있다고 생각하십니까?" 기자가 물었다.

"물론이지." 사이러스가 대답했다.

식사가 끝나자 그들은 해변으로 나가서 '본어드벤처' 호에 실린 짐을 내렸다. 사이러스는 무기와 도구를 조사했지만, 미지의 사내가 누구인지 밝혀줄 만한 것은 찾지 못했다.

타보르 섬에서 잡은 돼지는 링컨 섬에서 아주 유익한 동물로 환영받았다. 우리로 끌려간 돼지는 새로운 환경에 금세 익숙해진 것 같았다.

화약과 산탄이 든 통과 뇌관 상자도 환영을 받았다. 이것들을 보관하기 위해 그래닛 하우스 밖이나 동굴 위쪽 등, 폭발이 일어나도 괜찮은 곳에 작은 화약고를 짓기로 했다. 하지만 솜화약은 그대로 계속 사용하게 되었다. 솜화약은 효력이 뛰어나서 보통 화약으로 바꿀 이유가 없었다.

짐을 다 내렸을 때 펜크로프가 말했다.

"배를 안전한 곳에 묶어두는 게 좋을 것 같은데요."

"'은혜 강' 어귀는 곤란한가?" 사이러스가 물었다.

"예. 모래톱 위에 줄곧 올려놓으면 배가 파손되거든요. 저건 꽤 좋은 배예요. 돌아올 때 돌풍이 덮쳤는데도 얼마나 잘 달렸는지 몰라요."

"강에 띄워둘 수는 없나?"

"할 수는 있겠지만, 강어귀에 가로막는 것이 아무것도 없으니까 동풍이 불면 '본어드벤처' 호는 거친 파도에 시달리게 될 겁니다."

"그럼 어디에다 묶어두자는 건가?"

"'기구 항'이 좋겠어요. 그곳의 작은 후미는 많은 바위에 가려져 있으니까 항구로 안성맞춤일 겁니다."

"좀 멀지 않나?"

"그래봤자 그래닛 하우스에서 5킬로미터도 떨어져 있지 않습니다. 그리고 그곳까지는 곧고 좋은 길도 생겼고!"

"그럼 해보게. '본어드벤처' 호를 그리로 옮겨가도 좋아. 하지만 좀더 가까이에서 감시할 수 있는 곳에 배를 놓아두고 싶군. 시간이 나면 배를 묶어둘 작은 포구를 만들기로 하세."

"멋진데요." 펜크로프가 외쳤다. "등대와 방파제와 부두를 갖춘 포구! 아아, 사이러스 선생님만 있으면 정말이지 뭐든지 간단히 할 수 있다니까요!"

"그래. 하지만 자네가 도와주지 않으면 안 돼. 일의 4분의 3은 자네가 해야 하니까."

하버트와 선원은 다시 '본어드벤처' 호에 올라탔다. 닻을 올리고 돛을 펴자 배는 난바다에서 불어오는 바람을 타고 '발톱 곶'에 이르렀고, 두 시간 뒤에는 '기구 항'의 조용한 해상에서 쉬고 있었다.

미지의 사내가 그래닛 하우스에서 보낸 처음 며칠 동안, 그 야만적인 체질에 변화가 생기기 시작했다고 말할 수 있을까? 그 어두운 마음속에 전보다 강렬한 빛이 비쳐들고 있을까? 영혼은 육체에 돌아와 있을까? 사이러스와 스필렛은 처음 얼마 동안은 불행한 사내의 이성이 완전히 소멸해버린 게 아닐까 하고 생각할 정도였다.

사내는 타보르 섬에서 야외 생활에 익숙해져서 제멋대로 뛰어다닌 탓인지, 처음 얼마 동안은 울적하고 성난 표정을 보일 때가 있었다. 사내가 그래닛 하우스의 창문에서 모래땅으로 뛰어내리는 게 아닐까 하고 모두 걱정했다. 하지만 사내가 조금씩 안정을 찾았기 때문에 자유롭게 행동할 수 있게 해주는 것도 고려해볼 필요가 있었다.

그렇다면 희망을 가질 여지가 있었다. 아니, 그럴 여지는 충분했다. 사내는 벌써 날고기를 먹는 습관을 잊고 조리한 음식을 즐겨 먹게 되었다. 구운 고기에 대해서도 '본어드벤처' 호에 타고 있을 때 보였던 혐오감을 더는 보이지 않았다.

사이러스는 사내가 잠들어 있을 때를 이용하여 텁수룩한 머리털과 수염을 잘라주었다. 부스스한 머리털과 수염은 갈기처럼 보여서 야만적인 인상을 주었기 때문이다. 사이러스는 사내의 몸을 가리고 있던 너덜너덜한 헝겊을 벗기고 보통 옷을 입혀주었다.

이렇게 돌봐준 덕에 사내는 인간다운 모습을 되찾고, 눈매도 훨씬 부드러워진 것 같았다. 전에 분별을 갖고 행동했을 때는 이 사내의 얼굴도 매력적이었을 게 분명했다.

사이러스는 날마다 몇 시간씩 사내와 함께 보내는 것을 일과로 삼았다. 그는 사내의 주의를 끌기 위해 일부러 곁으로 다가가서 여러 가지 일을 해 보였다. 그 영혼에 불을 켜려면 순간적으로 빛이 번득이면 되고, 이성을 불러일으키려면 순간적으로 추억이 머리를 스치면 된다. 사실 그들은 폭풍이 불 때 '본어드벤처' 호에서 이미 그 증거를 보았다.

사이러스는 청각과 시각 양쪽에서 사내의 무디어진 지성 속으로 들어가려고 큰 소리로 말을 거는 것을 게을리 하지 않았다. 때로는 동료들 가운데 누군가가, 때로는 동료들 모두가 사이러스의 이야기에 합세했다. 그들은 대개 바다를 화제로 삼았다. 뱃사람이라면 그런 화제에 더욱 흥미를 가질 터였다. 이따금 사내는 주위에서 오가는 이야기에 멍하니 귀를 기울이는 것 같았다. 개척자들은 이윽고 사내가 이야기를 부분적으로 이해한다고 확신하게 되었다. 이따금 사내의 얼굴 표정이 고뇌로 일그러질 때가 있었다. 마음속으로 괴로워하기 때문에 그것이 표정에 그대로 드러나는 것이다. 하지만 사내는 말을 하지 않았다. 그 입술에서 말이 새어나오지 않을까 하고 여겨질 때는 몇 번이나 있었지만.

어쨌든 그 가련한 사내는 조용하고 우울해 보였다. 하지만 그 조용히 가라앉은 태도는 겉보기뿐일까? 우울한 모습은 단지 갇혀 있기 때문일까? 그것은 아직 알 수 없었다. 한정된 공간에서 살면 곧 거기에 익숙해지고, 개척자들에게 끊임없이 보살핌을 받으면 곧 그들에게 익숙해질 것이다. 사내의 요구는 모두 충족되었다. 전보다 더 건강에 좋은 음식을 먹고 좋은 옷을 입고 있으니까 사내의 건강과 외모가 달라지지 않을 수 없었다. 하지만 사내는 이 새로운 환경이 마음에 들어서 거기에 적응한 것일까? 아니면 짐승이 주인에게 길들여지듯 새로운 생활에 길들여진 것뿐일까? 그것이 진짜 문제였다. 사이러스는 그 해답을 찾고 싶었지만, 환자를 너무 지나치게 몰아붙이고 싶지는 않았다. 사이러스에게 미지의 사내는 환자일 뿐이었다. 그렇다면 언젠가는 반드시 회복될 것이다.

그래서 사이러스는 끊임없이 사내를 관찰하고 있었다. 말하자면 사내의 영혼이 얼핏 나타나기를 기다리고 있었다. 사내의 영혼을 붙잡으려고 잔뜩 노리고 있었다.

사이러스가 베푼 이런 치료 단계를 동료들은 언제나 감탄하는 눈으로 지켜보고 있었다. 그들은 모두 이 인도적인 행위에 협력했고, 모두(의심 많은 펜크로프는 예외일지 모르지만) 사이러스와 같은 희망과 신념을 갖게 되었다.

앞에서도 말했듯이 미지의 사내는 아주 차분했다. 그리고 사이러스에게는 분명 눈에 띄게 영향을 받고 그에게 일종의 애정을 보이고 있었다. 그래서 사이러스는 다른 곳으로 사내를 데려가서 시험해보기로 마음먹었다. 사내에게 익숙한 풍경인 넓은 바다를 바라볼 수 있는 곳이나 사내가 몇 해를 보낸 타보르 섬의 숲을 연상시키는 숲 변두리로 사내를 데려가기로 한 것이다.

"하지만 자유롭게 풀어주면 달아나려고 하지 않을까요?" 스필렛이 말했다.

"그건 실험을 해봐야 알지." 사이러스가 대답했다.

"넓은 곳으로 끌려 나가서 바깥 공기를 느끼면, 저 사내는 전속력으로 달아날 거예요." 펜크로프가 말했다.

"나는 그렇게 생각지 않네." 사이러스가 대꾸했다.

"해봅시다." 스필렛이 말했다.

"그래. 해보세." 사이러스가 받았다.

그날은 10월 30일이었다. 타보르 섬의 조난자가 그래닛 하우스에 갇힌 지 열흘이 지났다. 태양이 섬에 강렬한 햇빛을 쏟아붓는 더운 날이었다.

사이러스와 펜크로프는 미지의 사내가 있는 방으로 들어갔다. 사내는 창가에 누워서 하늘을 쳐다보고 있었다.

"따라와." 사이러스가 말했다.

사내는 얼른 일어났다. 사이러스에게 가만히 눈길을 쏟은 채 사내는 그 뒤를 따라갔다. 펜크로프는 사내를 뒤따라갔지만, 실험이 성공하리라고는 별로 기대하지 않았다.

입구까지 오자 사이러스와 펜크로프는 사내를 엘리베이터에 태웠다. 네브와 하버트와 스필렛은 그래닛 하우스 밑에서 기다리고 있었다. 엘리베이터가 내려오자 그들은 곧 바닷가 모래밭에 모였다.

개척자들은 사내가 자유롭게 행동할 수 있도록 곁에서 조금 떨어졌다.

사내는 바다를 향해 몇 걸음 나아갔다. 그 눈은 생기있게 빛나고 있었지만, 달아날 기미는 전혀 보이지 않았다. 작은 파도가 작은 섬에 부딪혀 부서지고 이쪽 모래톱까지 조용히 밀려오는 것을 사내는 가만히 바라보고 있었다.

"이건 바다예요." 스필렛이 의견을 말했다. "바다를 보아도 달아나고 싶은 마음은 나지 않는 모양입니다."

"그런 것 같아." 사이러스가 대답했다. "'전망대'의 숲 가장자리까지 데려가기로 하세. 그러면 이 실험의 결과가 좀더 분명해지겠지."

"달아날 수는 없어요." 네브가 말했다. "다리를 모두 올려놓았으니까요."

"저 친구는 '글리세린 내' 같은 작은 물줄기에 방해받지 않을 거야. 그런 것쯤 펄쩍 뛰어서 단숨에 건널 수 있을걸!" 펜크로프가 소리쳤다.

"두고 보세." 사이러스는 그렇게만 대답했다. 그의 눈은 여전히 사내에게 고정되어 있었다.

그들은 사내를 '은혜 강' 어귀로 데려가서, 왼쪽 기슭을 따라 올라가 '전망대'에 이르렀다.

아름드리나무들이 서 있는 숲 가장자리에 이르자 산들바람이 나뭇잎을 흔들고 있었다. 사내는 대기를 가득 채우고 있는 강렬한 나무 향기를 황홀하게 들이마시고 있는 것 같았다. 사내의 가슴에서 긴 한숨이 새어나왔다.

개척자들은 사내가 달아날 기미를 보이면 붙잡을 태세를 갖추고 몇 걸음 뒤에 서 있었다.

사내의 가슴에서 긴 한숨이 새어나왔다

실제로 사내는 자기와 숲 사이에 가로놓인 개울에 뛰어들려고 했다. 그의 다리가 용수철처럼 오그라들었다. 사내는 다리를 긴장시키고 뛰어오르기 시작했다. 하지만 갑자기 동작을 멈추더니 땅바닥에 주저앉았다. 두 눈에서 눈물이 흘러내리고 있었다.

"아아! 드디어 인간으로 돌아왔군! 눈물을 흘리고 있으니!" 사이러스가 외쳤다.

16

밝혀야 할 비밀—사내의 첫 마디—타보르 섬에서 보낸 12년—고백—실종—사이러스의 신뢰—세 번째 수확—풍차 방앗간—최초의 빵—희생적인 행동—성실한 손

그렇다! 불행한 사내는 울고 있었다! 아마 어떤 추억이 마음을 스쳤을 것이다. 사이러스 스미스의 표현을 빌리면, 사내는 눈물을 통해 인간으로 돌아왔다.

개척자들은 한동안 '전망대'에서 사내를 지켜보고 있었다. 사내에게 해방감을 맛보게 해주려고 그들은 조금 떨어진 곳에 서 있었다. 하지만 사내가 이 자유를 이용할 낌새를 전혀 보이지 않았기 때문에, 사이러스는 곧 사내를 그래닛 하우스로 데리고 돌아가기로 했다.

그런 일이 있은 지 이틀쯤 지나자, 사내는 조금씩 공동생활에 참여하고 싶어하는 기색을 보이기 시작했다. 그가 남의 이야기를 듣고 이해하는 것은 분명했지만, 웬일인지 개척자들과 말을 나누는 것은 완강히 거부하고 있었다. 밤중에 펜크로프는 사내의 방 앞을 지나가다가 사내가 이렇게 중얼거리는 것을 들었다.

"안 돼! 여기는! 나는! 절대로!"

펜크로프는 이 일을 동료들에게 보고했다.

"뭔가 괴로운 비밀이 있나 보군!" 사이러스가 말했다.

미지의 사내는 농기구를 사용하여 채마밭에서 일하게 되었다. 일손을 쉴 때면 무언가에 마음이 사로잡힌 것처럼 가만히 있었다. 하지만 동료들은 만물박사의 충고에 따라 사내가 틀어박히려 하고 있는 고독한 세계를 방해하지 않도록 조심했다. 개척자들이 곁으로 다가가면 사내는 뒷걸음질을 쳤다. 고조된 감정으로 가슴이 벅차오른 듯 흐느껴 울기도 했다.

사내를 그렇게 괴롭히는 것은 양심의 가책일까? 아무래도 그런 모양이었다. 어느 날 기디언 스필렛은 이렇게 말했다.

"그가 말을 하지 않는 건 입 밖에 내기가 무서울 만큼 중대한 무언가를 마음속에 숨기고 있기 때문이 아닐까?"

하지만 그들은 가만히 참고 기다릴 수밖에 없었다.

며칠 뒤인 11월 3일, 미지의 사내는 밭에서 일을 하다가 갑자기 우두커니 서더니 꼼짝도 하지 않았다. 손에 쥐고 있던 가래가 맥없이 떨어졌다. 가까이에서 사내를 관찰하고 있던 사이러스는 사내의 눈에서 또다시 눈물이 흘러내리는 것을 보았다. 사이러스는 저도 모르게 동정심에 사로잡혀 사내에게 다가가 그 팔을 가볍게 만졌다.

"왜 그러나?" 사이러스가 물었다.

사내의 눈은 사이러스를 피하려고 했다. 사이러스가 손을 잡으려고 하자 사내는 재빨리 뒤로 물러났다.

"이보게, 나를 봐. 똑바로 봐!" 사이러스가 단호한 어조로 말했다.

사내는 사이러스를 바라보았다. 최면에라도 걸린 듯 사이러스에게 지배당하고 있는 것 같았다. 사내는 달아나려고 했다. 하지만 그때 사내의 표정에 변화가 나타났다. 눈이 반짝 빛나고, 입에서 말이 튀어나오려는 것을 알 수 있었다. 밖으로 나오려고 애쓰는 말을 더는 억누를 수 없을 것이다. 마침내 사내는 팔짱을 끼고 조용한 목소리로 사이러스에게 물었다.

"당신 누구야?"

"자네와 같은 조난자라네." 깊은 감동을 느끼며 사이러스가 대답했다. "우리가 자네를 여기로 데려왔어. 자네 동료들한테."

"내 동료? 나는 누구의 동료도 아니야!"

"자네는 친구들 속에 있어."

"친구들! 내가! 친구들이라고?" 사내는 두 손에 얼굴을 묻고 소리쳤다. "그럴 리가 없어! 절대로! 나를 그냥 내버려둬! 내버려두란 말이야!"

그후 사내는 바다가 내려다보이는 '전망대' 가장자리로 도망쳐서, 그곳에 오랫동안 꼼짝도 않고 서 있었다.

사이러스는 동료들한테 돌아와 방금 일어난 일을 말해주었다.

"역시 그의 인생에는 무언가 비밀이 있어요." 스필렛이 말했다. "양심의 가책만이 그를 다시 인간으로 되돌릴 수 있을 것 같습니다."

"그가 어떤 과거를 가진 사람인지 모르겠군요." 펜크로프가 말했다. "그 사람한테는 뭔가 비밀이 있어요……."

"그 비밀을 존중해주세." 사이러스가 재빨리 말했다. "무슨 잘못을 저질렀는지는 모르지만, 설령 그렇다 해도 이미 충분하고도 남을 만큼 속죄했네. 우리가 보기에 그 사람은 죄를 용서받았어."

"당신 누구야?"

두 시간 동안 미지의 사내는 해안이 내려다보이는 곳에 혼자 우두커니 서 있었다. 자신의 과거를 되살리고 있었을 것이다. 아마도 꺼림칙한 과거의 추억을…….

두 시간이 지나자 사내는 무언가를 결심한 듯 사이러스를 만나러 왔다. 눈은 눈물 때문에 붉게 충혈되어 있었지만, 이제는 울고 있지 않았다. 얼굴에는 겸허한 표정이 넘쳐흐르고 있었다. 사내는 불안해 보였고 부끄러워하면서 몸을 움츠리고 있었다. 시선은 여전히 땅 쪽으로 내려가 있었다.

사내가 사이러스에게 말을 걸었다.

"당신들은 영국인인가?"

"아니, 우리는 미국인일세." 사이러스가 대답했다.

"아아!" 사내는 안심한 듯이 말하고는 이렇게 중얼거렸다. "다행이야."

"자네는?" 사이러스가 물었다.

"영국인." 사내가 짤막하게 대답했다.

이렇게 몇 마디만 한 것도 힘들다는 듯, 사내는 다시 모래밭을 떠나 폭포에서 '은혜 강' 어귀까지 흥분한 태도로 걸어 다녔다.

한번은 하버트 옆을 지나가던 사내가 멈춰 서서 옥죄인 듯한 목소리로 소년에게 물었다.

"지금이 몇 월이지?"

"11월이에요." 하버트가 대답했다.

"몇 년?"

"1866년."

"아, 12년인가! 12년!" 사내가 외치듯 말하고는 얼른 소년의 곁을 떠났다.

하버트는 방금 오간 대화를 동료들에게 보고했다.

"그 사내는 지금이 몇 년 몇 월인지도 모르고 있었군." 스필렛이 말했다.

"우리가 타보르 섬에서 발견했을 때, 그 사람은 벌써 12년 동안이나 그 섬에서 살고 있었던 거예요." 하버트가 말했다.

"12년!" 사이러스가 받았다. "아마 그전에도 불우한 생활을 했을 테고, 그후 12년 동안이나 혼자 외롭게 살았다면 인간적 이성이 망가지는 것도 당연하지."

"제 생각에는 아무래도……" 펜크로프가 입을 열었다. "그 사람은 조난을 당해서 타보르 섬에 표착한 게 아니라 무슨 죄를 짓고 그 섬에 버려진 것 같습니다."

"자네 말이 옳을지 몰라." 스필렛이 말했다. "그런 사정이라면 섬에다 그 사람을 놔두고 간 자들이 언젠가는 다시 그를 데려가려고 돌아올 가능성도 있어."

"하지만 그 사람을 찾지 못하겠죠." 하버트가 말했다.

"그렇다면……" 펜크로프가 말을 이었다. "우리는 그 섬에 다시 갈 필요가 있겠군."

"이보게들." 사이러스가 말했다. "그런 문제는 사정이 분명해진 뒤에야 생각할 수 있네. 그 사내는 충분히 고통을 받았어. 어떤 잘못을 저질렀다 해도 스스로 그 잘못을 가혹하게 속죄했네. 그는 속내를 털어놓고 싶어서 숨이 막힐 지경일 거야. 하지만 그를 다그치면 안 돼. 조만간 그가 먼저 입을 열 거야. 사정을 알게 되면 우리도 어떤 행동을 취해야 할지 알 수 있겠지. 언젠가 고국에 돌아갈 수 있다는 희망이나 확신을 계속 갖고 있었는지 어떤지를 우리한테 말해줄 수 있는 건 그 사람 자신뿐이야. 하지만 나는 그가 그런 희망을 품고 있었다고는 생각지 않네."

"왜요?" 기자가 물었다.

"그가 정해진 시기에 구조될 거라고 확신했다면 그때를 기다리고 있었을 것이고, 그런 편지를 써서 바다에 던지지는 않았을 테니까 말이야. 따라서 그는 타보르 섬에서 죽을 운명이었어. 두 번 다시 동포를 만나지 못할 운명이었지."

"하지만 납득이 가지 않는 게 하나 있습니다." 선원이 말했다.

"뭔데?"

"12년 전에 타보르 섬에 버려졌다면, 벌써 몇 년 전부터 우리가 발견했을 때와 같은 야생 상태로 살았겠지요?"

"그렇겠지." 사이러스가 대답했다.

"그렇다면 그 사람은 오래전에 그 편지를 썼다는 이야기가 됩니다."

"아마도 그렇겠지. 하지만 그 편지는 최근에 쓴 것처럼 보였는데……."

"게다가 편지를 넣은 병이 타보르 섬에서 링컨 섬까지 흘러오는 데 몇 년이나 걸렸다고는 생각할 수 없습니다."

"그건 절대 있을 수 없는 일은 아닐세." 기자가 대답했다. "한동안 섬 근처에 떠 있었을 수도 있지 않나?"

"아닙니다." 펜크로프가 말했다. "그랬다면 병은 절대로 무사히 살아남지 못했을 겁니다. 그리고 해안에 밀려 올라왔다가 높은 파도에 휩쓸려 다시 바다로 돌아갔을 리도 없습니다. 남해안은 바위투성이니까, 그랬다가는 바위에 부딪혀 깨져버렸을 테니까요."

"그렇군." 사이러스는 생각에 잠긴 얼굴로 대답했다.

"게다가……" 선원이 다시 말을 이었다. "그 편지가 몇 년 전에 씌어졌다면, 그리고 몇 년 동안 병 속에 든 채 바다에 떠다니고 있었다면, 편지는 습기 때문에 끈적끈적해졌을 겁니다. 그런데 우리가 발견했을 때 편지는 말짱했어요."

선원의 의견은 옳았다. 그것은 정말 이해할 수 없는 일이었다. 그들이 병 속에서 편지를 발견했을 때, 편지는 최근에 씌어진 것처럼 보였기 때문이다. 또한 그 편지에는 타보르 섬의 위도와 경도가 정확히 기록되어 있었다. 그렇다면 편지를 쓴 사람은 해도에 대해 상당한 지식을 갖고 있을 것으로 여겨진다. 단순한 뱃사람에게는 그런 지식이 없을 것이다.

"설명할 수 없는 일이 또 하나 생겼군." 사이러스가 말했다. "하지만 그 사내한테 이야기를 다그쳐선 안 돼. 그가 스스로 말할 마음이 내키면, 우리는 그냥 들어주기만 하면 돼."

그후 며칠 동안 사내는 한마디도 하지 않았고, 채마밭을 떠나지도 않았다. 그는 열심히 밭일을 하고 있었다. 잠시도 쉬지 않고 일했지만, 언제나 개척자들한테서 떨어져 있었다. 아무리 권해도 식사시간에 그래닛 하우스에 올라오지도 않았다. 채소를 날것으로 먹고 배를 채웠다. 밤이 되어도 그에게 주어진 방에 돌아오지 않고 나무 밑에서 자거나 날씨가 나쁠 때는 바위틈에 웅크리고 밤을 보냈다. 이렇게 사내는 타보르 섬에서와 같은 생활을 계속했다. 그런 생활을 바꾸어보라고 주위에서 아무리 권해도 사내는 말을 듣지 않았다. 개척자들은 인내심을 가지고 기다렸다. 하지만 드디어 양심의 목소리에 따라 무서운 고백이 사내의 입에서 나올 때가 왔다.

11월 10일 밤 여덟 시쯤 어둠이 주위를 뒤덮었을 때, 베란다에 모여 있던 개척자들 앞에 사내가 불쑥 나타났다. 사내의 눈은 이상하게 번득이고, 꺼림칙한 과거의 흉포한 분위기가 온몸에 또다시 감돌고 있었다.

사이러스와 동료들은 사내가 몹시 흥분한 채 고열에 들뜬 환자처럼 이를 딱딱 마주치고 있는 것을 보고 놀랐다. 도대체 왜 저럴까? 같은 인간의 모습을 보는 것도 견딜 수 없나? 이 성실한 사람들과 어울려 사는 데 싫증이 났나? 과거의 짐승 같은 생활이 그리워졌나? 사내가 뚝뚝 끊기는 소리로 다음과 같이 중얼거렸을 때, 그들은 모두 그렇게 생각지 않을 수 없었다.

"왜 나는 여기 있지?…… 당신들은 무슨 권리로 나를 데려왔지?…… 당신들과 나 사이에 무슨 관계라도 있나?…… 내가 누군지 알고 있나?…… 내가 무슨 짓을 했는지…… 왜 그 섬에 혼자 있었는지 알고 있나?…… 내가 버림받은 인간이 아니라는 걸…… 그 섬에서 죽으라고 내버려진 인간이 아니라는 걸…… 당신들이 어떻게 알아?…… 내 과거에 대해 뭘 알고 있지?…… 내가 도둑놈, 살인자, 더럽고 비열한 놈…… 저주받은 인간…… 사람들한테서 멀리 떨어져 짐승처럼 사는 게 어울리는 놈이 아니라는 걸 당신들이 어떻게 알아?…… 말해봐…… 어떻게 알지?"

개척자들은 사내의 입에서 흘러나오는 넋두리를 방해하지 않고 가만히 듣고 있었다. 사이러스가 사내를 안심시키려고 다가갔지만, 상대는 재빨리 뒤로 펄쩍 뛰어 물러섰다.

"안 돼! 가까이 오지 마!" 사내가 외쳤다. "한마디만…… 나는 자유인가?"

"그래, 자네는 자유야." 사이러스가 대답했다.

"그럼 잘들 있어!" 사내는 미친 듯이 달려갔다.

네브와 펜크로프, 하버트가 사내를 따라 숲 가장자리로 달려갔지만, 이윽고 세 사람만 돌아왔다.

"그 사람 마음대로 하게 내버려 둬." 사이러스가 말했다.

"다시는 돌아오지 않을 거예요." 펜크로프가 외쳤다.

"아니, 돌아올 거야." 사이러스가 대답했다.

그후 며칠이 지났다. 하지만 사이러스는 사내가 언젠가는 돌아올 거라는 확신을 버리지 않았다.

"그건 그 사내의 마지막 반항이야." 사이러스가 말했다. "양심의 가책에 마지막으로 저항하는 거지. 외로운 생활은 더 큰 괴로움을 가져올 뿐이야."

그러는 동안에도 '전망대'나 우리에서 다양한 작업이 계속되었다. 사이러스는 완벽한 농장을 만들려 하고 있었다. 하버트가 타보르 섬에서 가져온 씨앗이 밭에 정성껏 심어진 것은 물론이다. 이리하여 고원에 손질이 잘된 채마밭이 생겨났다. 여러 구획으로 나뉜 그 채마밭에는 항상 일거리가 있어서 개척자들은 일손을 쉴 겨를도 없을 정도였다. 채소 종류가 늘어날수록 밭은 점점 넓어졌다. 한때 '전망대'를 뒤덮고 있던 초원은 드넓은 경작지로 바뀌었다. 그래도 다른 곳에는 풀이 많이 나 있었기 때문에 얼룩말의 먹이가 부족할 염려는 없었다. 그리고 '전망대'는 깊은 물줄기로 둘러싸여 있으니까, 이곳을 채마밭으로 바꾸고 목초지는 '전망대' 밖으로 옮기는 게 좋다. 목초지라면 원숭이나 짐승들이 망쳐놓지 않을까 하고 걱정할 필요도 없기 때문이다.

11월 15일, 세 번째 수확이 이루어졌다. 밀밭은 분명히 넓어지고 있었다. 최초의 밀알을 심은 지 18개월이 지났다. 두 번째로 수확한 60만 개의 밀알이 이번 수확에서는 4천 부셸로 불어났다.

그것은 밀알이 5억 개가 넘는다는 뜻이다. 개척자들도 이제는 밀이 부족하지 않게 되었다. 앞으로는 해마다 10부셸만 씨를 뿌리면 충분한 수확량이 보장되어, 사람과 동물이 충분히 먹을 수 있는 밀을 거두어들일 수 있을 것이다.

이렇게 수확이 끝나고, 11월 하순에는 빵을 만드는 작업을 하게 되었다.

그런데 그들이 손에 넣은 것은 밀가루가 아니라 밀이었기 때문에, 밀을 가루로 빻는 제분기를 만들어야 했다. '은혜 강' 으로 흘러나가는 제2의 폭포를 이용하여 물레방아를 만드는 것은 만물박사에게 그리 어려운 일이 아니었다. 이미 첫 번째 폭포는 가죽을 무두질하는 장치를 움직이는 데 이용되고 있었다. 그런데 이번에는 토론을 벌인 결과 '전망대' 위에 간단한 풍차를 만들기로 결정되었다. 풍차도 물레방아만큼 만들기가 쉬웠고, 이 '전망대' 는 언제나 바다에서 불어오는 바람을 받고 있었기 때문에 바람이 불지 않아서 풍차가 멈출 리는 없을 터였다.

"게다가……" 펜크로프가 덧붙여 말했다. "풍차가 물레방아보다 훨씬 멋져요. 아주 멋진 풍경이 될 겁니다!"

그들은 당장 일에 착수하여 풍차 날개와 방앗간을 만들 목재를 골라냈다. 호수 북쪽 연안에는 커다란 사암이 몇 개 있으니까 방앗간에 둘 맷돌에는 그 사암을 쓰면 되고, 풍차 날개에 달 천으로는 아직도 많이 남아 있는 공기주머니를 필요한 만큼 잘라서 쓰면 될 것이다.

사이러스는 설계도를 그렸다. 호숫가의 가금 사육장 오른쪽이 풍차를 세울 곳으로 선정되었다. 굵은 목재를 짜맞춘 토대 위에 방앗간을 세우고, 토대의 중심축은 방앗간 안에 둘 제분기와 연동하여 풍향에 따라 회전하도록 되어 있었다.

방앗간을 짓는 일은 금방 끝났다. 네브와 펜크로프는 솜씨 좋은 목수로 활약했다. 만물박사가 건네준 도면대로 일을 진행하기만 하면 되었다. 그래서 원뿔 모양의 지붕을 얹은 망루 같은 풍차 방앗간이 정해진 위치에 세워졌다. 풍차 날개가 될 네 개의 커다란 나무틀이 일정한 간격을 두고 구동축이 될 목재에 끼워졌고, 꺾쇠로 단단히 고정되었다. 방앗간에 설치된 제분 장치는 맷돌 두 개(아래쪽의 고정 맷돌과 위쪽의 회전 맷돌)를 넣는 커다란 상자, 절구로 밀을 떨어뜨리는 사각뿔 모양의 깔때기, 밀을 차례로 운반하기 위한 용기(언제나 덜그럭덜그럭 소리를 내며 이동하기 때문에 '수다쟁이'라는 별명이 붙었다), 그리고 밀겨를 거르기 위한 체 등이었다. 목공 연장이 갖추어져 있었기 때문에 일은 착착 진행되었다. 결국 풍차는 아주 간단한 장치니까, 풍차를 만드는 것은 시간문제일 뿐이었다.

풍차를 짓는 일에 모두가 나서서 협력한 덕분에 12월 1일에는 멋진 풍차가 완성되었다.

여느 때처럼 펜크로프는 자기가 한 일에 크게 만족했다. 풍차가 모든 면에서 완벽하다고 믿어 의심치 않았다.

"이제 필요한 건 좋은 바람뿐이에요. 강한 바람만 불면 최초의 밀가루가 손에 들어올 거예요!"

"좋은 바람이 부는 건 좋지만 너무 강한 바람은 좋지 않아." 사이러스가 받았다.

"강한 바람이 불면 우리 풍차가 더 빨리 돌 뿐이에요."

"그렇게 빨리 돌 필요는 없어. 경험으로 알려진 바에 따르면, 풍차 날개의 1분간 회전수가 풍속의 2.5배일 때 풍차의 효율이

펜크로프는 자기가 한 일에 크게 만족했다

가장 좋다네. 그리 강하지 않은 풍속 7미터의 바람이라도 날개는 1분 동안 16번을 돌지. 그 정도면 충분해."

"저것 보세요." 하버트가 외쳤다. "마침 적당한 북동풍이 불고 있어요!"

풍차 시운전을 늦출 이유가 전혀 없었다. 개척자들은 링컨 섬 최초의 빵을 하루라도 빨리 먹고 싶어서 견딜 수가 없었다. 그날 오전에 당장 두어 부셸의 밀을 빻았고, 이튿날 아침에는 크고 둥근 빵이 그래닛 하우스의 식탁에 올랐다. 맥주 효모로 부풀렸지만 꽤 결이 고운 빵이었다. 모두 걸신들린 듯이 빵을 물어뜯었다. 얼마나 맛있었는지는 상상하고도 남을 것이다.

이러는 동안에도 미지의 사내는 모습을 나타내지 않았다. 스필렛과 하버트는 그래닛 하우스 근처의 숲을 몇 번이나 돌아다녔지만 사내를 만나지도 못했고 발자국을 찾지도 못했다. 그들은 사내의 실종이 오래가는 것을 걱정하기 시작했다. 일찍이 타보르 섬에서 야생 생활을 한 사내는 사냥감이 많은 '서쪽 숲'에서 쉽게 살아남을 수 있을 것이다. 하지만 다시 옛날 습관을 되찾고, 외로운 생활 때문에 야만적인 본능이 되살아날 염려는 없을까? 그런데 사이러스는 무슨 예감이 들었는지, 사내가 반드시 돌아올 거라고 거듭해서 장담하고 있었다.

"돌아올 거야. 그가 타보르 섬에 있을 때는 자기가 혼자라는 걸 알고 있었어. 그런데 여기서는 혼자가 아니라는 걸, 자기와 같은 인간이 여럿이서 자기를 기다리고 있다는 걸 알고 있지. 그는 양심의 가책 때문에 죄를 뉘우치고 자신의 과거 생활을 반쯤 털어놓았어. 그러니 나머지 과거를 털어놓으러 돌아올 거야. 그날이야말로 그가 우리의 동료가 되는 날이지!"

사이러스의 이런 생각이 옳았다는 것을 보여주는 사건이 곧 일어났다.

12월 3일, 하버트는 '전망대'를 떠나 호수 남쪽으로 낚시를 하러 갔다. 소년은 무기를 가져가지 않았다. 그때까지 그 언저리에서는 위험한 짐승이 나타난 적이 없었기 때문에 경계할 필요가 없었다.

그때 펜크로프와 네브는 가금 사육장에서 일하고 있었고, 사이러스와 스필렛은 침니에서 소다를 만들고 있었다(비축해놓은 비누가 떨어졌기 때문이다).

갑자기 외침 소리가 울려 퍼졌다.

"도와줘요! 도와줘요!"

사이러스와 스필렛은 너무 멀리 떨어진 곳에 있어서 이 소리를 듣지 못했다. 하지만 펜크로프와 네브는 당장 가금 사육장을 뛰쳐나와 호수 쪽으로 달려갔다.

그런데 이들보다 먼저 사내가 '전망대' 가장자리를 흐르고 있는 '글리세린 내'를 건너 맞은편 냇둑으로 뛰어내렸다. 사내가 그 언저리에 있으리라고는 아무도 생각지 않았다.

건너편 냇둑에서는 하버트가 재규어와 맞서 있었다. '도마뱀 곶'에서 죽인 적이 있는 녀석과 비슷했다. 허를 찔린 소년은 나무를 등지고 서 있었지만, 재규어는 몸을 잔뜩 움츠리고 금방이라도 덤벼들 태세였다. 사내는 칼 한 자루밖에 갖고 있지 않았지만 맹수를 향해 돌진했다. 재규어도 새로 나타난 적을 향해 방향을 바꾸었다.

싸움은 짧게 끝났다. 사내는 괴력과 놀랄 만한 솜씨를 갖고 있었다. 사내는 맹수의 발톱이 몸을 파고드는 것도 아랑곳하지 않고 무서운 손힘으로 재규어의 목을 움켜잡은 다음, 다른 손에 쥔 칼로 짐승의 심장을 찔렀다.

재규어는 쓰러졌다. 사내는 발로 짐승의 시체를 밀어내고 그 자리를 떠나려고 했다. 이때 개척자들이 현장에 달려왔다. 하버트는 사내를 붙들고 늘어지면서 외쳤다.

"안 돼요. 안 돼. 아무데도 가지 마세요!"

사이러스가 사내 쪽으로 다가갔다. 사이러스가 다가오는 것을 본 사내는 눈살을 찌푸렸다. 찢어진 윗도리에 가려진 어깨에서 피가 흘러내리고 있었지만 사내는 신경쓰지 않았다.

"고맙네." 사이러스가 말했다. "우리는 지금 자네한테 은혜를 입었네. 이 아이를 구해주려고 자네는 목숨을 걸었어."

"목숨이라고?" 사내가 중얼거렸다. "내 목숨에 무슨 가치가 있다고. 아무 가치도 없어."

"다친 모양이군."

"이까짓 것. 아무렇지도 않아."

"손 좀 잡아도 될까요?"

하버트가 자기를 구해준 사내의 손을 잡으려고 하자 사내는 가슴팍에서 팔짱을 끼어버렸다. 가슴이 부풀어 오르고 눈은 흐려졌다. 사내는 달아나고 싶은 모양이었다. 하지만 애써 감정을 억누르고 퉁명스러운 투로 말했다.

"당신들은 누구야? 나한테 원하는 게 뭐야?"

처음으로 사내는 개척자들의 이야기를 들으려 하고 있었다. 이야기를 들려주면 사내도 자기 사연을 털어놓지 않을까?

사이러스는 리치먼드를 떠난 뒤에 일어난 일들을 간단히 이야기했다. 어떻게 난국을 헤쳐 나왔는지, 그리고 지금은 얼마나 풍

사내는 재규어의 목을 움켜잡았다

부한 자원과 물질을 손에 넣었는지도 이야기했다.

사내는 주의 깊게 귀를 기울이고 있었다.

그후 사이러스는 기디언 스필렛와 하버트, 펜크로프와 네브, 그리고 자기가 어떤 사람인지를 이야기했다. 그리고 덧붙이기를, 링컨 섬에 온 이래 가장 큰 기쁨을 맛본 것은 타보르 섬에서 당신을 데려와 링컨 섬의 식구가 하나 더 늘어났을 때였다고 말했다.

이 말에 사내는 얼굴을 붉히면서 고개를 숙였다. 황송하게 여기는 마음이 온몸에 뚜렷이 나타나 있었다.

"자, 우리에 대해 알았으니, 우리하고 악수를 나누지 않겠나?" 사이러스가 말했다.

"아니, 안 돼!" 사내는 탁한 목소리로 대답했다. "당신들은 모두 훌륭한 사람이야…… 하지만 나는!"

17

여전히 거리를 두다—사내의 부탁—우리에 농가를 짓다—
12년 전! —'브리타니아' 호의 일등항해사—타보르섬에 버려지다—
사이러스 스미스의 손—수수께끼의 편지

사내의 마지막 말은 개척자들의 예감이 옳았다는 것을 보여주었다. 그 불우한 사내의 인생에는 꺼림칙한 과거가 있었다. 그들은 사내가 이미 그 잘못을 속죄했다고 생각하지만, 사내의 양심은 아직도 자신을 용서하려 하지 않는다. 어쨌든 이 죄인은 자책감에 사로잡혀 후회하고 있었다. 개척자들은 진심으로 악수를 청했지만, 사내는 그 훌륭한 이들에게 손을 내미는 것은 어울리지 않는다고 생각했다. 그래도 재규어 사건이 일어난 뒤 사내는 숲으로 돌아가지 않았다. 그날부터는 그래닛 하우스를 떠나지 않았다.

사내의 과거에 숨어 있는 비밀은 무엇일까? 언젠가는 비밀을 털어놓을까? 그것은 이제 곧 알게 될 것이다. 어쨌든 사내에게 비밀을 캐묻지 말고, 아무것도 의심하지 않는 태도로 대하자는 데 개척자들의 의견은 일치했다.

며칠 동안 진과 다름없는 공동생활이 계속되었다. 사이러스 스미스와 기디언 스필렛은 때로는 화학자가 되고 때로는 물리학자가 되어 함께 일했다. 신문기자가 만물박사 곁을 떠나는 것은 하버트와 함께 사냥을 하러 갈 때뿐이었다. 소년을 혼자 숲으로 보내는 것은 위험하다는 것을 알았기 때문에 조심하기로 한 것이다. 네브와 펜크로프는 그래닛 하우스 안에서 다양한 실내 작업을 하는 것은 물론, 마구간이나 가금 사육장이나 가축우리에도 다니면서 일손을 쉬지 않았다.

미지의 사내는 동료들과 멀리 떨어진 곳에서 일하고 있었다. 전과 같은 생활로 돌아오기는 했지만, 식사도 함께 하지 않고 잠도 나무 그늘에서 혼자 자면서 동료들과 어울리려 하지 않았다. 자신을 구해준 사람들과 함께 있는 것이 그에게는 견딜 수 없는 고통처럼 보였다.

"하지만 그렇다면 왜 우리한테 구조를 청했을까요? 왜 바다에 그런 편지를 던졌을까요?" 펜크로프가 불평을 했다.

"이제 곧 말해주겠지." 사이러스는 여전히 그렇게 대답했다.

"언제 말해줄까요?"

"자네가 생각하는 것보다 빠를 거야."

실제로 고백의 날은 다가오고 있었다.

미지의 사내가 그래닛 하우스로 돌아온 지 일주일이 지난 12월 10일, 사이러스는 자기한테 다가오는 사내의 모습을 보았다. 사내는 조심스럽기는 했지만 침착한 어조로 이렇게 말했다.

"실은 한 가지 부탁이 있는데……."

"말해보게." 사이러스가 받았다. "하지만 그전에 나도 한 가지 말해둘 게 있네."

이 말을 듣고 사내는 얼굴을 붉히며 다시 물러나려고 했다. 사이러스는 자신을 죄인으로 생각하고 있는 사내의 마음을 이해했다. 사내는 사이러스가 과거에 대해 캐묻지나 않을까 걱정하고 있는 게 분명했다.

사이러스는 손으로 사내를 붙잡았다.

"우리는 자네의 동료일 뿐만 아니라 친구일세. 나는 그걸 말해주고 싶었을 뿐이야. 자, 그럼 자네 이야기를 들어보세."

사내는 눈에 손을 대고 몸이 떨리는 것을 억누르고 있는 듯했다. 사내는 한동안 아무 말도 못하고 있다가 이윽고 이렇게 말문을 열었다.

"실은 특별한 조치를 부탁하러 왔네."

"뭔지 말해보게."

"여기서 7, 8킬로미터 떨어진 산기슭에 가축우리가 있는데, 그곳 동물들도 돌봐줄 필요가 있어. 그곳에서 동물들과 함께 사는 것을 허락해줄 수 없을까?"

사이러스는 깊은 동정심에 사로잡혀 사내를 잠시 바라보다가 말했다.

"하지만 그곳에는 작은 축사밖에 없는데……."

"나는 그걸로 충분해."

"알았네. 자네가 원하는 일이라면 우리는 반대할 생각이 없네. 우리에서 살고 싶다면 그래도 상관없네. 물론 그래닛 하우스에서도 언제나 자네를 환영할 거야. 그런데 우리에서 살고 싶다면 자네가 살기 편하도록 필요한 준비를 해주겠네."

"그거야 어떻게 해도 좋지만…… 나는 괜찮아."

"이봐." 사이러스는 일부러 친근하게 말을 걸었다. "어떤 준비를 할 것인지에 대해서는 우리한테 맡겨줘!"

"고맙네." 사내는 그렇게 대답하고 돌아갔다.

사이러스는 곧 동료들에게 사내의 제의를 전했다. 그들은 되도록 쾌적한 나무집을 우리 안에 짓기로 했다.

그날로 당장 개척자들은 필요한 연장을 챙겨 들고 우리로 갔다. 나무집이 주인을 맞을 준비를 갖출 때까지 일주일도 걸리지 않았다. 집은 우리에서 10미터쯤 떨어진 동산에 지어졌다. 여기서는 여든 마리가 넘는 산양 떼를 편하게 지켜볼 수 있었다. 침대 · 탁자 · 벤치 · 선반 · 궤짝 같은 가구도 만들어졌고, 무기와 탄약과 도구도 운반되었다.

물론 사내는 새 집을 보러 가려고도 하지 않았다. 사내는 개척자들이 하는 일에 끼어들지 않고, 그동안 밭일을 끝내고 싶었는지 오로지 '전망대'에서 밭만 갈고 있었다. 사실 사내 덕분에 밭갈이는 완전히 끝나, 때가 오면 언제든지 씨를 뿌릴 수 있도록 되어 있었다.

가축우리에 집을 짓는 공사가 끝난 것은 12월 20일이었다. 사이러스는 사내에게 이제 집에 들어갈 수 있다고 말했다. 사내는 오늘 밤부터 그 집으로 자러 가겠다고 대답했다.

그날 밤 개척자들은 그래닛 하우스의 대청에 모여 있었다. 밤 여덟 시였다. 새 동료가 그들 곁을 떠날 시간이다. 일부러 작별 인사를 시키면 사내가 괴로워할 것 같아서, 개척자들은 폐가 되지 않도록 사내를 혼자 남겨두고 그래닛 하우스로 올라와 있었던 것이다.

그런데 모두 대청에서 이야기를 나누고 있을 때 입구에서 가벼운 노크 소리가 났다. 그러고는 사내가 나타나 이렇게 말했다.

"헤어지기 전에 나에 대해 알려주는 게 좋겠소."

이 간단한 말에 사이러스와 동료들은 강한 감동을 받았다.

사이러스는 벌떡 일어나 있었다.

"우리는 자네한테 아무것도 요구하지 않아. 말하지 않아도 괜찮네."

"아니야. 말하지 않을 수 없어."

"그럼 앉게."

"아니, 괜찮아. 그냥 서 있는 게 좋아."

사내는 대청 구석의 어두컴컴한 곳에 서 있었다. 모자를 쓰지 않은 사내는 가슴팍에 팔짱을 끼고 있었다. 그 자세 그대로 사내는 말을 억지로 쥐어짜내듯 잔뜩 쉰 목소리로 이야기하기 시작했다. 듣는 사람들은 한 번도 사내의 말을 가로막지 않았다.

1854년 12월 20일, 스코틀랜드의 영주 글레나번 경이 소유하고 있는 증기 유람선 '덩컨' 호가 남위 37도에 있는 오스트레일리아 서해안의 베르누이 곶에 닻을 내렸다. 이 배에는 글레나번 경과 부인, 영국군 소령, 프랑스인 지리학자, 그리고 소년과 소녀가 하나씩 타고 있었다. 이 아이들은 그랜트 선장의 자녀들이었다. 그랜트 선장의 배인 '브리타니아' 호는 1년 전에 승무원들과 함께 침몰해버렸다. '덩컨' 호는 존 맹글스 선장이 승무원 열다섯 명을 지휘해서 조종하고 있었다.

이 배가 그 시기에 오스트레일리아 연안을 항해하고 있었던 데에는 이런 사정이 있었다.

그보다 반년 전에 '덩컨' 호는 영어와 독일어와 프랑스어로 쓰인 편지가 든 유리병을 아일랜드 해에서 발견했는데, 그 편지에는 침몰한 '브리타니아' 호에서 살아남은 생존자가 세 명이라고

“말하지 않을 수 없어.”

적혀 있었다. 생존자는 그랜트 선장과 부하 두 명이었다. 이들 세 사람은 어느 곳에 표착했지만, 편지에서는 그곳의 위도밖에 알아볼 수 없었다. 경도는 바닷물에 지워져 읽을 수 없게 되고 만 것이다.

그 위도는 남위 37도 11분이었다. 그러니까 경도는 모르지만, 남위 37도선을 따라 육지와 바다를 더듬어가면 그랜트 선장과 두 선원이 있는 곳에 도달하게 된다.

영국 해군이 좀처럼 수색에 나서려고 하지 않자, 글레나번 경은 자신이 직접 나서서 그랜트 선장을 찾아내기로 결심하고 선장의 딸 메리와 아들 로버트에게도 연락을 취했다. 이리하여 '덩컨' 호는 글레나번 경의 부인과 그랜트 선장의 아이들도 태우고 준비를 갖춘 뒤 글래스고 항을 떠났다. '덩컨' 호는 우선 대서양으로 가서 마젤란 해협을 돌아 태평양으로 나온 다음, 북쪽으로 파타고니아까지 거슬러 올라갔다. 편지를 처음 읽었을 때는 그랜트 선장이 파타고니아 원주민한테 사로잡혀 있는 줄 알았다.

'덩컨' 호는 파타고니아 서해안에 승객을 내려놓고, 아르헨티나 동해안의 코리엔테스 곶에서 일행을 맞이하기 위해 그대로 출항했다.

글레나번 경은 남위 37도선을 따라 파타고니아를 가로질렀지만, 그랜트 선장의 흔적은 전혀 찾을 수 없었다. 그래서 글레나번 경은 11월 13일에 다시 배에 타고 해상에서 수색을 계속하기로 했다.

배의 항로에 있는 트리스탄다쿠냐 섬이나 암스테르담 섬*에도 가보았지만 아무 보람도 얻지 못한 채 '덩컨' 호는 1854년 12월 20일 오스트레일리아 서해안의 베르누이 곶에 도착한 것이다.

글레나번 경은 남아메리카 남부를 횡단했듯이 오스트레일리아도 횡단하기로 마음먹고 배에서 내렸다. 해안에서 몇 킬로미터 떨어진 곳에 아일랜드인의 농장이 있었는데, 그곳 주인이 나그네들을 반갑게 맞아주었다. 글레나번 경은 이 아일랜드인에게 여기까지 온 사정을 이야기하고, 아직 2년도 지나지 않았는데 영국의 대형 범선 '브리타니아' 호가 오스트레일리아 서해안에서 조난한 것을 모르냐고 물어보았다.

아일랜드인은 이 조난 사고에 대해서는 들은 적이 없었다. 그런데 그 농장의 머슴 하나가 끼어들어, 그 자리에 있는 사람들을 깜짝 놀라게 했다.

"나리, 주님을 찬양하고 주님께 감사하십시오. 그랜트 선장이 아직 살아 있다면 이 오스트레일리아 땅에 있을 겁니다."

"자네는 누군가?" 글레나번 경이 물었다.

"나리와 같은 스코틀랜드 사람입니다. 저는 그랜트 선장의 부하로 '브리타니아' 호에 타고 있다가 조난당한 사람입니다."

그 사내의 이름은 에어턴이었고, 신분증명서에도 적혀 있었듯이 실제로 '브리타니아' 호의 일등항해사였다. 하지만 배가 암초를 만나 난파했을 때 그 사내는 그랜트 선장과 헤어져버렸기 때문에, 그때까지는 선장도 동료 선원들도 모두 죽고 자기 혼자 살아남은 줄 알고 있었다.

"'브리타니아' 호가 침몰한 것은 오스트레일리아 서해안이 아니라 동해안입니다. 그리고 편지에 씌어 있듯이 그랜트 선장이

* 트리스탄다쿠냐 섬_ 남대서양에 있는 영국령 섬. 1502년 포르투갈인이 발견했을 때는 무인도였으며, 1815년 영국군이 세인트헬레나 섬에 유배 중인 나폴레옹을 감시하기 위해 점령했다. 암스테르담 섬_ 인도양 남동부에 있는 프랑스령 섬.

아직 살아 있다면 오스트레일리아 원주민에게 붙잡혀 있을 겁니다. 선장을 찾으려면 동해안으로 가야 합니다."

이렇게 말하는 사내의 목소리는 솔직해 보였고, 눈빛은 자신감에 차 있었다. 사내의 말에 의심스러운 점은 전혀 없었다. 1년 넘게 사내를 머슴으로 부린 아일랜드인 농장주도 사내가 믿을 만하다고 보증했다. 글레나번 경도 사내의 말을 믿고, 그의 충고대로 남위 37도선을 따라 오스트레일리아를 횡단하기로 결정했다. 글레나번 경과 부인, 두 아이, 소령, 프랑스인, 맹글스 선장, 선원 몇 명이 에어턴의 안내를 받게 되었고, 한편 '덩컨' 호는 이등항해사인 톰 오스틴이 남해안에 있는 멜버른으로 몰고 가서 글레나번 경의 지시를 기다리기로 했다.

일행은 1854년 12월 23일에 출발했다.

여기서 사내는 잠시 말을 멈추더니 개척자들을 둘러보았다.

"이제는 말해야겠소. 에어턴이라는 사내는 사실 배신자였소. '브리타니아' 호의 일등항해사였다는 건 사실이오. 하지만 그는 그랜트 선장과 말다툼을 벌인 끝에 동료 선원들을 선상 반란에 끌어들여 배를 빼앗으려고 했소. 그랜트 선장은 1852년 4월 8일 오스트레일리아 서해안에서 에어턴을 뭍에 내려놓고 그대로 떠나버렸지. 그것은 에어턴이 당연히 받아야 할 벌이었소.

따라서 그 사내는 '브리타니아' 호의 조난에 대해서는 아무것도 몰랐소. 글레나번 경의 이야기를 듣고서야 조난 사고에 대해 알았던 거요. 뭍에 버려진 뒤, 사내는 벤 조이스로 이름을 바꾸고 탈주한 유형수들로 이루어진 도적패의 두목이 됐소. 그가 뻔뻔스럽게도 '브리타니아' 호가 동해안에서 침몰했다고 주장하고 그

에어턴

쪽으로 가라고 글레나번 경에게 권한 것은, 선주를 배에서 멀리 떼어놓고 '덩컨' 호를 빼앗은 다음 그 배를 태평양의 해적선으로 만들 속셈 때문이었소."

사내는 말을 끊었다가 떨리는 목소리로 다시 이야기를 계속했다.

원정대는 오스트레일리아 대륙을 횡단하기 위해 길을 떠났다. 그것은 당연히 실패로 끝날 여행이었다. 에어턴(이제는 벤 조이스라고 불러도 상관없다)이 길을 안내하고 있기 때문에, 탈옥수 일당이 앞서거니 뒤서거니 하면서 줄곧 원정대를 따라다니고 있었다. 악당들은 미리 그렇게 하라는 지령을 받았다.

한편 '덩컨' 호는 멜버른으로 가서 수리를 받고 있었다. 그래서 에어턴은 배를 멜버른에서 오스트레일리아 동해안으로 보내라고 글레나번 경을 설득할 필요가 있었다. 동해안에서는 배를 빼앗기가 더 쉬울 테니까. 에어턴은 동해안과 가까운 넓고 울창한 숲까지 원정대를 데려갔다. 식량이 거의 다 떨어져가고 있었지만, 에어턴은 마침내 글레나번 경을 설득해서 편지를 쓰게 하는 데 성공했다. 에어턴이 직접 '덩컨' 호의 이등항해사한테 전달할 예정인 그 편지에는 동해안의 투폴드 만으로 당장 배를 보내라는 명령이 적혀 있었다. 투폴드 만은 원정대가 있는 숲에서 며칠 만에 닿을 수 있는 곳이었고, 에어턴은 이곳에서 공범자들과 만나기로 되어 있었던 것이다.

그런데 이 편지가 에어턴에게 건네지기 직전에 이 배신자의 정체가 탄로났고, 에어턴은 도망칠 수밖에 없었다. 그런데도 에어턴은 계획을 포기하지 않았다. 하지만 '덩컨' 호를 에어턴한테 넘기라는 명령이 적혀 있는 편지가 없으면 배를 손에 넣을 수 없다. 무슨 수를 써서라도 그 편지를 빼앗아야 했다. 에어턴은 보기 좋게 편지를 손에 넣고, 이틀 뒤 멜버른에 도착했다.

지금까지는 이 범죄자의 흉계가 성공을 거두었다. 에어턴이 '덩컨' 호를 투폴드 만으로 몰고 가면 탈옥수 일당이 쉽게 배를 빼앗을 수 있고, 선원들을 모조리 죽여버리면 벤 조이스는 바다의 지배자가 될 수 있었다. 하지만 이 저주받을 계획이 막 실현되려는 순간, 신의 손길이 그 악당의 발목을 잡았다.

에어턴은 멜버른에 도착하자 이등항해사인 톰 오스틴한테 편지를 건네주었다. 오스틴은 편지를 읽자마자 멜버른을 떠났다. 그런데 출항한 이튿날 에어턴은 배가 오스트레일리아 동해안의 투폴드 만으로 가고 있는 것이 아니라 뉴질랜드 동해안으로 가고 있다는 것을 알았다. 화가 난 에어턴이 이의를 제기하자 오스틴은 그에게 편지를 보여주었다. 과연 그 편지에는 뉴질랜드 동해안이 배의 행선지로 되어 있었다. 글레나번 경을 대신해서 프랑스인 지리학자가 편지를 썼는데, 그만 부주의로 실수를 저지른 것이다.

에어턴의 계획은 모두 물거품이 되고 말았다. 그는 반란을 일으키려다가 붙잡혔고, 공범자 일당이나 글레나번 경이 어떻게 될지도 모른 채 뉴질랜드 동해안으로 끌려갔다.

'덩컨' 호는 3월 3일까지 해안선을 따라 순항했다. 3월 3일에 에어턴은 대포 소리를 들었다. 그것은 '덩컨' 호가 주인을 영접하기 위해 쏘아올린 포성이었다. 이윽고 글레나번 경 일행이 배에 올라탔다.

어떻게 해서 이렇게 되었는지를 설명하면 이렇다.

글레나번 경은 많은 고생과 위험을 겪으면서 오스트레일리아를 횡단하여 마침내 동해안의 투폴드 만에 도착할 수 있었다. 그런데 '덩컨' 호가 보이지 않자 멜버른으로 전보를 쳤다. 그러자 '덩컨' 호는 지난 18일에 출항했지만 행선지는 알 수 없다는 회신이 왔다.

글레나번 경은 그 멋진 배가 벤 조이스의 손에 들어가 해적선이 되어버렸다고 생각할 수밖에 없었다. 하지만 글레나번 경은 수색을 포기하지 않았다. 그는 너그러운 마음씨에 대담무쌍한 배짱을 가진 사람이었다. 글레나번 경은 상선을 타고 뉴질랜드 서해안으로 돌아가서 남위 37도선을 따라 뉴질랜드를 횡단했지만, 그랜트 선장의 자취는 찾을 수 없었다. 그런데 동해안에서 놀랍게도 하늘의 뜻에 따라 '덩컨' 호를 만날 수 있었다. '덩컨' 호는 이등항해사의 지휘 아래 5주 동안이나 그곳에서 주인이 도착하기를 기다리고 있었던 것이다!

이리하여 1855년 3월 3일 글레나번 경은 '덩컨' 호에 오르게 되었지만, 그 배에는 에어턴도 타고 있었다. 악당은 주인 앞으로 끌려나왔다. 글레나번 경은 그랜트 선장에 대해 알고 있는 것을 실토하라고 다그쳤다. 하지만 에어턴은 답변을 거부했다. 그래서 글레나번 경은 첫 기항지에서 이 악당을 영국 관헌에 넘기겠다고 말했지만 에어턴은 여전히 묵묵부답이었다.

'덩컨' 호는 다시 남위 37도선을 따라 항해하기 시작했다. 도중에 글레나번 부인이 저항을 포기하라고 악당을 설득했다. 결국 부인에게 설득당한 에어턴은 자백하는 대신 자기를 영국 관헌에 넘기지 말고 태평양의 어느 섬에 내려놓고 가달라고 제의했다. 글레나번 경도 그랜트 선장에 대해 알기 위해서는 어떤 대가도

치를 각오였기 때문에 이 제의를 수락했다.

그래서 에어턴은 그때까지의 상황을 이야기했지만, 그랜트 선장이 오스트레일리아 해안에 자기를 내려놓고 가버린 뒤에는 어떻게 됐는지 전혀 모르는 게 사실이었다.

그래도 글레나번 경은 약속을 지키기로 했다. '덩컨' 호는 항해를 계속해서 타보르 섬에 도착했다. 에어턴은 이 섬에 내려지게 되었는데, 남위 37도선에 있는 타보르 섬에서 그랜트 선장과 두 선원을 발견한 것은 정말 기적이라고밖에 할 수 없었다. 이리하여 에어턴은 그랜트 선장 일행과 교대하여 무인도에 남게 되었다. 드디어 에어턴이 배에서 내릴 때 글레나번 경은 이런 말을 해주었다.

"에어턴, 이 섬은 어떤 육지에서도 멀리 떨어져 있고, 다른 사람들과 연락을 취할 수도 없다. '덩컨' 호가 떠난 뒤에도 너는 이 섬에서 벗어날 수 없다. 너는 혼자다. 마음속까지 읽어내는 하느님만이 너를 지켜보실 뿐이다. 하지만 그랜트 선장과 달리 너는 행방불명된 것도 아니고, 다른 사람들이 네 운명을 모르는 것도 아니다. 너는 일부러 기억해줄 가치도 없는 놈이지만, 우리는 너를 잊지 않을 것이다. 에어턴, 나는 네가 어디에 있는지 알고 있고, 어디에 가면 찾을 수 있는지도 알고 있다. 나는 절대로 잊지 않을 것이다."

이렇게 '덩컨' 호는 떠났고, 곧 모습을 감추었다.

이것이 1855년 3월 18일의 일이었다.*

에어턴은 혼자 남겨졌지만, 섬에는 탄약과 무기, 연장과 채소 씨앗도 갖추어져 있었다.

에어턴은 그랜트 선장이 지어놓은 집까지 자유롭게 사용할 수 있었다. 에어턴이 할 일은 외로움 속에서 오래 살아남아 자신이 지은 죄를 속죄하는 것뿐이었다.

에어턴은 후회와 죄책감 속에서 실로 비참한 기분을 맛보았다. 언젠가 섬으로 자기를 데리러 와줄 사람이 있다면, 그들의 사회로 복귀할 수 있는 인간이 되어야 한다고 생각했다. 그 가련한 사내는 얼마나 괴로워했는지 모른다! 끊임없는 노동을 통해 자신을 개조하고 싶어서 얼마나 열심히 일했는지 모른다! 기도를 통해 거듭나고 싶어서 얼마나 열심히 기도를 드렸는지 모른다!

"그래도 하늘은 그에게 충분히 벌을 주었다고 생각지 않았던 모양이오. 그는 자신이 조금씩 야만적인 인간이 되어가는 것을 느꼈소. 사고능력이 조금씩 약해져가는 것을 느꼈지. 섬에 혼자 남겨진 지 2년 뒤인지 4년 뒤인지는 알 수 없지만, 결국에는 당신들이 발견한 그런 비참한 인간이 되어버렸소!"

사내의 이야기가 끝날 무렵, 사이러스와 동료들은 모두 일어나 있었다. 그들이 얼마나 감동했는지를 전하기는 쉽지 않다. 에어턴의 이야기 속에는 치열했던 고통과 불행과 절망이 꾸밈없이 그리고 숨김없이 드러나 있었다.

이윽고 사이러스가 말했다.

"에어턴! 자네는 큰 죄를 지었지만, 이제 하느님은 자네가 충분히 속죄했다고 판단하셨네. 자네는 구원을 받았으니까. 그 증

* [원주] 지금까지 요약해서 기술된 사건은 《그랜트 선장의 아이들》이라는 작품에서 인용한 것이다. 이 작품을 이미 읽은 독자도 있을 것이다. 그런 독자들은 여기서 사건이 일어난 날짜가 다른 것을 알아차릴 것이다. 하지만 정확한 날짜를 왜 미리 알려줄 수 없었는지는 나중에 밝혀질 것이다.

거로 하느님은 자네를 다시 인간들 속으로 데려오셨어. 에어턴, 자네는 용서받았어. 그럼 이제 우리 동료가 되어주겠지?"

에어턴은 한 걸음 뒤로 물러났다.

"자, 우리 악수하세!" 사이러스가 말했다.

에어턴은 사이러스가 내민 손에 덤벼들었다. 굵은 눈물방울이 뺨을 타고 흘러내렸다.

"우리와 함께 살지 않겠나?"

"좀더 시간을 주게. 당분간은 가축우리에 새로 지은 집에서 혼자 살게 해주게."

"원하는 대로 하게, 에어턴."

에어턴이 물러가려 할 때 사이러스가 마지막 질문을 던졌다.

"끝으로 한 가지만 묻겠네. 자네는 속죄 기간을 혼자서 외롭게 살기로 결심했는데, 왜 그런 편지를 써서 바다에 던졌나? 그 편지 덕분에 결국은 우리가 자네를 구조했지만."

"편지라니?" 에어턴은 무슨 소리인지 영문을 모르겠다는 얼굴로 되물었다.

"우리는 유리병에 든 편지를 발견했어. 타보르 섬의 정확한 위치가 적혀 있었지."

에어턴은 이마에 손을 대고 잠시 생각한 뒤에 말했다.

"나는 지금까지 편지를 바다에 던진 적이 없어."

"한 번도?" 펜크로프가 큰 소리로 물었다.

"한 번도!"

에어턴은 가볍게 고개를 숙여 인사하고는 문으로 가서 어둠 속으로 사라졌다.

"자, 우리 악수하세!" 사이러스가 말했다

18

궁금증—사이러스와 스필렛—만물박사의 착상—전신—

전선—전지—유쾌한 계절—날로 번영하는 개척지—사진—

하얀 눈—링컨 섬에서 보낸 2년

“정말 불쌍한 사람이군요!” 하버트가 말했다. 에어턴이 밖으로 나가자 소년은 문간으로 달려가서, 사내가 엘리베이터 밧줄을 타고 내려가 어둠 속으로 사라지는 것을 지켜보고 돌아왔다.

“돌아올 거야.” 사이러스 스미스가 말했다.

“그런데 사이러스 선생님.” 펜크로프가 큰 소리로 말했다. “이게 대체 어떻게 된 겁니까? 병을 바다에 던진 게 에어턴이 아니라니! 그럼 도대체 누가 그랬을까요?”

지금 제기해야 할 의문이 있다면 바로 그것이었다.

“에어턴이에요. 그 사람은 벌써 반쯤 미쳤어요.” 네브가 대답했다.

“맞아요. 에어턴은 자기가 하는 행동을 몰랐던 게 분명해요.” 하버트도 말했다.

“그렇게밖에는 설명할 수 없어.” 사이러스가 강한 어조로 대답했다. “에어턴이 타보르 섬의 위치를 어떻게 그처럼 정확하게 알려줄 수 있었는지, 이제는 이해가 돼. 그 섬에 버려지기 전에 일어난 온갖 사건 덕분에 에어턴은 섬의 위치를 알고 있었고, 그 위치가 마음속에 깊이 새겨졌을 테니까."

그러자 펜크로프가 고개를 갸웃거리면서 말했다.

"하지만 에어턴이 편지를 썼다면 그때는 아직 머리가 이상해지지 않았을 테니까 편지를 바다에 던진 게 7~8년 전이라는 이야기가 되는데, 그렇다면 어떻게 종이가 바닷물에 손상되지 않을 수 있었을까요?"

"그건 에어턴의 머리가 이상해진 게 그가 생각하는 것보다 훨씬 최근이라는 걸 보여주는 증거일 수도 있지." 사이러스가 대답했다.

"그렇게 생각할 수밖에 없군요. 달리 설명할 도리가 없으니까요." 펜크로프가 말했다.

"그래." 사이러스도 대답했지만, 그 대화를 오래 끌고 싶지 않은 눈치였다.

"그런데 에어턴의 말이 과연 진실일까요?" 선원이 물었다.

"진실이야." 스필렛이 대답했다. "에어턴의 이야기는 모든 점에서 사실이야. 글레나번 경이 조난자를 찾으러 가서 구조에 성공했다는 신문기사는 나도 잘 기억하고 있지."

"에어턴은 진실을 말했어." 사이러스도 덧붙여 말했다. "그걸 의심하지 말게, 펜크로프. 그 이야기를 하는 건 에어턴한테 참으로 힘든 일이었으니까. 그만큼 죄를 깊이 뉘우치는 사람이라면 진실밖에는 말할 수 없는 법이지."

이튿날(12월 21일), 개척자들이 일단 모래밭에 내려갔다가 고원으로 올라가 보니 에어턴은 벌써 보이지 않았다. 어젯밤에 우리에 지은 집으로 자러 갔을 것이다. 그들은 일부러 달려가서 방해하지 않는 게 좋다고 판단했다. 격려의 말로는 해결할 수 없는 문제도 아마 시간이 해결해줄 터였다.

하버트와 펜크로프와 네브는 일상적인 일로 돌아갔고, 사이러스와 스필렛은 마침 그날 침니 작업장에서 함께 해야 할 일이 있었다.

"사이러스 씨." 스필렛이 말했다. "병에 든 편지에 대해서 어제 한 얘기 말입니다. 나는 도무지 납득이 가지 않아요. 에어턴이 그 편지를 써서 바다에 던졌다면, 그걸 전혀 기억하지 못할 수 있을까요?"

"그렇다면 편지를 쓴 사람은 에어턴이었을 리가 없지."

"그럼 당신은 여전히……."

"나는 아무것도 믿지 않고, 아무것도 몰라!" 사이러스는 기자의 말을 가로막고 대답했다. "나는 이 편지 문제를 내가 설명할 수 없는 온갖 사건들 가운데 하나로 보고 있을 뿐이라네."

"정말이지 우리는 여기서 수수께끼 같은 일들을 자주 겪었어요. 당신이 구조된 것, 해안에 떠밀려온 상자, 토비의 모험, 그리고 병에 든 편지까지…… 이런 수수께끼를 푸는 열쇠를 언젠가는 찾을 수 있을까요?"

"찾을 수 있고말고!" 사이러스는 힘주어 대답했다. "이 섬을 속속들이 뒤져야 한다면, 그렇게 해서라도 반드시 찾아내겠네."

"어쩌면 우리가 찾는 해답이 우연히 발견될지도 몰라요."

"우연이라고? 스필렛! 나는 이 세상에 신비라는 것이 존재한다고 믿지 않듯이, 우연도 믿지 않네. 여기서 일어난 불가해한 사건들은 결국 원인이 있고, 언젠가는 그 원인을 찾아낼 걸세. 하지만 그때까지는 지켜보면서 일이나 계속하세."

1월이 와서 1867년이 시작되었다. 각자 충실히 여름 노동에 몰두했다. 1월 초에 하버트와 스필렛은 가축우리에 가서, 에어턴이 새 거처에 제대로 자리를 잡았는지 확인했다. 에어턴은 가축 돌보는 일을 맡아서 그 일에 열중해 있었다. 에어턴 덕분에 동료들은 사나흘마다 우리를 둘러보는 수고를 덜게 되었다. 그래도 개척자들은 에어턴이 너무 오랫동안 혼자 지내지 않도록 이따금 그를 찾아갔다.

에어턴도 사이러스와 스필렛이 품고 있는 온갖 의문을 들었기 때문에, 가축우리 주변을 주의 깊게 지켜보다가 뭔가 별난 일이 일어나면 그래닛 하우스에 알려줄 것이다.

그런데 그런 사건은 갑자기 일어날 수 있고, 그것을 당장 알려야 하는 경우도 생각할 수 있다. 링컨 섬의 수수께끼에 관한 것 외에도 동료들을 빨리 불러야 할 사태가 벌어질 가능성도 있다. 예를 들면 서해안 난바다에 배가 나타난다든가, 서해안에서 해난 사고가 일어난다든가, 해적선이 온다든가 하는 경우다.

그래서 사이러스 스미스는 가축우리와 그래닛 하우스가 바로 연락을 주고받을 수 있게 하기로 마음먹었다.

1월 10일, 사이러스는 계획을 동료들에게 알렸다.

"어떻게 할 작정입니까?" 펜크로프가 물었다. "설마 전신기를 갖출 생각은 아니겠지요?"

"바로 그럴 생각이라네." 만물박사가 대답했다.

"전기를 쓰는 전신기 말인가요?" 하비트가 큰 소리로 외쳤다.

"그래." 사이러스가 대답했다. "전지를 만드는 데 필요한 재료는 모두 갖추어져 있어. 전선을 만드는 게 어렵겠지만, 다이스 철판을 이용하면 어떻게든 될 거야."

"그게 가능하다면 언젠가는 이 섬을 기차로 여행할 수도 있겠군요." 선원이 말했다.

그들은 전선을 만드는 어려운 일부터 시작했다. 여기에 실패하면 전지나 다른 부속품을 만들어도 소용이 없기 때문이다.

링컨 섬의 철은 품질이 좋아서 가늘게 잡아 늘이기에 적당하다. 사이러스는 다이스 철판을 만드는 일부터 시작했다. 다이스 철판은 강철판에 원뿔 모양으로 다양한 크기의 구멍을 뚫고, 그 구멍을 통해 필요한 굵기의 철사를 뽑아내는 틀이다. 이 강철 기구는 제련업에서 말하는 '고탄소강'으로 불려진 뒤, 폭포에서 조금 떨어진 땅속에 깊이 박아넣은 틀에 단단히 고정되었다. 폭포 근처에 자리를 잡은 것은 사이러스가 또다시 폭포를 동력으로 이용하려고 했기 때문이다.

그곳에는 가죽을 무두질하는 기계가 놓여 있었다. 이 기계는 지금은 사용되고 있지 않지만, 강력한 폭포는 아직도 기계의 구동축을 돌리고 있었다. 엄청난 힘으로 돌아가는 그 구동축에 철사를 감으면, 철사를 길게 늘이는 데 도움이 될 터였다.

하지만 이 작업은 상당히 어렵고 세심한 주의를 기울여야 한다. 철은 미리 가늘고 긴 막대기 모양으로 만들어 그 끝을 줄로 뾰족하게 갈아둔다. 그것을 철판 구멍 속에 밀어넣고 구동축으로 잡아 늘여 8미터에서 10미터 길이로 둘러 감는다. 그후 이것을 되감으면서 점점 더 작은 구멍 속으로 밀어넣는다. 이리하여 결국은 길이가 13미터에서 15미터쯤 되는 철사를 손에 넣었다. 그래닛 하우스와 가축우리는 8킬로미터쯤 떨어져 있으니까, 그 철사들을 연결하여 팽팽하게 당기면 된다.

철사 만드는 일을 끝내는 데에는 며칠이 걸린다. 이 작업이 순조롭게 진행되는 것을 본 사이러스는 철사 만드는 일을 동료들에게 맡기고 자신은 전지를 만드는 일에 착수했다.

이번에는 전류가 항상 흐르는 전지를 만들어야 한다. 현재 전지의 재료는 레토르트 카본과 아연과 구리인 것으로 알려져 있다. 구리는 지금 상황에서는 전혀 구할 수 없다. 사이러스가 아무리 찾아도 링컨 섬에서는 구리가 발견되지 않았기 때문에, 이것은 포기할 수밖에 없다. 레토르트 카본이란 석탄가스를 만들 때 석탄에서 수소를 제거한 뒤 건류 레토르트 속에 남는 단단한 흑연을 말한다. 이것은 만들어낼 수도 있었지만 특별한 장치를 갖추어야 하고, 그렇게 되면 일이 거창해질 것이다. 여러분은 '표류물 곶'에서 발견된 상자에 아연 덮개가 씌워져 있었던 것을 기억할 것이다. 그 아연을 이번 일에 이용하지 않을 이유는 없다.

사이러스 스미스는 충분히 생각한 끝에 아주 간단한 전지를 만들기로 결정했다. 그것은 베크렐*이 1820년에 고안한 아연 전지에 가까운 것이었다. 아연 이외에 필요한 재료는 질산과 칼륨인데, 그것은 충분히 갖고 있었다.

질산과 칼륨의 상호반응으로 효력을 발생하는 이 전지는 다음과 같이 만들어졌다.

우선 유리통을 몇 개 만들어 거기에 질산 용액을 채우고 마개를 씌운다. 유리통 한가운데에 가느다란 유리관을 꽂고, 맨 아랫부분에 헝겊으로 감은 점토 덩어리를 붙여 질산 용액에 담근다. 유리관의 윗부분에는 칼륨 용액을 부어넣는다. 이리하여 질산과

* 앙투안 세자르 베크렐1788~1878_ 프랑스 물리학자.

유리통 한가운데에 가느다란 유리관을 꽂고……

칼륨은 점토를 통해 서로 반응하게 되었다.

이어서 사이러스는 얇은 아연 조각 두 개를 손에 들고 하나는 질산 용액 속에, 또 하나는 칼륨 용액 속에 넣었다. 곧 전류가 발생하여 유리통 속의 아연에서 유리관 속의 아연으로 전류가 흘렀다. 얇은 아연 조각 두 개는 하나의 전선으로 이어져 있었기 때문에 유리관 속에 든 아연 조각은 양극, 유리통 속에 든 아연 조각은 음극이 되었다. 이렇게 각 유리통에 생긴 전류를 모으면 충분히 전신을 보낼 수 있는 장치가 만들어진다.

사이러스는 이렇게 간단하지만 독창적인 장치를 만들어 그래닛 하우스와 가축우리가 전신으로 서로 연락을 주고받을 수 있게 했다.

2월 6일, 전신주를 세우는 작업이 시작되었다. 전신주에는 유리로 절연기구를 달았다. 가축우리로 이어지는 길을 따라 전신주를 세우고 전선을 치려는 것이다. 며칠 뒤에는 전선이 쳐졌고, 1초에 10만 킬로미터의 속도를 가진 전류를 전선에 흘릴 준비가 다 갖추어졌다. 접지를 사용하면 전류를 땅으로 흘려보낼 수도 있다.

전지는 두 개를 만들었다. 하나는 그래닛 하우스, 또 하나는 가축우리에서 쓸 것이다. 우리 쪽에서 그래닛 하우스로 연락할 일도 있을 것이고, 그래닛 하우스에서 우리에 연락할 필요도 있기 때문이다.

수신기와 송신기도 아주 간단한 것이었다. 두 전신국에서 전선이 전자석에 감겼다. 연철* 덩어리에 전선을 감은 것이다. 전

* 연철_ 탄소 함유량이 적고 전자기 재료에 쓰이는 부드러운 철.

신은 두 개의 자극 사이에 이루어지는데, 양극에서 나온 전류는 전선을 통해 일시적으로 자기를 띤 전자석으로 흐르고, 땅을 통해 음극으로 돌아가는 구조다. 전류가 끊기면 전자석은 당장 자력을 잃게 된다. 따라서 전자석 앞에 연철판을 두면 된다. 전류가 통하고 있는 동안은 연철판이 전자석에 찰싹 달라붙어 있지만, 전류가 끊어지면 거기에서 떨어진다. 이렇게 연철판 장치를 만든 사이러스는 거기에 바늘을 달았다. 그리고 바늘 밑에 알파벳 문자를 새긴 문자반을 배치했다. 이것으로 두 전신국이 연락을 주고받을 수 있게 되었다.

2월 12일에 모든 설비가 완성되었다. 그날 사이러스는 전선에 전류를 흘려보내고 가축우리의 수신 상황을 물었다. 그러자 곧 잘되고 있다는 에어턴의 대답이 돌아왔다.

펜크로프는 기뻐서 어쩔 줄 몰랐다. 그는 날마다 아침저녁으로 우리에 전보를 쳤다. 그러면 반드시 응답이 돌아왔다.

이 통신 방법에는 실제로 두 가지 이점이 있었다. 우선 가축우리에 에어턴이 있다는 것을 확인할 수 있고, 둘째로는 에어턴을 완전히 고독한 상태에 내버려두지 않아도 된다는 것이다. 물론 사이러스는 일주일도 지나기 전에 에어턴을 만나러 갔고, 에어턴도 이따금 그래닛 하우스를 찾아와 언제나 환대를 받았다.

이렇게 일상적인 작업이 계속되는 가운데 기분 좋은 계절이 지나갔다. 개척지의 자원, 특히 채소와 곡식은 날마다 늘어났다. 타보르 섬에서 가져온 모종도 뿌리를 내렸다. '전망대'의 농장을 보면 모두 안심했다. 네 번째로 거두어들인 밀의 수확량은 대단했다. 4천억 개의 밀알이 수확되었는지를 계산해보려고 생각하는 사람은 없었다. 1분에 300개, 한 시간에 1만 8000개의 밀알을 셀 수 있다 해도 이 작업을 끝내려면 약 5500년이 걸린다고 사이러스가 가르쳐주자, 다기찬 펜크로프도 포기할 수밖에 없다고 생각했다.

날씨는 더없이 좋았고, 낮 기온은 높아졌다. 하지만 저녁이 되면 난바다에서 불어오는 바람이 대기의 열을 식히고, 그래닛 하우스 주민들에게 시원한 밤을 가져다주었다. 그래도 뇌우가 덮칠 때도 있었다. 오래 계속되지는 않았지만, 뇌우는 격렬한 기세로 링컨 섬을 습격했다. 몇 시간 동안 번개가 하늘을 밝히고, 천둥소리가 계속 울려 퍼졌다.

이 시기에 개척지는 최고의 번영을 누리고 있었다. 가금 사육장의 새들이 급속히 늘어났기 때문에 많은 새를 식량으로 소화했다. 사육하고 있는 새를 적당한 수로 줄일 필요가 생겼기 때문이다. 돼지도 계속 새끼를 낳고 있었다. 네브와 펜크로프는 돼지를 돌보는 데 많은 시간을 썼다. 얼룩말 한 쌍도 귀여운 새끼 두 마리를 낳았다. 스필렛과 하버트는 자주 얼룩말을 타고 돌아다녔다. 하버트는 스필렛의 지도를 받아 훌륭한 기수가 되어 있었다. 또한 얼룩말은 짐수레를 끌고 그래닛 하우스에 땔나무나 석탄을 실어 나르기도 하고, 만물박사가 이용하는 다양한 광물을 운반하기도 했다.

이 무렵 '서쪽 숲' 깊숙이까지 탐험이 이루어졌다. 숲 속에서는 지독한 더위를 걱정하지 않고 돌아다닐 수 있었다. 머리 위에 빽빽이 우거진 나뭇잎이 햇빛을 막아주었기 때문이다. 그들은 북쪽의 가축우리에서 '폭포 내' 어귀에 이르기까지 '은혜 강' 왼쪽 일대를 조사했다.

이곳을 원정할 때 개척자들은 만반의 무장을 갖추었다. 사납고 흉포한 멧돼지를 몇 번이나 만났기 때문이다. 이 멧돼지는 싸울 때 아주 끈질기고 집요했다.

이 무렵 그들은 무서운 재규어와도 싸웠다. 기디언 스필렛은 재규어를 유난히 미워했고, 그의 제자인 하버트도 열심히 기자를 도왔다. 무장하고 있으면 재규어를 만나도 두려울 게 없었다. 하버트는 아주 대담했고, 스필렛의 침착성은 놀라울 정도였다. 이리하여 벌써 20장쯤 되는 멋진 재규어 모피가 그래닛 하우스의 대청을 장식하고 있었다. 이런 사냥이 계속되면, 사냥꾼들의 계획대로 재규어 무리는 곧 이 섬에서 자취를 감추게 될 것이다.

사이러스도 이따금 미지의 땅에서 이루어지는 탐험에 참가하여, 세심하고 주의 깊게 주위를 관찰했다. 나무가 울창한 드넓은 숲에서 그가 찾는 것은 들짐승의 발자국이 아닌 발자국이었지만, 수상한 존재를 보여주는 흔적은 찾지 못했다. 함께 따라온 토비나 주피도 수상한 존재를 냄새 맡은 기색은 보이지 않았다. 하지만 토비가 그 우물 주위에서 짖은 것은 한두 번이 아니었다. 사이러스도 우물 속을 살펴보았지만 아무것도 찾지 못했다.

바로 그 무렵, 스필렛은 하버트의 도움을 받아 섬에서 가장 아름다운 곳의 사진을 찍었다. 표류물 상자 속에 넣어둔 채 그때까지 쓰지 않았던 카메라를 꺼내 사용한 것이다.

이 카메라는 밝은 렌즈가 달린 정교한 제품이었다. 사진을 찍는 데 필요한 재료는 모두 갖추어져 있었다. 유리판에 바르는 콜로디온, 이 유리판을 감광하기 쉽게 만드는 질산은, 찍은 영상을 정착시키는 하이포(티오황산나트륨), 인화지를 씻는 염화암모늄, 이 인화지를 담그는 초산나트륨과 염화은도 있었다. 인화지에 대한 염화 처리가 끝나면, 물로 희석한 질산은 용액에 몇 분 동안 담가두기만 하면 된다. 그것을 인화기 테두리의 네가 위에 놓으면 사진이 만들어진다.

신문기자와 그의 조수인 하버트는 며칠 만에 솜씨 좋은 카메라맨이 되었다. 두 사람은 섬을 이곳저곳 돌아다니면서 아름다운 풍경 사진을 찍었다. '전망대'에서 찍은 섬의 전경, 멀리 바라보이는 프랭클린 산, 높은 바위산에 둘러싸인 그림 같은 '은혜강' 어귀, 숲 속의 빈터, 산기슭의 완만한 언덕을 등진 가축우리, '발톱 곶'과 '표류물 곶'의 색다르고 다채로운 경치.

카메라맨들은 섬 주민을 한 사람도 빠짐없이 사진에 담는 것도 잊지 않았다.

"식구가 늘어났군." 펜크로프가 말했다.

선원은 잘 찍힌 자신의 초상 사진이 그래닛 하우스의 벽을 장식하고 있는 것을 보고 무척 기뻐했다. 그는 초상 사진들이 나란히 걸려 있는 곳을 지나갈 때면 일부러 걸음을 멈추고 브로드웨이의 호화로운 쇼윈도라도 들여다보듯 자신의 사진을 바라볼 때가 많았다.

하지만 최고 걸작은 분명 주피의 사진이었다. 주피는 무어라 형언할 수 없는 표정으로 엄숙하게 포즈를 취했다. 그의 초상 사진은 실물과 똑같아서 마치 살아 있는 것 같았다.

"무슨 불평이라도 하고 싶은 얼굴이군!" 펜크로프가 큰 소리로 말했다.

주피가 자기 사진에 불만을 품었다면 너무 까다롭다고 말해야 할 것이다. 하지만 사실 주피는 충분히 만족하고 있었다. 주피는 감상적인 눈길로 자기 사진을 가만히 바라볼 때가 많았다. 그 눈에는 우쭐대는 느낌까지 떠올라 있었다.

주피는 엄숙한 표정으로 포즈를 취했다

여름의 무더위는 3월과 함께 끝났다. 이따금 비가 내릴 때도 있었지만 공기는 아직 더웠다. 3월은 북반구의 9월에 해당하지만, 모두 기대한 만큼 맑은 날은 많지 않았다. 아마 올 겨울은 일찍 오고, 추위도 혹독할 것이다.

3월 21일 아침, 그들은 벌써 첫눈이 내렸나 하고 생각했다. 하버트가 아침 일찍 그래닛 하우스 창문으로 밖을 내다보고 이렇게 외쳤기 때문이다.

"굉장해요! 작은 섬이 눈에 덮여 있어요!"

"이 계절에 눈이라고?" 스필렛이 소년 곁으로 다가왔다.

다른 동료들도 두 사람 곁에 모여들었다. 그들은 작은 섬만이 아니라 그래닛 하우스 밑에 있는 모래사장도 온통 하얀 것으로 덮여 있는 것을 보았다. 땅이 모두 새하얗게 변해 있었다.

"이건 정말 눈이야!" 펜크로프가 말했다.

"아무리 봐도 눈으로 보이는데요." 네브도 대답했다.

"하지만 온도계는 화씨 58도(섭씨 14도)를 가리키고 있어." 스필렛이 말했다.

사이러스는 아무 말도 하지 않고 온통 하얀 경치를 바라보고 있었다. 1년 중 이맘때, 게다가 이런 기온에 이런 현상이 나타난 것은 도무지 설명이 되지 않는다.

"제기랄! 밭의 농작물이 얼어버리겠어!" 펜크로프가 외쳤다.

선원이 아래로 내려가려고 하자, 몸이 날랜 주피가 그보다 먼저 땅 위로 주르르 미끄러져 내려갔다.

그런데 오랑우탄이 땅에 발을 내려놓자마자 하얀 눈이 날아올라 수많은 솜털 덩어리처럼 공중에 흩어졌다. 솜털 덩어리가 너무 많아서 몇 분 동안 햇빛을 가릴 정도였다.

"새다!" 하버트가 외쳤다.

과연 그것은 새하얀 깃털을 가진 바닷새 무리였다. 수많은 바닷새가 작은 섬과 해변에서 날개를 접은 채 쉬고 있었던 것이다. 장면이 갑자기 변해서 깜짝 놀라고 있는 개척자들을 뒤에 남기고 바닷새들은 멀리 사라져버렸다. 마치 마법의 나라에서 눈 깜짝할 사이에 겨울이 여름으로 바뀐 것 같았다. 그런데 눈앞의 광경이 너무나 갑자기 달라졌기 때문에, 스필렛과 하버트는 그 정체불명의 바닷새를 한 마리도 사냥하지 못한 게 유감이었다.

며칠 뒤, 3월 26일이 되었다. 조난자들이 하늘에서 링컨 섬에 떨어진 지 2년이 지난 것이다!

새하얀 깃털을 가진 바닷새 무리

19

조국의 추억—장래의 가능성—섬 해안 조사계획—
4월 16일의 출항—'뱀 반도'를 바다에서 바라보다—
서해안의 현무암—악천후—밤이 오면—새로운 의문

벌써 2년이 지났다! 그동안 개척자들은 다른 인간 사회와 아무 연락도 취하지 못했다. 그들은 이 외딴 섬에 버려진 채 문명사회의 정보도 전혀 얻지 못했다. 이래서는 태양계의 어느 소행성에 살고 있는 거나 마찬가지였다.

지금 조국에서는 무슨 일이 벌어지고 있을까? 조국의 모습은 언제나 눈앞에 떠올랐다. 그들이 나라를 떠날 때 조국은 남북전쟁으로 분열되어 있었다. 그러니 지금도 남군의 항쟁이 국토를 피로 물들이고 있을지 모른다. 그것은 그들에게 큰 고통이었다. 그들은 자주 그것을 화제로 삼았지만, 미국의 영광을 위해 북군이 승리할 것을 믿어 의심치 않았다.

지난 2년 동안 섬에서 보기에는 한 척의 배도 지나가지 않았고, 돛 하나도 모습을 나타내지 않았다. 링컨 섬이 배의 항로에서 벗어나 있는 것은 분명했고, 이 섬이 사람들에게 알려져 있지 않은 것도 분명했다. 지도가 그것을 증명하고 있었다. 지도에 실려 있다면 항구가 없어도 음료수를 보급하기 위해 배가 들를 것이다. 그런데 섬을 둘러싸고 있는 바다는 눈길이 닿는 곳까지 언제나 텅 비어 있었다. 개척자들이 다시 조국 땅을 밟으려면 자신의 힘에 의지할 수밖에 없을 것 같았다.

그래도 구조될 가능성은 있을 것이다. 4월 첫 주의 어느 날, 개척자들은 그래닛 하우스 대청에 모여 그 가능성에 대해 이야기를 나누었다.

그들은 지금까지도 자주 미국을 화제로 삼았지만, 고국에 다시 돌아갈 수 있다는 희망도 없이 그저 이야기만 나누었을 뿐이었다.

"역시 방법은 한 가지밖에 없어." 기디언 스필렛이 말했다. "링컨 섬을 떠날 방법은 한 가지뿐이야. 수백 킬로미터의 항해를 견딜 만한 큰 배를 만드는 거지. '본어드벤처' 호를 만들었으니까 그보다 큰 배도 만들 수 있을 거야."

"그리고 타보르 섬에도 갈 수 있었으니까 투아모투 제도에도 갈 수 있을 거예요." 하버트가 말했다.

"갈 수 없다고는 말하지 않겠어." 펜크로프가 받았다. 바다에 대해서라면 선원은 언제나 강력한 발언권을 갖고 있었다. "갈 수 없다고는 말하지 않겠지만, 가까운 곳에 가는 것과 멀리까지 가는 것은 이야기가 전혀 달라. 타보르 섬에 다녀올 때 '본어드벤처' 호는 폭풍에 휘말려서 고생했지만, 어쨌든 돌아갈 곳이 멀지 않다는 것은 알고 있었어. 그런데 2000킬로미터나 되는 거리를 항해한다면, 이건 어마어마한 거리야. 가장 가까운 육지도 그 정도는 떨어져 있다니까!"

"만약의 경우에는 그런 항해라도 떠나보지 않겠나, 펜크로프?" 스필렛이 물었다.

"모두 원한다면 뭐든지 할게요." 선원이 대답했다. "아시다시피 저는 절대 꽁무니를 빼는 놈이 아니에요."

"게다가 동료 선원도 한 사람 늘어났고요." 네브가 말했다.

"도대체 누구를 말하는 거야?" 펜크로프가 물었다.

"에어턴 말이에요."

"그래요." 하버트가 말했다.

"에어턴이 같이 가겠다고 동의해준다면 그렇겠지." 펜크로프가 말했다.

"그럼 자네는 에어턴이 아직 타보르 섬에 살고 있을 때 글레나번 경의 배가 그 섬에 왔다면 에어턴은 섬을 떠나기를 거부했을 거라고 생각하나?" 기자가 물었다.

"이보게들." 사이러스 스미스가 끼어들었다. "자네들은 에어턴이 타보르 섬에 살고 있었던 마지막 몇 년 동안은 이미 인간적 이성을 상실한 상태였다는 걸 잊고 있어. 하지만 지금 문제는 그게 아닐세. 중요한 건 우리가 구조될 가능성으로, 스코틀랜드인이 탄 배가 돌아올 거라고 기대할 수 있느냐 없느냐 하는 거야. 그런데 글레나번 경은 에어턴이 충분히 속죄했다고 판단하면 타보르 섬으로 에어턴을 데리러 오겠다고 약속했어. 그래서 나는 배가 반드시 올 거라고 생각하네."

"그래요." 기자가 받았다. "아마 가까운 장래에 돌아올 겁니다. 어쨌든 에어턴을 타보르 섬에 내려놓고 간 지 벌써 12년이나 지났으니까요."

"저도 글레나번 경이 돌아올 거라고 생각합니다." 펜크로프가 말했다. "가까운 장래에 돌아올 거라는 의견에도 동의합니다. 하지만 그 배가 들를 섬은 링컨 섬이 아니라 타보르 섬이에요."

"그거야 당연하죠. 링컨 섬은 지도에도 실려 있지 않으니까요." 하버트가 받았다.

"그러니까 우리와 에어턴이 링컨 섬에 있다는 걸 타보르 섬에 오는 사람들한테 어떻게든 알릴 수 있도록 방법을 강구해두어야 돼." 사이러스가 말했다.

"맞습니다." 기자가 대답했다. "그랜트 선장과 에어턴이 살았던 그 오두막에 링컨 섬의 위치를 알려주는 메모를 남겨두기만 해도 됩니다. 글레나번 경 일행이 못 보고 지나치지 않을 만한 메모를……."

"요전에 타보르 섬에 갔을 때 그런 조치를 취하고 오지 않은 게 유감이군." 선원이 말했다.

"그땐 그럴 수밖에 없었어요." 하버트가 반론을 제기했다. "그땐 우리도 에어턴의 사연을 몰랐잖아요. 언젠가는 누군가가 그 사람을 찾으러 온다는 걸 몰랐어요. 그리고 그 사람 이야기를 들었을 때는 한여름이 지났을 때여서 타보르 섬에 돌아갈 수 없었어요."

"그래." 사이러스도 고개를 끄덕였다. "너무 때가 늦었지. 타보르 섬에 가는 것은 내년 봄까지 미룰 수밖에 없어."

"하지만 그전에 스코틀랜드 배가 오면 어떡하죠?" 펜크로프가 물었다.

"그런 일은 없을 거야. 글레나번 경이 하필이면 겨울철을 골라서 이렇게 멀리까지 항해하지는 않을 테니까. 에어턴이 우리와 함께 지낸 지난 5개월 동안 글레나번 경이 타보르 섬에 돌아왔다가 떠나버렸을지도 모르지. 그렇지 않다면 글레나번 경이 타보르 섬에 오는 것은 훨씬 나중일 거야. 우리도 좋은 날씨가 계속되는 10월이 되면 타보르 섬에 가서 메모를 남기고 오세."

"솔직하게 말해서……" 네브가 끼어들었다. "지난 몇 달 사이에 '덩컨' 호가 왔다가 그냥 가버렸다면 우리한테는 정말 슬픈 일일 거예요."

"그러지 않았기를 기대해야지." 사이러스가 받았다. "우리한테 남겨진 다시없는 이 기회를 하느님이 빼앗지 않았기를 기도하세."

"어쨌든 타보르 섬에 다시 가보면 앞으로 어떻게 해야 좋을지 알 수 있을 겁니다. 스코틀랜드인 일행이 다시 왔다면 무슨 흔적을 남겼을 테니까요." 기자가 말했다.

"그럴 거야." 사이러스가 받았다. "이건 우리가 고향에 돌아갈 수 있는 최고의 기회인지도 몰라. 정말로 구조될 가능성이 있는지 어떤지 알아낼 수 있을 때까지 참고 기다리기로 하세. 그 가능성이 사라져버렸다면, 어떻게 해야 좋을지는 그때 가서 다시 생각하면 돼."

"어쨌든 우리가 링컨 섬을 떠날 수단을 찾아낸다 해도, 그건 이곳 생활이 불만스럽기 때문은 아니에요." 펜크로프가 말했다.

"그건 그래." 사이러스가 받았다. "우리가 이곳을 떠나는 건 인간이 가장 소중히 여겨야 할 가족과 친구와 고국에서 멀리 떨어져 있기 때문일세."

결국 그들은 커다란 배를 만들어 북쪽의 제도나 서쪽의 뉴질랜드로 항해하려던 계획을 보류하고, 그래닛 하우스에서 세 번째 겨울을 맞을 준비를 다시 시작했다.

하지만 악천후의 계절이 오기 전에 '본어드벤처' 호를 타고 섬을 한 바퀴 돌아보기로 했다. 해안지대는 아직 조사가 완전히 끝나지 않았기 때문에, 개척자들은 서해안과 북해안에 대해서는 별로 잘 알지 못했다. '폭포 내' 어귀에서 '턱 곶'에 이르는 해안 일대와 상어 아가리처럼 위아래 턱 사이에 깊이 파인 '상어 만'에 대해서도 잘 모른다.

이 원정을 제안한 사람은 펜크로프였지만, 사이러스도 이 계획에 전적으로 동의했다. 이 해안 일대를 직접 눈으로 보아두고 싶었다.

날씨는 변덕스러워졌지만, 기압계 눈금이 급격히 내려가지는 않았기 때문에 온화한 날씨를 예측할 수 있었다. 그래도 4월 첫 주에 기압계 눈금이 쑥쑥 내려갔다가 다시 올라가고, 강한 서풍이 불기 시작하여 대엿새 동안이나 계속되었다. 그후 기압계 눈금은 29.9인치(759.45밀리미터)로 돌아가 정지했다. 항해하기에 알맞은 기상 조건으로 여겨졌다.

출발일은 4월 16일로 결정되었다. 며칠이나 걸릴지 알 수 없는 항해에 대비하여 '기구 항'에 닻을 내린 '본어드벤처' 호에 식량이 실렸다.

사이러스 스미스는 이 원정 계획을 에어턴에게 알리고 함께 가지 않겠느냐고 권했다. 하지만 에어턴이 섬에 남기를 바랐기 때문에, 동료들이 없는 동안 그가 그래닛 하우스에서 살게 되었다. 주피가 에어턴을 상대하기로 했지만, 오랑우탄은 불평하지 않았다.

4월 16일 아침, 개척자들과 토비가 배에 올라탔다. 남서풍이 상쾌하게 불고 있었다. '본어드벤처' 호는 '기구 항'을 떠나 바람이 불어오는 쪽을 향해 나아가면서 '도마뱀 곶'으로 갔다. 섬 둘레는 140킬로미터쯤 되지만, '기구 항' 에서 '도마뱀 곶' 까지 이르는 남해안은 30킬로미터가 조금 넘는다. 이 거리를 바람을 거슬러 나아가야 하지만, 그 다음부터는 항해가 한결 편해진다.

'도마뱀 곶' 까지 가는 데 꼬박 하루가 걸렸다. 배가 '기구 항' 을 떠난 뒤 두 시간 동안은 썰물이 져서 배가 빨리 달릴 수 있었지만, 그후 여섯 시간 동안은 밀물이었기 때문에 바람과 파도를 거슬러 힘들게 달려야 했다. 그래서 '도마뱀 곶' 을 돌았을 때는 벌써 캄캄한 밤이 되어 있었다.

펜크로프는 돛을 반으로 접고 느린 속도로 항해를 계속하자고 사이러스에게 제안했다. 하지만 사이러스는 육지에서 300미터쯤 떨어진 곳에 닻을 내리고 낮에 이 일대의 해안을 천천히 관찰하는 쪽을 택했다. 이번 탐험은 해안지대를 자세히 관찰하는 것이 목적이니까, 밤에는 항해하지 않는 편이 좋았다. 그래서 땅거미가 지기 시작하면 날씨가 허락하는 한 육지 가까이 닻을 내리기로 했다.

배는 '도마뱀 곶' 근처에 정박하여 밤을 보냈다. 바람이 멎고, 적막을 깨는 것은 아무것도 없었다. 안개가 내려와 그들을 적막으로 뒤덮었다. '본어드벤처' 호에 탄 사람들은 선원만 빼고는 그래닛 하우스에 있는 것처럼 잠을 잘 이룰 수 없었지만, 그래도 겨우 잠이 들었다.

이튿날인 4월 17일, 펜크로프는 날이 밝자마자 출항했다. 배는 비스듬히 뒤쪽에서 불어오는 바람을 받으며 서해안을 따라 달렸다.

개척자들은 멋진 나무가 울창한 이 서해안을 알고 있었다. 전에 숲 가장자리를 걸어서 둘러본 적이 있었기 때문이다. 하지만 그 아름다운 풍경에 모두 새삼스럽게 감탄했다. 배는 속도를 늦추어 되도록 해안에 바싹 붙어서 나아갔다. 여기저기 떠 있는 유목에 부딪히지 않도록 조심하면서 해안을 자세히 관찰하려는 것이다. 배는 몇 번이나 닻을 내렸고, 기디언 스필렛은 그 아름다운 연안 풍경을 사진에 담느라 바빴다.

점심 무렵, '본어드벤처' 호는 '폭포 내' 어귀에 도착했다. 어귀 맞은편, 오른쪽 기슭에도 나무가 보였지만, 훨씬 드물어져 있었다. 5킬로미터쯤 앞에는 프랭클린 산의 서쪽 지맥 사이에 나무가 드문드문 보일 뿐이었다. 황량한 산등성이는 해안선까지 그대로 뻗어 있었다.

이 해안선의 남쪽 지역과 북쪽 지역은 얼마나 대조적인가! 남쪽은 나무가 우거지고 초록빛으로 덮여 있는 반면, 북쪽은 황량하고 야생적이다! 이런 해안을 '철의 해안' 이라고 부르는 나라가 있는데, 바로 그런 느낌이다. 그 울퉁불퉁한 해안선은 까마득한 옛날 부글부글 끓어오르던 용암이 갑자기 굳어서 생겼다는 것을 말해주는 듯했다. 무서운 광경이 이어지고 있었다. 개척자들이 섬에 처음 내던져진 곳이 이 일대였다면 얼마나 놀라고 겁이 났을까! 모두 프랭클린 산에 올라갔을 때는 이 해안에 이렇게 험한 곳이 있는 것을 알아차리지 못했다. 너무 높은 곳에서 내려다보았기 때문이다. 하지만 바다 쪽에서 보니 이 해안은 참으로 기이한 양상을 띠고 있었다. 세계 어디에서도 이와 같은 풍경은 찾아볼 수 없을 것이다.

'본어드벤처' 호는 이 해안을 보면서 1킬로미터쯤 거리를 두고 북쪽으로 올라갔다. 해안에는 온갖 크기의 바위와 바위산이 이어져 있었다. 바위산은 높이가 5미터쯤 되는 것도 있고 100미터

가까운 것도 있었다. 모양도 각양각색이어서 탑처럼 원통형도 있고, 종루처럼 각기둥 모양인 것도 있고, 방첨탑처럼 각뿔 모양인 것도 있고, 공장 굴뚝처럼 원뿔 모양인 것도 있었다. 극지의 바다에 떠 있는 유빙들도 숭고한 두려움을 느끼게 하지만 이만큼 색다른 모양을 띠고 있지는 않을 것이다. 이쪽에는 바위와 바위 사이에 바위 다리가 걸려 있는가 하면, 저쪽에는 안이 보이지 않는 교회의 돔 지붕 같은 바위가 있었다. 또 어느 곳에는 내부에 높고 둥근 천장이 있는 커다란 동굴이 있는가 하면, 다른 곳에는 고딕 양식으로 지은 어떤 대성당보다도 많은 첨탑과 각뿔과 화살 같은 모양의 바위가 우뚝 솟아 있었다. 자연은 인간의 상상력보다 훨씬 자유분방하게 15킬로미터에 이르는 이 웅장한 해안을 장식하고 있었다.

사이러스와 동료들은 놀랍다기보다 어안이 벙벙하여 그 풍경을 바라보고 있었다. 모두 입을 다물고 있었지만, 토비는 거침없이 짖어댔기 때문에 그 소리가 현무암 벽에 부딪혔다가 수많은 메아리가 되어 돌아왔다. 사이러스는 토비가 짖는 소리가 이상하다는 것을 알아차렸다. 그래닛 하우스의 우물 주위에서 짖었을 때와 비슷했다.

"해안으로 가까이 가세." 사이러스가 말했다.

'본어드벤처' 호는 되도록 해안의 바위밭에 바싹 붙어서 나아갔다. 탐험할 만한 동굴이라도 있을까? 하지만 사이러스는 아무것도 발견하지 못했다. 생물이 은신처로 삼고 있을 만한 동굴도 보이지 않았다. 바위산 기슭을 파도가 씻고 있을 뿐이었다. 이윽고 토비도 짖는 것을 멈추었기 때문에 배는 다시 해안에서 수백 미터 떨어진 곳으로 나갔다.

북서쪽 해안은 다시 평탄해져서 모래사장이 많아졌다. 늪이 있는 저지대에는 군데군데 나무가 보였다. 그곳은 프랭클린 산에서 이미 보았던 곳이지만, 좀전의 황량한 해안과는 대조적으로 수많은 물새가 무리를 짓고 있어서 생동감이 넘쳐흘렀다.

저녁에 '본어드벤처' 호는 북부의 우묵한 후미에 닻을 내렸다. 육지가 바로 옆인데도 그곳은 수심이 깊었다. 밤은 조용히 지나갔다. 낮의 마지막 빛이 사라진 뒤 바람이 완전히 가라앉았기 때문이다. 이튿날 새벽까지 바람은 불지 않았다.

그날 아침, 배를 쉽게 해안에 댈 수 있었기 때문에 사냥을 맡고 있는 하버트와 스필렛은 두 시간쯤 그 일대를 돌아다니며 오리와 꺅도요를 염주처럼 줄줄이 엮어서 돌아왔다. 토비는 멋지게 활약했다. 열심이고 빈틈없는 토비는 사냥한 새를 한 마리도 놓치지 않았다.

아침 여덟 시에 '본어드벤처' 호는 닻을 올리고 '북턱 곶' 을 향해 빠른 속도로 달렸다. 배는 순풍을 받고 있었고, 바람도 점점 강하게 불기 시작했다.

"이런 식이면 서쪽에서 강한 돌풍이 불어와도 놀랍지 않아요." 펜크로프가 말했다. "어제 해가 질 때는 수평선이 새빨간 색을 띠었고, 오늘 아침에는 '암말 꼬리' 가 나왔어요. 이건 날씨가 나빠질 전조예요."

'암말 꼬리' 는 상공에 가늘고 길게 뻗어 있는 권운을 말하는데, 고도가 5000미터 이상인 상층운이다. 솜을 잘게 찢어놓은 것처럼 폭신폭신한 구름이지만, 이 구름이 나타나면 대게 날씨가 흐려진다고 한다.

"그러면 되도록 많은 돛을 펴고 '상어 만' 으로 대피하기로 하

오리와 꺅도요를 줄줄이 엮어서 돌아왔다

세. 그곳에 가면 '본어드벤처' 호는 안전할 거야." 사이러스가 말했다.

"맞습니다. 북쪽 해안은 모래언덕뿐이라서 피할 곳도 없으니까요." 펜크로프가 받았다.

"오늘 밤만이 아니라 내일도 온종일 그 만에서 보내도 상관없네. 그곳은 주의 깊게 탐험할 가치가 있어." 사이러스가 덧붙여 말했다.

"원하든 원치 않든 그 만으로 들어갈 수밖에 없을 것 같아요." 펜크로프가 받았다. "서쪽 하늘이 아주 험악해졌으니까요. 하늘이 얼마나 어두워졌는지 보세요."

"어쨌든 '턱 곶' 으로 가는 우리한테는 순풍일세." 신문기자가 말했다.

"아주 좋은 순풍이죠." 선원이 대꾸했다. "하지만 만 안으로 들어가고 싶으면 맞바람을 안고 지그재그로 나아가야 할 거예요. 나는 그곳에 한 번도 가본 적이 없으니까 정면으로 들어가고 싶어요."

"'상어 만' 남쪽에서 우리가 본 풍경으로 판단하면, 그쪽 바다에는 암초가 많을 거예요." 하버트가 덧붙였다.

"펜크로프, 최선을 다해주게. 모든 것을 자네한테 맡기겠네." 사이러스가 선원에게 말했다.

"걱정 마세요, 선생님. 저도 함부로 무모한 짓은 하지 않을 테니까요. 우리 배의 흘수부를 암초에 부딪칠 바에는 차라리 내 다리를 칼로 잘라내는 편이 나을 겁니다."

펜크로프가 말하는 흘수부란 선체에서 물에 잠겨 있는 부분이다. 펜크로프에게 그것은 제 살보다 소중했다.

"지금 몇 시죠?" 펜크로프가 물었다.

"열 시." 스필렛이 대답했다.

"곶까지는 얼마나 남았습니까?"

"25킬로미터쯤 남았네." 사이러스가 대답했다.

"그럼 앞으로 두 시간 반이군요. 곶 끝에는 정오에서 한 시 사이에 도착할 겁니다. 공교롭게도 그때는 썰물 때라서 만 안에서 밖으로 조류가 흘러나오게 됩니다. 역풍을 안고 조류를 거슬러 들어가야 한다면, 아무래도 만에 들어가기가 어려워질 것 같군요."

"오늘은 보름이라서 더욱 그래요." 하버트가 말했다. "그리고 4월에는 조류의 흐름이 아주 빨라요."

"그럼 곶 끝에 닻을 내릴 수는 없나?" 사이러스가 펜크로프에게 물었다.

"앞으로 날씨가 나빠질 것 같은데, 곶 근처에 닻을 내리다니요! 당치도 않습니다. 제 발로 좌초하러 가는 거나 마찬가지예요."

"그럼 어떻게 할 텐가?"

"밀물이 질 때까지 난바다로 나가 있기로 하죠. 저녁 일곱 시까지 거기서 기다렸다가, 그때도 아직 날이 밝으면 만 안으로 들어가기로 합시다. 그때 이미 날이 어두워졌으면 난바다에서 하룻밤 기다렸다가 내일 새벽에 만으로 들어가면 됩니다."

"아까도 말했듯이 모두 자네한테 맡기겠네."

"그곳 해안에 등대만 있으면 훨씬 편리할 텐데."

"그래요." 하버트가 받았다. "하지만 이번에는 불을 피워서 우리를 항구까지 인도해줄 친절한 분도 이 배에 함께 타고 계시니까……."

"그래, 맞아." 스필렛이 말했다. "사이러스 씨, 당신한테 고맙다는 인사도 하지 않았군요. 정말로 그때 그 불빛이 보이지 않았다면 우리는 섬에 도착하지 못했을 겁니다."

"불빛이라니?" 사이러스는 기자의 말에 깜짝 놀란 얼굴로 되물었다.

"그때 피워주신 불 말입니다." 펜크로프가 대답했다. "타보르 섬에서 링컨 섬으로 돌아오기 조금 전에 '본어드벤처' 호에 탄 우리는 길을 잃고 어찌할 바를 몰랐습니다. 10월 19일에서 20일에 걸친 그날 밤, 선생님이 그래닛 하우스의 '전망대' 위에 불을 피워주지 않았다면 우리는 링컨 섬을 발견하지 못한 채 바람이 불어가는 쪽으로 훨씬 멀리까지 나아갔을 거예요."

"그래! 그건 정말 우연히 떠오른 생각이었다네." 사이러스가 황급히 대답했다.

"하지만 이번에는…… 에어턴이 불을 피울 생각을 해주지 않는다면, 우리를 도와줄 사람은 아무도 없어요."

"그래, 아무도 없지!" 사이러스가 받았다.

그리고 잠시 후 뱃머리에서 기자와 단둘이 있게 되었을 때, 사이러스는 기자의 귀에 대고 이렇게 속삭였다.

"이 세상에 확실한 것이 하나 있다면 말이지, 그건 내가 10월 19일에서 20일에 걸친 밤중에 절대로 불을 피우지 않았다는 걸세. 그래닛 하우스의 '전망대'에도, 다른 어떤 곳에도 불을 피운 적이 없어."

"나는 불을 피운 적이 없어."

20

바다에서 보낸 밤—'상어 만'—비밀—겨울 준비—
혹독한 추위—실내 작업—반년 뒤—사진—예기치 않은 사건

사태는 펜크로프의 예상대로 진행되었다. 그의 예감은 빗나간 적이 없었다. 바람이 불기 시작하더니, 눈 깜짝할 사이에 산들바람이 강풍으로 바뀌었다. 시속 65킬로미터에서 70킬로미터가 넘는 바람(초속 20미터 정도)이 불기 시작한 것이다. 이래서는 난바다에 나가 있는 배도 돛을 접어야 할 것이다. 그런데 '본어드벤처' 호가 '상어 만' 어귀에 도착한 것은 여섯 시경이었기 때문에, 그때는 이미 썰물이 지기 시작해서 만 안으로 들어갈 수가 없었다. 이렇게 되면 난바다에 그냥 머물 수밖에 없다. 펜크로프가 아무리 애써도 '은혜 강' 어귀에도 도착하지 못할 것이다. 그래서 선원은 작은 삼각돛 대신 주돛대에 보통 삼각돛을 편 뒤, 뱃머리를 육지 쪽으로 돌리고 날이 밝기를 기다리기로 했다.

바람은 아주 강했지만, 다행히 해안선이 바람을 막아준 덕에 바다는 별로 거칠지 않았다. 그래서 작은 배에는 아주 위험한 높은 파도를 뒤집어쓸 염려는 없을 듯했다. '본어드벤처' 호는 뒤집

히지 않을 것이다. 바닥짐도 충분히 싣고 있다. 하지만 배가 많은 물을 뒤집어쓰고 승강구가 닫히지 않게 되면 큰 위험에 빠지게 된다. 펜크로프는 숙련된 선원이니까 모든 사태에 대비하고 있었다. 물론 그는 '본어드벤처' 호를 전적으로 신뢰하고 있었지만, 그래도 불안한 기분을 완전히 떨쳐버리지는 못한 채 날이 밝기를 기다렸다.

그날 밤, 사이러스 스미스와 기디언 스필렛은 이야기를 나눌 기회가 없었다. 하지만 사이러스가 기자에게 한 귀엣말은 링컨 섬을 지배하고 있는 신비로운 힘에 대해 다시 한 번 토론할 필요가 있다는 것을 말해주고 있었다.

스필렛은 설명할 수 없는 이 새로운 사실, 섬 해안에 불빛이 보인 사실을 줄곧 생각하고 있었다. 그 불빛을 그는 실제로 보았다. 하버트와 펜크로프도 그와 마찬가지로 불빛을 보았다. 그 불빛은 밤의 어둠 속에서 섬의 위치를 분명히 알려주었다. 그들은 그 불을 피운 것이 사이러스라고 믿어 의심치 않았다. 그런데 사이러스는 불을 피우지 않았다고 단언했다.

스필렛은 '본어드벤처' 호가 항구로 돌아가면 당장 이 문제를 다루기로 마음먹었다. 이 괴상한 사건을 동료들에게 알리자고 사이러스에게 말해보자. 이 사실을 동료들이 모두 알게 되면 링컨 섬 전체를 철저히 조사하게 될 것이다.

그거야 어쨌든, 이날 밤 만의 입구가 되어 있는 미지의 해안지대에는 하나의 불도 피워지지 않았다. 그들의 작은 배는 밤새도록 난바다에 머물러 있었다.

새벽의 첫 햇살이 동쪽 수평선을 물들이기 시작했을 때, 바람은 조금 약해지고 방향도 조금 바뀌었다. 그래서 펜크로프는 좁은 만의 입구로 쉽게 들어갈 수 있었다. 아침 일곱 시쯤 '본어드벤처' 호는 일단 '북턱 곶' 으로 접근한 뒤, 신중하게 수로를 살피면서 기암괴석으로 둘러싸인 바다를 과감하게 나아갔다.

"이곳은 훌륭한 정박지가 될 수 있겠는데요!" 펜크로프가 말했다. "함대 전체가 들어갈 수 있을 만큼 큰 만이에요."

"가장 놀라운 건 이 만이 두 개의 용암류로 이루어졌다는 걸세." 사이러스가 말했다. "그후 분화가 차례로 일어나 용암이 그 위에 계속 포개졌고, 그래서 이 만은 사방이 완전히 둘러싸이게 되었지. 어떤 폭풍이 불어도 이곳 바다만은 호수처럼 잔잔할 거야."

"틀림없이 그럴 겁니다. 이곳엔 바람이 들어오려 해도 두 곶 사이의 좁은 통로밖에 없고, 게다가 북쪽 곶이 남쪽 곶을 덮고 있기 때문에 바람이 들어오기도 어렵습니다. 우리 배는 1년 동안 여기 머물러 있어도 닻줄이 팽팽하게 당겨지는 일은 없을 겁니다."

"이 만은 이 배한테 너무 커 보이는데." 기자가 말했다.

"물론 그렇죠." 선원이 대답했다. "여기가 우리 배한테 너무 크다는 건 인정하지만, 미국 함대가 태평양에서 안전한 피난처를 찾는다면 여기보다 좋은 정박지는 찾을 수 없을 겁니다."

"우리는 지금 상어 아가리 속에 들어와 있어요." 네브가 이 '상어 만' 의 괴상한 모양을 상기시키려고 이야기에 끼어들었다.

"상어의 위턱과 아래턱 사이에 있어요." 하버트가 받았다. "하지만 턱이 탁 닫혀서 우리가 상어 아가리 속에 갇힐까 봐 걱정하는 건 아니겠죠?"

"그런 걱정은 안 해." 네브가 대꾸했다. "하지만 이 만은 별로 마음에 안 들어. 인상이 고약해."

"뭐라고!" 펜크로프가 큰 소리로 말했다. "나는 이 만을 미국에 바칠 생각을 하고 있는데, 네브, 넌 내 만을 비난하는구나."

"그런데 이 만의 수심은 깊은가?" 사이러스가 물었다. "'본어드벤처' 호의 용골에는 충분히 깊다 해도, 미국 함대의 용골에는 수심이 충분치 않을 수도 있지."

"그건 간단히 조사할 수 있습니다." 펜크로프가 대답했다.

선원은 수심측정기 대신 기다란 밧줄에 쇳덩어리를 매달아 바다에 가라앉혔다. 이 밧줄은 길이가 약 80미터였지만, 끝까지 내려도 바다 밑바닥에 닿지 않았다.

"보세요. 미국 함대도 들어올 수 있어요. 좌초하지 않아요."

"그렇군." 사이러스가 말했다. "이 만은 정말로 깊어. 하지만 이 섬이 해저분화로 생겨난 것을 생각하면, 수심이 이만큼 깊은 것도 놀라운 일은 아니지."

"해안 절벽도 바다 속으로 곧장 내려가고 있는 것 같아요." 하버트가 말했다. "대여섯 배 긴 밧줄을 사용해도 이 암벽 아래의 밑바닥에는 닿지 않을 것 같다는 느낌이 들어요."

"그건 좋지만……" 기자가 끼어들었다. "이곳은 정박지로서 중요한 것이 하나 부족하다는 사실을 펜크로프한테 지적해두고 싶군."

"그게 뭔데요?"

"섬 내부로 들어갈 수 있는 틈새랄까, 좁은 통로가 없어. 발 디딜 곳이 어디에도 안 보이잖나!"

과연 깎아지른 듯한 절벽이 만을 빈틈없이 둘러싸고 있어서, 상륙할 수 있는 곳이 하나도 없었다. 그 높은 절벽은 노르웨이의 피오르드*를 연상시켰지만, 그보다 더욱 황량한 느낌이었다. '본어드벤처' 호는 높은 암벽에 금방이라도 닿을 듯 아슬아슬하게 스쳐 지나갔지만, 적당한 상륙 지점은 찾을 수 없었다. 툭 튀어나온 바위 하나 보이지 않았다.

펜크로프는, 필요하면 발파용 폭약으로 이 암벽에 구멍을 뚫을 수 있을 거라고 자신을 달랬다. 하지만 이 만에는 그들이 주의해서 관찰할 만한 것이 아무것도 없었기 때문에, 결국 선원은 만 입구 쪽으로 배를 돌려 오후 두 시쯤 '상어 만'을 나왔다.

"휴우, 겨우 나왔군." 네브가 안심했다는 듯 한숨을 내쉬었다.

이 선량한 흑인은 거대한 상어 아가리 속에서 정말로 불안을 느꼈던 모양이다.

'턱 곶'에서 '은혜 강' 어귀까지는 13킬로미터밖에 안 된다. '본어드벤처' 호는 뱃머리를 그래닛 하우스 쪽으로 돌리고 돛에 순풍을 받으며 해안을 따라 2킬로미터 정도를 나아갔다. 거대한 용암 바위에 이어 다양한 모양의 모래언덕이 나타났다. 사이러스가 참으로 신비롭게 다시 나타난 그 모래언덕이다. 그곳에는 바닷새가 수백 마리나 무리지어 있었다.

네 시쯤 펜크로프는 작은 섬의 돌출 부분을 왼쪽에 보면서 링컨 섬 해안과 작은 섬 사이의 수로로 들어갔다. 그리고 다섯 시에 '본어드벤처' 호는 '은혜 강' 어귀에 닻을 내렸다.

개척자들이 그래닛 하우스를 떠난 지 사흘이 지나 있었다. 에어턴이 모래톱에서 그들을 맞이했고, 주피도 기쁜 듯이 뛰쳐나와 으르렁거리는 소리로 만족감을 나타냈다.

* 피오르드_ 육지 깊숙이 파고든 협만으로, 양쪽이 급경사를 이룬 후미.

이렇게 섬 해안을 일주하는 탐사는 막을 내렸지만 수상한 흔적은 어디에도 보이지 않았다. 무언가 신비로운 것이 존재한다면, 그것은 개척자들이 아직 탐사하지 않은 '뱀 반도'의 울창한 밀림 속에 있다고 생각할 수밖에 없다.

기디언 스필렛은 이 문제에 대해 사이러스와 이야기를 나눈 결과, 지금까지 섬에서 일어난 몇 가지 사건의 기묘한 특징에 대해 다른 동료들한테도 주의를 주기로 했다. 마지막 모닥불 사건은 도무지 설명이 되지 않는다.

그래서 사이러스 스미스는 누군지 모르는 사람이 해안에 피운 불이 머리를 떠나지 않아, 기자에게 몇 번이나 이렇게 물었다.

"자네가 보았다는 건 확실한가? 화산의 작은 분화나 별똥별을 본 게 아니었나?"

"아닙니다, 사이러스 씨." 기자가 대답했다. "분명히 사람이 피운 불입니다. 펜크로프와 하버트한테도 물어보세요. 두 사람도 나와 마찬가지로 그 불빛을 보았으니까, 내 말을 뒷받침해줄 겁니다."

이리하여 며칠 뒤인 4월 25일 밤, 모든 개척자가 그래닛 하우스 '전망대'에 모였을 때 사이러스가 먼저 입을 열었다.

"이 섬에서 일어난 몇 가지 사건에 대해 자네들이 관심을 갖고 의견을 말해주었으면 좋겠네. 그 사건이란 아주 묘하고 거의 초자연적이라고 할 수 있는……."

"초자연적이라고요?" 펜크로프가 담배연기를 토해내면서 외쳤다. "우리 섬이 초자연적이라고 믿으시는 건 아니겠죠?"

"그건 아닐세. 하지만 신비로운 건 사실이야. 스필렛과 내가 지금까지 이해하지 못한 것을 자네가 명확히 설명해준다면 별문제지만."

"무슨 일인지 말해주세요." 선원이 받았했다.

"그럼 자네는 이해할 수 있었나?" 사이러스가 되물었다. "나는 바다에 떨어진 뒤 해변에서 400미터나 들어간 곳에서 발견되었는데, 어떻게 그런 일이 일어났는지 이해할 수 있었나? 그렇게 먼 거리를 이동한 것을 나는 전혀 기억하지 못하는데 말이야."

"하지만 정신을 잃고 있었다면……." 펜크로프가 말했다.

"그 설명은 받아들이기 어렵지만, 좋아. 그러면 토비는 내가 누워 있던 동굴에서 10킬로미터나 떨어진 자네들의 피난처를 어떻게 찾아낼 수 있었지?"

"개의 본능으로……." 하버트가 대답했다.

"요상한 본능이군." 기자가 끼어들었다. "그날 밤에는 비바람이 세차게 몰아치고 있었는데 토비는 진흙 하나 묻지 않은 마른 몸으로 침니에 왔으니까 말이야."

"다음으로 넘어가세." 사이러스가 말했다. "그러면 토비는 듀공과 싸운 뒤, 어떻게 호수에서 공중으로 그렇게 이상하게 던져졌는지 이해할 수 있었나?"

"솔직히 말해서 잘 모르겠습니다." 펜크로프가 대답했다. "듀공 옆구리에 난 상처는 무언가 날카로운 칼로 베인 것 같았지만, 그 이상은 모릅니다."

"좋아. 다음으로 넘어가세. 그 납 총알은 어떻게 새끼 페커리의 몸속에 들어가 있었을까? 배가 난파한 흔적도 없는데 그 상자는 어떻게 때마침 그 해안에 밀려왔을까? 편지가 든 유리병은 어떻게 우리 배가 첫 항해를 나갔을 때 마침맞게 떠내려왔을까? 그 카누는 어떻게 우리가 꼭 필요로 하고 있을 때 밧줄을 끊고 '은혜 강' 을 따라 내려왔을까? 원숭이 떼가 침입했을 때, 어떻게 그래닛 하우스의 높은 곳에서 때마침 줄사다리가 던져졌을까? 끝으로, 에어턴은 편지를 쓰지 않았다고 주장하는데, 그 편지가 어떻게 우리 손에 들어왔을까?"

사이러스 스미스는 지금까지 섬에서 일어난 기묘한 사건을 모조리 열거했다. 하버트와 펜크로프와 네브는 어떻게 대답해야 좋을지 몰라서 서로 얼굴을 마주보았다. 기묘한 사건들을 이렇게 차례로 정리하여 들은 것은 처음이었기 때문에 세 사람은 깜짝 놀랐다.

"정말 이상하군요." 펜크로프가 입을 열었다. "그런 사건들은 도저히 설명할 수가 없습니다."

"마지막으로 또 하나가 있네. 이것도 다른 사건들과 마찬가지로 도무지 이해할 수가 없어."

"어떤 일인데요?" 하버트가 열띤 어조로 물었다.

"펜크로프, 자네가 타보르 섬에서 돌아왔을 때 링컨 섬에 불빛이 보였지?" 사이러스가 물었다.

"예, 분명히 보였습니다." 선원이 대답했다.

"그 불빛을 분명히 보았단 말인가?"

"지금 선생님을 보고 있듯이 분명히 보았습니다."

"하버트, 너도 보았니?"

"그럼요." 하버트도 큰 소리로 대답했다. "그 불은 일등별처럼 밝게 빛나고 있었어요."

"그럼 별은 아니었나?" 사이러스가 확인하듯 물었다.

"아닙니다." 펜크로프가 대답했다. "그때 하늘은 두꺼운 구름에 덮여 있었고, 어쨌든 그렇게 낮은 곳에 별이 뜰 리가 없습니다. 그리고 스필렛 씨도 우리와 마찬가지로 불빛을 보았으니까, 우리 말을 뒷받침해주실 수 있을 겁니다."

"내가 한마디 덧붙이면, 그 불빛은 아주 밝았고 주위에 일종의 전기장 같은 것을 던지고 있었어요." 기자가 말했다.

"네! 맞아요! 정말 그랬어요!" 하버트가 맞장구쳤다. "그리고 그건 분명 그래닛 하우스 위의 '전망대'에서 빛나고 있었어요."

그러자 사이러스가 말했다.

"그런데 10월 19일에서 20일에 걸친 그날 밤에는 네브도 나도 불을 피우지 않았다네."

"불을 피우지 않았다고요?" 펜크로프는 놀란 나머지 말을 잇지 못했다.

"우리는 그래닛 하우스를 떠나지 않았어. '전망대'에서 불빛을 보았다면, 그 불을 피운 건 우리가 아닌 다른 사람일세."

펜크로프와 하버트와 네브는 놀라서 어리벙벙해졌다. 그것은 결코 환상이 아니었다. 10월 19일에서 20일에 걸친 그날 밤, 눈부신 불빛이 그들의 눈에 들어온 것은 틀림없는 사실이다.

그렇다! 이렇게 되면 이곳에 수수께끼가 존재한다는 데 그들도 동의할 수밖에 없었다. 설명할 수 없는 어떤 힘, 분명 개척자들에게 호의적이지만 그들의 호기심을 자극하는 힘이 링컨 섬에 작용하고 있음이 느껴졌고, 게다가 그 힘은 언제나 가장 요긴할 때 때맞춰 작용하는 것 같았다. 링컨 섬의 가장 후미진 곳에 어떤 신비로운 존재가 숨어 있는 것일까? 이것은 무슨 수를 써서라도 반드시 밝혀내야 할 문제였다.

또한 사이러스는 우물 주위에서 토비와 주피가 보이는 이상한 태도를 동료들에게 상기시켰다. 이 우물은 그래닛 하우스와 바다를 잇고 있지만, 사이러스는 우물을 탐색한 뒤 의심스러운 것은 아무것도 발견하지 못했다고 동료들에게 보고했다. 결국 그들은 따뜻한 계절이 돌아오면 모두 함께 섬을 철저히 수색해보기로 결정했다.

그런데 그날부터 펜크로프의 얼굴에 먹구름이 끼었다. 지금까지는 이 섬을 자기만의 영지로 생각하고 있었다. 그런데 이제는 완전히 자기만의 것이라고 말할 수 없게 되었기 때문이다. 네브와 선원은 이 설명할 수 없는 일들에 대해 자주 이야기를 나누었다. 둘 다 천성적으로 환상적인 것의 존재를 믿는 경향이 있었기 때문에, 링컨 섬이 초인적인 힘의 지배를 받고 있다고 차츰 확신하게 되었다.

그러는 동안 5월(북반구의 11월에 해당)이 되어 악천후가 계속되었다. 올 겨울은 일찍 오고 추위도 심할 것 같았다. 그래서 그들은 당장 월동 준비에 들어갔다.

하지만 올 겨울이 아무리 혹독해도 개척자들은 이미 겨울을 맞이할 준비를 갖추고 있었다. 펠트 옷도 넉넉히 있었다. 산양의 수도 부쩍부쩍 늘어났기 때문에, 따뜻한 펠트 천을 만드는 데 필요한 양모는 얼마든지 구할 수 있었다.

에어턴도 이 기분 좋은 옷을 받았다. 사이러스는 날씨가 나쁜 겨울을 그래닛 하우스에서 나면 어떻겠느냐고 에어턴에게 제의했다. 에어턴은 가축우리에서 마지막 작업을 마무리하면 그래닛 하우스로 돌아오겠다고 약속했다. 5월 중순에 에어턴이 돌아왔다. 그때부터 그는 공동생활에 참여하여 쓸모있는 존재가 되었다. 하지만 그의 조용한 슬픔은 여전히 남아 있어서, 공동생활의 즐거움을 결코 진심으로 즐기지 못했다.

개척자들이 링컨 섬에서 맞은 세 번째 겨울 동안, 그들은 거의 줄곧 그래닛 하우스에 틀어박혀 있었다. 맹렬한 폭풍과 무서운 돌풍이 덮쳐와 절벽을 토대부터 뒤흔드는 것 같았다. 거대한 파도가 몇 번이나 섬을 집어삼킬 듯이 밀려왔다. 해안에 배를 매두었다면 어떤 배라도 침몰해버렸을 것이다. 그렇게 무시무시한 폭풍이 몰아칠 때, '은혜 강'이 빗물로 불어나 다리가 떠내려갈 뻔한 적도 두 번 있었다. 높은 파도가 해안을 덮치면 모래밭의 작은 다리는 해수면 아래로 숨어버리기 때문에, 성난 파도에 휩쓸려가지 않도록 당장 구조를 보강할 필요가 있었다.

강풍은 거대한 용오름처럼 섬 주위에서 소용돌이쳤고, 비와 눈이 섞인 진눈깨비를 몰고 왔다. 충분히 예상할 수 있는 일이지만, '전망대'가 많은 피해를 입었다. 특히 풍차와 가금 사육장의 피해가 컸다. 개척자들은 새들의 목숨을 구하기 위해 긴급 복구 공사를 한 적이 한두 번이 아니었다.

겨울이 절정에 이르자 재규어 몇 쌍과 원숭이 무리가 '전망대' 가장자리에 출몰하기 시작했다. 특히 민첩하고 대담한 짐승이 굶주림을 견디다 못해 강을 건너올 염려도 있었다. 강이 얼면 언제라도 건너올 수 있다. 그래서 개척자들은 불청객이 접근하지 못하도록 총을 쏘면서 농작물과 가축을 끊임없이 지켜야 했다. 이런 바깥일과 그래닛 하우스 안에서 항상 그들을 기다리고 있는 수많은 작업 때문에 개척자들은 잠시도 일손을 놓을 틈이 없었다.

한겨울에도 그들은 '혹부리오리 늪'으로 사냥을 하러 갔다. 수많은 오리와 도요새 · 물오리 · 고방오리 · 댕기물떼새가 그 늪을 피난처로 삼아 겨울을 나고 있었다. 스필렛와 하버트는 토비와 주피의 도움을 받아 총알을 한 발도 낭비하지 않고 새를 잡았다. 사냥감이 무진장한 이 사냥터에 가는 것은 간단했다. '은혜 강'에 걸린 다리를 건너 '기구 항'으로 가는 길을 따라가도 되고, '표류물 곶'의 바위밭을 돌아가도 된다. 사냥꾼들은 그래닛 하우스에서 5킬로미터 이상은 떨어지지 않도록 조심했다.

정말로 혹독한 겨울 넉 달—6월 · 7월 · 8월 · 9월—이 이렇게 지나갔다. 하지만 그래닛 하우스에 있으면 겨울의 혹독함을 그렇게 맛보지 않아도 되었다. 그것은 가축우리도 마찬가지였다. 가축우리는 '전망대'만큼 바람을 심하게 받지 않았다. 프랭클린 산이 바람을 막아주고, 숲의 나무와 해안의 높은 바위산도 강풍을 약화시켰기 때문이다. 그래서 피해는 대단치 않았고, 10월 하순에 에어턴이 며칠 동안 우리에 머물면서 지칠 줄 모르는 억센 팔로 당장 수리를 끝냈다.

이 겨울 동안 설명할 수 없는 새로운 사건은 일어나지 않았다. 펜크로프와 네브는 아무리 하찮은 일이 일어나도 신비로운 원인 탓으로 돌리려고 기다리고 있었지만, 이상한 일은 아무것도 일어나지 않았다. 토비와 주피도 이제는 우물 주위를 어슬렁거리지 않았고, 불안한 태도를 보이지도 않았다. 초자연적인 사건은 일시적으로 중단된 것 같았지만, 그래닛 하우스 식구들은 저녁에 모여서 대화를 나눌 때면 여전히 그 일을 화제로 삼곤 했다. 개척자들은 따뜻한 봄이 돌아오면 섬을 구석구석 샅샅이 탐험해 보겠다는 계획을 포기할 생각은 꿈에도 하지 않았다. 하지만 가장 중대하다고 말할 수 있는 사건—불행한 결과를 초래할지도 모르는 사건—이 일어나, 사이러스와 동료들의 관심을 그 탐험 계획에서 다른 데로 돌려놓았다.

10월이 왔다. 봄이 빠른 걸음으로 돌아오고 있었다. 자연은 따사로운 햇빛을 받아 또다시 새 단장을 하고 있었다. 숲을 둘러싸고 있는 상록 침엽수들 사이에서 팽나무와 히말라야삼나무의 연초록빛 새싹이 벌써 얼굴을 내밀고 있었다.

10월 17일 오후 세 시경, 하버트는 구름 한 점 없는 날씨에 이끌려 '전망대' 앞에 펼쳐져 있는 '유니언 만'의 전경을 '턱 곶' 부터 '발톱 곶' 까지 카메라에 담기로 마음먹었다.

수평선은 또렷이 떠오르고, 가벼운 산들바람에 물결치는 바다의 배경은 호수처럼 잔잔해 보이고, 여기저기에 눈부신 빛이 아로새겨져 있을 뿐이다.

카메라 렌즈는 그래닛 하우스의 대청 창문에서 모래사장과 '유니언 만'을 내려다보고 있었다. 하버트는 여느 때처럼 감광판을 노출시켜 음화를 만들자, 어두운 벽장으로 들어가서 영상을 고정시켰다.

하버트는 밝은 곳으로 돌아와 음화를 조사해보고, 희미한 작은 점이 음화에 묻어 있는 것을 알아차렸다. 수평선에 얼룩 같은 점이 묻어 있었다. 소년은 몇 번이나 물로 이 얼룩을 지우려고 했지만 지워지지 않았다.

'유리에 난 상처일까?' 하고 소년은 생각했다.

그는 호기심에 사로잡혀 망원경에서 강력한 렌즈를 하나 빼내어 그 상처를 조사해보았다.

그런데 그 상처를 본 순간 하버트는 소리를 질렀다. 음화가 그의 손에서 미끄러져 떨어질 뻔했다.

곧 소년은 사이러스가 있는 방으로 달려가서 음화와 렌즈를 내밀면서 작은 얼룩을 가리켰다.

사이러스는 그 얼룩을 자세히 살펴보았다. 그런 다음 망원경을 들고 창문 쪽으로 달려갔다.

망원경은 천천히 수평선을 따라 이동하다가 마침내 수상한 점 하나를 포착했다. 사이러스는 망원경을 내리고 이렇게 말했다.

"배다!"

링컨 섬에서 보이는 해상에 분명히 배 한 척이 모습을 나타낸 것이다!

〈3권에 계속〉

사이러스는 얼룩을 자세히 살펴보았다

신비의 섬 2

초판 1쇄 발행 2006년 10월 10일
2판 1쇄 인쇄 2022년 6월 14일
2판 1쇄 발행 2022년 6월 30일

지은이 쥘 베른
옮긴이 김석희
펴낸이 정중모
펴낸곳 도서출판 열림원

출판등록 1980년 5월 19일(제406-2000-000204호)
주소 경기도 파주시 회동길 152
전화 031-955-0700
팩스 031-955-0661
홈페이지 www.yolimwon.com
이메일 editor@yolimwon.com
페이스북 /yolimwon
트위터 @yolimwon
인스타그램 @yolimwon

주간 김현정
편집 조혜영 황우정 최연서
디자인 강희철
마케팅 홍보 김선규 최가인
온라인사업 서명희
제작 관리 윤준수 이원희 고은정 원보람

ISBN 979-11-7040-108-7 04860
979-11-7040-098-1 (세트)